Das Leben ist ein Spiel aus Nähe und Kälte, Sehnsucht und Angst. Aber manchmal, mit etwas Glück, gelingt es, dem anderen nahe zu kommen, so weit er auch entfernt zu sein scheint.
Tom ist in Deutschland aufgewachsen und lebt seit einigen Jahren in den USA. Er arbeitet für die Philadelphia Daily News und muss über eine Reihe unerklärlicher Selbstmorde schreiben. Seine Freundin Teresa ist Lehrerin an einer Highschool und kämpft mit den Folgen eines Attentats. Der Umzug in einen beschaulichen Vorort Philadelphias soll für beide ein Neunanfang sein. Aber die Idylle trügt – was anfangs nur ein Gefühl der Unsicherheit ist, wird bald zu einer realen Bedrohung.
Ricarda Junge erzählt die Geschichte einer Suche, die so typisch wie untypisch, so altbekannt wie modern ist – das Leben ist ein Spiel aus Nähe und Kälte, Sehnsucht und Angst.
Für »Kein fremdes Land« erhielt Ricarda Junge den George-Konell-Preis.

Ricarda Junge, 1979 geboren, studierte zwei Semester Rechtswissenschaft. Dann wechselte sie ans Deutsche Literaturinstitut Leipzig. Für ihr Debüt »Silberfaden« wurde sie 2003 mit dem Grimmelshausen-Förderpreis ausgezeichnet. Zuletzt erschien der Roman »Eine schöne Geschichte«. Ricarda Junge lebt in Berlin.

Ricarda Junge

Kein fremdes Land

Roman

Fischer Taschenbuch Verlag

Veröffentlicht im Fischer Taschenbuch Verlag,
einem Unternehmen der S. Fischer Verlag GmbH,
Frankfurt am Main, Mai 2008

Typografie: Farnschläder & Mahlstedt Typografie, Hamburg
Druck und Bindung: CPI – Clausen & Bosse, Leck
Printed in Germany
ISBN 978-3-596-16291-8

Daniel-Dylan gewidmet

Fürchte dich nicht.
Ich habe dich bei deinem Namen gerufen.
Du bist mein.

1

Wer ist diese Frau? Redet ihr immer so miteinander? Von Fenster zu Fenster? Was will sie von dir?

Terrys Mutter ist gerade gestorben, sagte ich.

Maria wuchtete ihren Koffer aufs Bett.

Na und? Was hast du damit zu tun, Tom?

Sie begann, ihre Kleider in meinen Schrank zu räumen. Es klopfte wieder ans Fenster. Maria fuhr herum: Sie soll das lassen. Sag ihr, dass sie das lassen soll.

Im September war Terrys Foto auf der Titelseite der Philadelphia Daily News gewesen. Aber daran hatte ich mich erst später erinnert.

Wir lebten in einem Apartmenthaus an der Pennsylvania Avenue, beide im elften Stockwerk, ich im mittleren Gebäude, Terry im Südflügel. Von meinem Küchenfenster aus konnte ich in ihr Wohnzimmer schauen.

Einmal hatte sie mit nacktem Hintern und nur einem Unterhemd bekleidet vor dem Fernseher gestanden und im Sekundentakt durch die Programme geschaltet. Nervös war sie von einem Fuß auf den anderen getreten, hatte sich ihr langes, hellblondes Haar mit einer hektischen Handbewegung aus

dem Gesicht gestrichen und immer wieder zur Tür geschaut, als erwartete sie jemanden. Dann hatte sich ihr Körper angespannt, ihre Pobacken waren fest und weiß gewesen. Auf dem Bildschirm eine Nachrichtensendung. Terry streckte den Finger aus, zeigte auf etwas im Fernsehen, drehte sich plötzlich um, ich zog den Kopf zurück, stieß mich am Fensterrahmen. Terry ließ sofort die Jalousien herunter.
Als ich etwas später wieder aus dem Küchenfenster schaute, gingen die Jalousien hoch. Terry schob das Fenster auf und lehnte sich hinaus.
Ja, ich bin's, sagte sie. Du irrst dich nicht, du hast mich im Fernsehen gesehen. Oder in der Zeitung. Lässt du mich jetzt in Ruhe?
Bist du Schauspielerin?, fragte ich.
Nein. Hör auf, mich anzustarren.
Was hast du dann im Fernsehen gemacht?
Ihre Hand hatte gezuckt, sich leicht auf eine Stelle oberhalb der linken Brust gelegt. Ich bin verletzt.

Verletzt? Was soll das heißen?, fragte Maria.
Ich gab ihr die Kopie des Zeitungsartikels, die ich mir besorgt hatte. Sie überflog ihn nur kurz.
Soll ich jetzt Mitleid haben? Wahrscheinlich hat sie ihn irgendwie provoziert. Ich konnte meine Lehrer auch nie leiden.
Wie lang kennst du sie schon?
Vielleicht zwei, drei Monate.

Ach, zum Teufel. Dann geh eben auf die Beerdigung ihrer Mutter. Aber denk nicht, dass ich hier auf dich warte.
Ich zog ihre Hand an meine Lippen und küsste ihre Fingerspitzen.
Du bist doch gerade erst angekommen, sagte ich.

Terry gehörte ein silberfarbener VW-Kombi. Sie bat mich zu fahren, saß ruhig neben mir auf dem Beifahrersitz, die Hände im Schoß gefaltet, den Kopf gegen die Scheibe gelehnt. Sie trug einen knielangen, schwarzen Rock und einen dünnen, schwarzen Rollkragenpullover, von dem sich ihr blondes Haar leuchtend abhob. Als wir den Delaware River überquert hatten, setzte sie sich auf, stützte die Hände auf ihre Knie und sagte in einem sehr förmlichen Ton: Mein Vater wird mich auf meine gescheiterte Ehe ansprechen wollen. Ich werde dich ihm als meinen neuen Freund präsentieren. Wenn du dabei bist, traut er sich nicht.
Terry lehnte sich wieder zurück. Außerdem soll er nicht glauben, ich wäre verlassen worden.
Bist du?, fragte ich.
Sie schwieg.
Auf der Beerdigung waren außer uns und Terrys Vater nur noch der Pfarrer. Wir warfen Blumen ins Grab, Rosen, Terrys Vater eine weiße Lilie. Danach schüttelte er mir die Hand, begrüßte mich herzlich und schien sich nicht sicher zu sein, ob wir uns schon einmal begegnet waren. Dann wandte er sich

Terry zu: Ich habe es in der Zeitung gelesen. Schreckliche Geschichte. Wie lang warst du im Krankenhaus? Ich habe dir immer gesagt, du sollst nicht an so einer Schule arbeiten. In so einer Gegend. Mit solchen Kindern. Ist deine Mutter damit einverstanden gewesen? Geht es dir wieder besser?
Du hättest anrufen können, sagte Terry.
Leider stimmt deine Nummer nicht mehr.
Konnte mein Mann dir meine neue nicht geben?
Ich dachte, du würdest dich melden, wenn du etwas brauchst.
Hattest du mit deiner Mutter noch einmal gesprochen?
Nicht, seit sie sich auf meiner Hochzeit wie eine Irre aufgeführt hat.
Und was machst du mit ihrem Haus?
Terry legte einen Arm um mich. Wir wollen es behalten.
Ich bin eben dran vorbeigefahren, sagte der Vater. Du weißt, wie es aussieht, oder?
Was ist denn damit?, fragte Terry.
Er sah auf die Uhr. Ich muss los. Mittagessen mit der Familie. Ihr könnt uns ja mal besuchen kommen. Ich würde mich freuen.
Er strich Terry über die Schulter und schüttelte mir die Hand. Viel Glück.

Das Erste, was wir sahen, war ein Urwald.
Hier?, fragte ich ungläubig.
Das kann doch nicht wahr sein, sagte Terry.

Ich stieg aus dem Wagen und zündete mir eine Zigarette an. Von der Straße aus war das Haus nicht zu sehen, und als wir die fast völlig zugewachsene Auffahrt hinaufgingen, bemerkten wir, dass man es durch die Haustür nicht betreten konnte, weil es keinen Weg mehr gab, der dorthin führte.

Hintenrum, sagte Terry und bahnte uns einen Weg durch die schulterhohen Büsche und Sträucher. Einen Moment lang kam ich mir vor wie in einem Kindheitstraum – ein zugewachsenes Haus, ein geheimer Eingang –, aber als wir durch die Terrassentür in die Küche traten, roch ich, dass ich mich irrte. In keinem meiner Träume hätte es jemals so stinken können.

Am Anfang wussten wir nicht, woher der Geruch kam. Alles wirkte gepflegt. Über dem Gasherd hingen polierte Kupfertöpfe, die Spülmaschine war neu, das Geschirr darin sauber. Terry öffnete den Kühlschrank, der noch aus den sechziger Jahren stammte. Bis auf zwei Kanister mit Milch war er leer.

Wonach stinkt es hier so?, fragte Terry und atmete hörbar durch den Mund ein.

Keine Ahnung.

Von der Küche gingen drei Räume ab, links und rechts Wohn- und Fernsehzimmer, geradedurch lag ein kleines Esszimmer, aus dem eine steile Holztreppe in den ersten Stock führte. Alles war sehr zweckmäßig eingerichtet, unpersönlich, nur das schwarz lackierte Klavier im Wohnzimmer und das Kruzifix über dem Fernseher ließen auf die Persönlichkeit der Frau schließen, die hier gelebt hatte.

Da hat sie mich rangezwungen, sagte Terry, klappte den Deckel des Klaviers auf und fuhr einmal mit der Hand über die Tasten.
Hat sie selbst auch gespielt?
Was weiß ich. Mit dem Kreuz da hätte ich sie manchmal am liebsten erschlagen.
Was Terry sagte, war mir unangenehm, und ich ging in den nächsten Raum weiter. Die Wände schienen mit einer Art Ölfarbe gestrichen zu sein, es sah aus, als würden sie schwitzen. Ich strich darüber. Feucht.
Verfault?, fragte Terry.
Kann ich nicht sagen. Vielleicht.
Ich kotz gleich.
Mach ein Fenster auf.
Ich stieg die Treppe in den ersten Stock hoch. Der Gestank wurde schwächer. Der schmale Flur hatte vier Türen, neben einer hing ein Wandteppich, ein Hungertuch mit biblischen Motiven in verblichenen Farben. Ich öffnete eine Tür nach der anderen. Schlafzimmer, Bad, ein Schrank, Handtücher und Bettwäsche darin. Ein leeres Zimmer. Ich trat ein. Es war dunkel, hinter den Wänden raschelte es, und ich dachte wieder an die Märchen, die mein Vater mir als Kind vorgelesen hatte, an ein verwunschenes Schloss, an ein Hexenhaus, an meine Mutter, der die Märchen zu grausam gewesen waren. Ich schaltete das Licht ein, gleichzeitig begann sich ein mit bunten Blumen beklebter Deckenventilator zu drehen.

Total verzogen, rief Terry von unten. Ich krieg die Fenster nicht auf.
Der Raum war klein, quadratisch. Auf dem Holzfußboden Abdrücke von vier Bettpfosten. Über der Tür ein kleines Kruzifix. Rosafarbene Gardinen. Ein leerer Bilderrahmen auf der Fensterbank.
Unten knallte eine Tür.
Ratten!
Terry rannte durch die Küche und stürzte in den Garten hinaus. Ich hörte, wie sie sich übergab.
Ob Vater mein Kinderzimmer in Deutschland ausgeräumt hatte? Oder war alles so geblieben, wie ich es verlassen hatte? Ich sah mich noch einmal in dem leeren Zimmer um, dann schloss ich die Tür und ging in die Küche hinunter.

Ich hielt den Atem an. Aufgeplatzte Müllsäcke türmten sich die Kellertreppe hoch, der ganze Keller musste damit gefüllt sein. Aus einer Tüte quoll ein dunkler Brei, in dem sich Maden bewegten.
Terry hockte auf der Terrasse, hielt sich mit beiden Händen das Haar aus dem Gesicht.
O Gott, jammerte sie. O mein Gott.
Ich nahm ein Glas aus dem Küchenschrank, füllte es mit Wasser und brachte es ihr.
Das trinke ich nicht. Das kommt aus der Leitung. Was meinst du, wie die hier aussehen.

Sie wischte sich mit dem Handrücken über den Mund.

Da ist noch Milch im Kühlschrank, sagte ich. Willst du …

Sie übergab sich wieder.

Ich schau mal, ob noch etwas anderes da ist.

Ich ging zurück in die Küche, schob einen Wandschrank auf. Dahinter standen eine Waschmaschine und ein Trockner, auf dem alte Zeitungen lagen, eine Ausgabe der Philadelphia Daily News ganz zuoberst. Auf einem Foto sah man die Schule, an der Terry unterrichtet hatte, daneben war ihr Bild, eine Porträtaufnahme mit blauem Studiohintergrund.

Wo hatten sie das Foto her?, fragte ich.

Was für ein Foto?

Ich hielt die Zeitung hoch. Terry wandte sich ab.

Von meiner Mutter. Ich hatte es ihr zum Geburtstag geschickt. Sie hat es an deine Scheißzeitung weitergegeben. Tolle Kollegen hast du.

Wir nehmen, was wir kriegen.

So sieht es aus.

Sie stand auf, schwankte ein wenig. Komm. Komm, weg hier. Ich brauche etwas zu trinken.

Wir fuhren in den nächsten Supermarkt. Als wir den klimatisierten Raum betraten, merkte ich, dass wir stanken. Wir kauften Wasser, und ich zwang Terry, etwas zu essen. Sie wollte zurück zum Haus. Ich blieb im Auto sitzen und rauchte, während sie die Auffahrt hinaufging und verschwand.

Als ich anfing, Maria davon zu erzählen, stand sie vom Bett auf und ging ins Bad. Durch die offene Tür sah ich, wie sie sich auf den Wannenrand setzte und sich eine Zigarette anzündete.
Red ruhig weiter. So kann ich dir besser zuhören.
So?, fragte ich. Wenn du im Bad bist?
Aus einem anderen Zimmer. Woran ist ihre Mutter gestorben?
Ich schloss die Augen.
War sie verwirrt?
Nein, sagte ich. Ganz gelassen. Beinahe kühl. Nur am Grab hat sie einmal geweint.
Ich meine die Mutter. Wegen des Mülls. Oder konnte sie ihn nicht mehr rausbringen?
Ich weiß es nicht.
War sie allein?, fragte Maria.
Ich öffnete die Augen. Wenn du dich mit mir unterhalten willst, musst du herkommen.
Maria stand auf und aschte ins Waschbecken. Was, glaubst du, ist das Haus wert?
Nichts. Aber für das Grundstück würde sie schon etwas bekommen.
Wie viel?
Keine Ahnung. Zweihundert-, dreihunderttausend?
Dollar? Dann muss sie verkaufen.
Jetzt komm her.

Wenn mir dreihunderttausend in den Schoß fielen, sagte Maria, nähme ich sie. Das kannst du mir glauben. Was will sie mit einem Haus? Nur Ballast. Schade, dass du nichts von deiner Mutter gekriegt hast. Gefällt dir Terry besser als ich?
Komm aus dem Bad. Ich rede nicht um drei Ecken mit dir.
Ein bisschen verliebt in sie?
Nein.
Warum verlierst du dann einen Tag mit mir, nur um mit ihr durch heruntergekommene Häuser zu streifen?
Wenn du hier neben mir und nicht im Bad wärst, würdest du sehen, dass ich todmüde bin und dich vermisst habe und nur mit dir zusammen sein möchte.
Würde ich alles sehen, ja?, fragte Maria und lehnte lächelnd im Türrahmen. Ich verstehe euch nicht. Ein Haus braucht man nur, wenn man bleiben will.
Und? Willst du nicht bleiben?
Mit dreihunderttausend würde ich ganz schön weit kommen, sagte Maria.

2

Sie hatte mich angerufen. Mitten in der Nacht.
Weißt du, wer hier ist?
Maria.
Sehr gut. Liebst du mich noch?
Wie bitte?
Sag einfach ja oder nein.
Ich weiß nicht einmal mehr, wie du aussiehst.
Dann solltest du mich sehen.
Du willst kommen?
Wir haben uns getrennt. Er hat mich verlassen. Ich muss raus hier.
Wer? Wer hat dich verlassen?
Außerdem bist du mir noch die Sonnenblumen schuldig.
Die Sonnenblumen?
Kannst du dich nicht mehr erinnern?

Es war kurz vor den Sommerferien gewesen. Im Bus. Auf dem Weg zur Schule. Wir waren vierzehn, fünfzehn Jahre alt. Maria hatte sich neben mich gesetzt und gefragt, ob wir Freunde wären.
Wenn du willst.

Mit dem Schnitzer bin ich eigentlich auch befreundet, sagte sie. Er weiß meine Freundschaft nur manchmal nicht richtig zu schätzen.
Wenn du meinst.
Ich sah sie an, ihre blauen Augen, die scharf hervorspringende Nase, die vollen Lippen. Das schwarze Haar hatte sie im Nacken zu einem festen Knoten zusammengedreht.
Fliegst du in den Ferien wieder zu deinen Großeltern?, fragte sie.
Ich nickte.
Nimmst du mich mit?
Ich war so überrascht, dass ich nicht gleich ablehnte, sondern versprach, meine Eltern zu fragen.

Du bist wohl nicht mehr bei Trost, sagte meine Mutter. Maria willst du mitnehmen? Maria Bartels? Die jedem die Hände leckt, der nicht nach ihr tritt? Diesen räudigen kleinen Köter würde ich nicht mal in meinen Vorgarten lassen. Mag ja sein, dass sie eine schreckliche Kindheit gehabt hat, gut möglich, dass ihre Eltern sie schlecht behandeln, aber ich bin nicht die Wohlfahrt. Wenn einer das Jugendamt informieren will, bitte. Ihre Schwester können die dann auch gleich mitnehmen, diese kleine Hure, aber die Pflegefamilie spielen wir nicht. Wie kommst du überhaupt auf die Idee, ich würde ein wildfremdes Mädchen mit nach Amerika nehmen? Was, glaubst du, würden Grandma und Grandpa denken, wenn wir ihnen

so ein Hundskind mit ins Haus schleppen würden? Du bist ja von allen guten Geistern verlassen.
Mama, sagte ich.
Nein. Auf gar keinen Fall.

Am nächsten Morgen trödelte ich so lange rum, dass ich den Bus verpasste und meine Mutter mich zur Schule fahren musste. Ich wollte Maria nicht begegnen. Als ich in der Pause versuchte, im Klassenraum zu bleiben, entdeckte mich eine Lehrerin und schickte mich auf den Hof.
Leon und Schnitzer standen am Tor und rauchten. Als ich auf sie zuging, ließ der Schnitzer seine Zigarette fallen.
Dass du dich noch herwagst, sagte er.
Wieso?
Wie hast du es geschafft?
Was?
Ich sah Leon an. Er spielte mit seinem Zigarettenpäckchen.
Was geschafft?, fragte ich.
Er will wissen, wie du deine Eltern überredet hast, sagte Leon. Er versucht, seine seit Wochen rumzukriegen, aber sie wollen Maria nicht mitnehmen.
Dich hat sie auch gefragt, Schnitzer?
Wenn sie mit einem von uns in den Urlaub fährt, sagte er, dann mit mir.
Wovon redest du überhaupt?, fragte ich.
Sie gehört mir, sagte der Schnitzer.

Seid ihr zusammen?
Amerika, Disney World, Universal Studios, was hast du ihr nicht alles versprochen, nur damit sie mitkommt!
Ich hab ihr gar nichts versprochen. Maria fliegt nicht mit uns. Meine Mutter ist total ausgerastet, als ich sie gefragt hab.
Und das kann ich Maria so sagen?, fragte der Schnitzer.
Ja. Klar.

In der nächsten Stunde wurde ich von der Direktorin aus dem Unterricht geholt. Sie war eine große, grauhaarige Frau in Jeans und Jackett. Um den Hals trug sie ein blaues, von Goldfäden durchwirktes Fransentuch.
Wie ihr in eurer Freizeit miteinander umgeht und was ihr zu Hause macht, sagte sie, ist mir völlig egal. Aber an dieser Schule gibt es einige wenige Regeln, und eine davon besagt, dass man niemanden grundlos demütigen darf.
Sie brachte mich zu den Mädchentoiletten. Auf den Spiegel über dem Waschbecken hatte jemand ›Schnitzer‹ geschrieben. Sein Name war mit fettigen Lippenstiftküssen eingekreist.
Komm, sagte die Direktorin und deutete in eine Kabine. Schau dir das an.
Maria kauerte zwischen Kabinenwand und Kloschüssel gezwängt auf dem Boden und heulte. Im ersten Moment erinnerte sie mich an eine dieser Zigeunerinnen, die, mit Kindern im Arm, in der Fußgängerzone hockten und bettelten.

Was hat das zu bedeuten?, fragte die Direktorin.
Ich zuckte mit den Schultern.
Erklär's mir.
Maria ist eine Lügnerin, sagte ich. Sie hat überall rumerzählt, ich würde sie mit nach Amerika nehmen.
Aber das wolltest du doch!, schrie Maria, warf den Kopf in den Nacken und riss die Augen weit auf.
Ich habe gesagt, ich frage mal. Nicht, dass ich dich mitnehme. Außerdem bist du doch zu mir nur gekommen, weil du beim Schnitzer nicht mitdarfst.
Ich will nach Amerika.
Du hättest nicht mal das Geld für den Flug.
Doch.
Sie richtete sich halb auf und zog ein Bündel Dollarscheine aus der Tasche ihrer verwaschenen Jeans. Die Scheine wurden von einem rosafarbenen Haargummi zusammengehalten.
Gib das deinen Eltern. Frag sie noch mal.
Widerstrebend streckte ich die Hand danach aus. Die Direktorin kam mir zuvor, zog das Gummi ab und blätterte durch die Scheine. Es waren nicht einmal zwanzig Dollar. Trotzdem klang die Stimme der Direktorin misstrauisch, als sie fragte, wo Maria das Geld herhabe.
Von Angelika.
Pfui Teufel, sagte die Direktorin und ließ die Scheine auf den Boden fallen. Gib es deiner Schwester zurück und sag ihr, sie

soll ihr Geld lieber mit den Kerlen ausgeben, von denen sie es kriegt, anstatt dir Flausen in den Kopf zu setzen.
Maria drückte die Stirn auf die angezogenen Knie. Auf einmal tat sie mir Leid. Ich ging in die Hocke, sammelte die Dollarnoten auf und fasste sie mit dem Haargummi zusammen.
Wir können dich wirklich nicht mitnehmen. Nicht, weil wir nicht wollen, sondern weil kein Platz mehr im Flugzeug ist. Das nächste Mal vielleicht. Okay?
Maria hob den Kopf nur so weit an, dass sie nicken konnte.
Ist jetzt alles geklärt?, fragte die Direktorin. Ihr müsst zurück in den Unterricht, und ich möchte auch weitermachen.
Maria sah mich an.
Hier ist das Geld, sagte ich. Vielleicht kannst du es nächstes Jahr brauchen.
Behalt es. Bitte.
Das kann ich nicht.
Bring mir etwas mit. Bitte. Bringst du mir etwas mit?
Können wir jetzt?, fragte die Direktorin.
Ja, sagte ich und stand auf.

Erinnerst du dich?
Ja. Ich habe dir einen Schlüsselanhänger gekauft.
Darauf die Sonnenblumen, sagte Maria.
Die hängen hier im Museum. Wenn ich ans Fenster gehe, kann ich es sehen.
Wirst du sie mir zeigen?

Zwei Tage nach ihrem Anruf holte ich sie vom Flughafen ab. Es war ungewöhnlich warm für November. Ein schwitzender Polizist durchsuchte mein Auto nach Sprengstoff, bevor ich es auf dem Parkplatz abstellen durfte. Der Flughafen war renoviert worden, aber immer noch genauso unübersichtlich wie früher. Ich war seit Jahren nicht hier gewesen.
Maria schien sich kaum verändert zu haben. Sie stand mit einem Lächeln und leicht hochgezogener Schulter in der Ankunftshalle. Es kam mir vor, als wären ihre Lippen röter geworden. Die Narben unter ihren Brüsten sah ich erst später.
Mein Gott, hast du abgenommen, sagte Maria anstelle einer Begrüßung. Und wie gut du riechst.
Habe ich früher gestunken?
Nicht direkt. Aber wenn einer so dick ist, denkt man doch immer gleich an Frittierfett und Pommes.
Als wir meine Wohnung betraten, blieb Maria einen Augenblick lang im Flur stehen, neigte den Kopf, schloss die Augen und lauschte.
Das ist der Fluss, sagte ich. Kannst du ihn hören?
Die Klimaanlage, sagte sie, ging in die Hocke und schob einen Finger in die Rille zwischen zwei Holzdielen.
Schlecht verarbeitet.
Sie stand auf, strich über die Wand, tastete sich an ihr entlang ins Wohnzimmer, befühlte Steckdosen, Heizkörper, Fensterbretter. Ihr schwarzes Haar hatte sie im Nacken zu einem wirren Knoten zusammengefasst.

Und?, fragte ich.
Schrott.
Die Wände?
Klingen solide. Sehen nicht so aus. Hier müsste man einiges machen. Ich bin Tischlerin, habe ich dir das erzählt?
Gar nichts, sagte ich. Nur, dass dich jemand verlassen hat.
Sie schob das Fenster hoch, drückte ihr Gesicht ins Moskitonetz. Da ist der Fluss. Und das Museum. Sie wandte sich mir zu. Die Sonnenblumen?
Ich nickte. Sie schloss das Fenster, ging weiter. Was ist das für ein Zimmer?
Da hat meine Mutter geschlafen.
Wo ist sie?
Verreist.
Leon hat gesagt, sie sei tot.
Hat er dich verlassen?, fragte ich.
Nein. Der Schnitzer. Was jetzt, verreist oder tot?
Maria betrat mein Zimmer, schaltete das Licht an, den Ventilator.
Leon hat mir deine Nummer gegeben. Er sagt, ihr sprecht manchmal noch miteinander.
Er hat nicht erzählt, dass du mit dem Schnitzer zusammen warst, sagte ich.
Du weißt doch, dass sie sich nicht mögen.
Ich habe euch jahrelang nicht gesehen.
Es gibt kein ›euch‹.

Willst du deine Jacke nicht ausziehen?
Ich habe nichts drunter. Ich dachte, es wäre lustig, wenn ich am Flughafen durch den Sicherheitscheck muss und sie ausziehen soll.
Und?
Sie haben mich durchgewinkt.
Dann zieh sie doch jetzt aus.
Maria lachte.
Weshalb habt ihr euch getrennt?, fragte ich.
Ich wollte mir zwei Rippen entfernen lassen.
Wie bitte?
Damit ich eine schönere Taille bekomme. Hast du keine Bücher? Keine Bilder? Was hast du aus Deutschland mitgebracht?
Einen Koffer Klamotten.
Kein Bild von mir?
Doch.
Zerrissen? Verbrannt?
Warum hätte ich das tun sollen? Schau unters Bett.
Sie schlug die Tagesdecke zurück, zog den Bettkasten auf und nahm mein Highschool-Jahrbuch heraus.
Leg es weg, sagte ich. Da bist du nicht drin.
Sie blätterte es einmal schnell durch, dann langsam, Seite für Seite.
Leg es weg.
Nein. Hast du nichts zu trinken?

Was?
Wein wäre gut.
Bier?
Hast du keinen Wein?
Ich kann welchen holen.
Dann Bier.

Als ich aus der Küche zurückkam, tippte Maria auf ein kleines Schwarz-Weiß-Foto. Darauf trug ich Jackett und Fliege. Mein Haar war streng in der Mitte gescheitelt.
Du siehst traurig aus, sagte Maria und fuhr mit dem Finger über das Foto, meine Boxernase, meine Wangen, mein rundes Kinn entlang.
Albern trifft es wohl eher.
Es ist das einzige Foto von dir. Alle anderen sind dutzendfach abgebildet.
Sie blätterte noch einmal durch die Seiten. Du bist in keinem Sportteam, keinem Club, auf keinem Fest.
Das stimmt nicht.
Ich ging neben ihr in die Hocke, stellte die Bierflaschen auf den Boden und schlug das Buch in der Mitte auf.
Das ist mein Jahrgang. Da bin ich mit drauf.
Sie sah mich an. Lebst du gerne hier?
Ja.
Vermisst du dein Zuhause nicht manchmal?
Ich bin hier zu Hause.

3

Der Teufel soll dich holen, schrie sie. Der Teufel! Ach, was sage ich. Er hat dich schon, er sitzt dir auf der Schulter und flüstert dir ins Ohr. Du elender Mistkerl, Dreckskerl, aber eins kannst du mir glauben, du kannst vom Dach springen oder dir in den Kopf schießen, du wirst nichts ändern damit, die Welt dreht sich weiter, Menschen verlieben sich, sie werden wunderbare Sachen erfinden, denk an die Mikrowelle, ans Telefon, denk daran, wie verrückt es ist, dass Flugzeuge fliegen können, Menschen werden auf dem Mond leben und Witze erzählen, die du noch nicht kennst, aber du wirst sie nicht hören, du kriegst davon nichts mehr mit, du schmorst in der Hölle, jetzt gib mir deine Hand und komm da runter.

Einmal sollte mich jemand rufen, einmal nur wollte ich gerettet werden. Eine Mund-zu-Mund-Beatmung, ein Schlag auf den Brustkorb, Elektroschocks, eine Hand, die sich nach mir ausstreckte und ich würde schreien: Komm nicht näher, sonst spring ich. Die Hand würde nach mir greifen und mich vom Abgrund zurückreißen. Einmal nur, einmal wollte ich wissen, wie es sich anfühlte, aufzugeben oder ob man wirklich noch einmal von vorne anfangen konnte.

Es war still. Niemand schrie. Ich stand auf dem höchsten Gebäude im Viertel, einem zehn Stockwerke hohen Sozialbau in Nordphiladelphia. Das Dach war flach, quadratisch und von einer kniehohen, mit Teerpappe verklebten Mauer umgeben. In der Mitte befand sich ein kastenförmiger Aufbau, durch den man ins Haus gelangte. Vorsichtig drehte ich mich einmal im Kreis. In der Ferne leuchtete die Skyline der Stadt. Der Himmel war lilafarben. Kein Verkehrsrauschen, nur der Wind, der mir in Böen unter die Kleider fuhr und die Jacke aufblähte. Mein Handy piepte. Es war Mandze Turner, die Lokalredakteurin der Philadelphia Daily News.

Was ist jetzt, Tom? Bist du da? Wie sieht's aus?

Nichts, sagte ich. Absolut nichts.

Hast du noch mal mit der Polizei gesprochen?

Unverändert. Es sieht nicht so aus, als habe sie jemand gestoßen.

Mist. Das hab ich befürchtet. Was ist mit ihren Eltern?

Da bin ich noch nicht gewesen.

Lass es gut sein. Du kannst nach Hause gehen. Wir machen hier auch Schluss.

Ganz schön hoch hier. Ich könnte das nicht.

Was? Was könntest du nicht? Tom, bist du noch da?

Kannst du den Wind hören?

Alles in Ordnung mit dir?

Keine Angst.

Nicht um dich. Fahr nach Hause. Maria wartet sicher schon.

Maria war gesprungen. Als Kind. Im Schwimmbad. Ich hatte mich nicht getraut und die Leute, die hinter mir Schlange standen, vorbeigelassen. Warum sollte man sich freiwillig von einem zehn Meter hohen Betonturm ins Chlorwasser stürzen? Maria kam wieder hoch, band sich das nasse Haar neu zusammen, zog sich das Bikinihöschen zurecht.

Jetzt mach schon, sagte sie. Trau dich. Es ist toll. Wenn du hier stehst und nur zuschaust, denkst du, es geht alles ganz schnell. Du springst, und schon bist du untergetaucht. Aber in Wirklichkeit schwebst du. Fliegst. Mit offenen Augen. Du kannst alles sehen.

Wir standen nebeneinander an der Betonkante, schauten zehn Meter tief hinunter ins Becken.

Spring einfach.

Ich zählte bis drei, trat zurück, zählte bis zehn, wollte wieder zurück. Maria gab mir einen Stoß, und ich flog mit ausgestreckten Armen, hörte sie lachen und mich schreien, knallte aufs Wasser und tauchte unter. Meine Arme wurden grün und blau. Tagelang hatte ich Schmerzen.

Maria tat es nicht Leid. Ihr Vater hatte sie, nachdem er zwei Tage vergeblich versucht hatte, ihr Schwimmen beizubringen, einfach ins Wasser gestoßen und beinahe ertrinken lassen.

Nur wer Angst hat, lernt etwas dazu. Wenn wir keine Angst hätten, würden wir uns einfach in eine Hängematte legen und das Leben verschlafen.

Von meinen Eltern wäre ich niemals ins Wasser geschmissen worden. Selbst in der Badewanne hätten sie mir am liebsten Schwimmflügel umgebunden. Noch mit fünfzehn durfte ich die Badezimmertür nicht abschließen, weil meine Eltern fürchteten, ich könne in der Dusche verunglücken und sie müssten mir erste Hilfe leisten. Lange Zeit hatte ich das Gefühl gehabt, ständig von einem großen, gemeinsamen Elternauge beobachtet zu werden. Dabei war der Blick meiner Mutter immer nur auf Amerika gerichtet gewesen, und mein Vater hatte sich alle Mühe gegeben, darüber hinwegzusehen. Er hatte niemals vorgehabt, mit meiner Mutter in die USA zu ziehen.

Die Fahrstühle waren außer Betrieb. Im Treppenhaus kam mir eine Frau entgegen, die zwei kleine Kinder und eine Einkaufstüte heraufschleppte. Sie sah mich nicht an.

Als ich vor die Tür trat, schien es mit einem Schlag Nacht geworden zu sein. Hinter keinem Fenster brannte Licht, und nur am Ende der Straße schaukelte eine Laterne im Wind. Als ob hier niemand lebte. Plötzlich bebte die Erde, eine U-Bahn fuhr unter der Straße hindurch. Im Haus gegenüber begann ein Baby zu schreien. Schnell ging ich die Straße hinauf. Der silberne VW-Kombi, den ich mir von Terry geliehen hatte, stand vor einem Geschäft, dessen Schaufenster mit Packpapier verklebt war. Im Laden brannte Licht. Ein Radio lief. Ich umrundete den Wagen. Nichts fehlte, nichts war kaputt. Als ich die Tür öffnete, wehte mir Terrys Parfum entgegen.

Ich ließ den Motor an. Die Türen verriegelten sich automatisch. Ich gab Gas. An keiner Kreuzung halten. Rote Ampeln einfach überfahren. Und wenn sich dir jemand vors Auto schmeißt, bleib in keinem Fall stehen. Das hatte mir Mandze geraten. Ich steckte das Handy in die Freisprechvorrichtung und rief zu Hause an. Maria nahm nicht ab. Vielleicht war sie mit Leon essen gegangen. Er hatte vor zwei Tagen plötzlich vor meiner Tür gestanden, und ich hatte mir Mühe gegeben, mich darüber zu freuen.

Maria ging nie alleine nach draußen. Sie mochte Philadelphia nicht.

Die Stadt ist hässlich, heruntergekommen, versifft. So habe ich mir Amerika nicht vorgestellt. Lass uns reisen, Tom, lass uns irgendwo anders hingehen.

Kurz vor Weihnachten war ich mit ihr für einen Tag nach New York gefahren. Für ein Hotel hatte mein Geld nicht gereicht. Ich will hier nicht weg, hatte Maria gesagt. Ich will nicht zurück. Ich hasse Philadelphia.

Sie war jetzt beinahe drei Monate hier, hatte sich in meiner Wohnung ausgebreitet, die Fenster geputzt, den Boden gereinigt, die Wände mit Bildern aus Illustrierten beklebt und sie wieder heruntergerissen. Als mir für zwei Tage der Strom abgestellt worden war, hatte Maria einen Wutanfall bekommen.

Ruf sofort deinen Vater an, Tom, wenn du es nicht tust, mache ich es. Er soll dir Geld schicken.

Ich hatte mir welches von Terry geliehen und Mandze um Aufträge gebeten.
Warum sprichst du nicht einfach mit deinem Vater?, hatte Maria weitergebohrt. Er würde dir sicher helfen, wenn er wüsste, in was für Schwierigkeiten du steckst.
Wenn du nicht jeden Tag nach Deutschland telefonieren würdest, hätte ich keine Probleme. Wen rufst du da eigentlich immer an? Doch nicht etwa den Schnitzer?
Du kannst mich mal, hatte Maria gesagt.

Wieder roch ich Terrys Parfum. Ob der Duft stark genug war, den Rauchgeruch zu überdecken, wenn ich mir jetzt eine Zigarette anzündete? Vermutlich nicht.
Ich bog in die Broad Street ein, fuhr aufs Rathaus zu, ein schneeweißes Schloss mit einem schlanken Turm. Auf seiner Spitze, von den glitzernden Hochhäusern überragt, der Stadtvater William Penn. Die Menschen auf den Gehwegen bewegten sich wie in Zeitlupe, ihre Gesichter leuchteten auf, wenn die Scheinwerfer meines Wagens sie streiften. In Hauseingängen standen Leute und rauchten. Die Imbissbuden auf den Bürgersteigen hatten geschlossen, silberne Würfel am Straßenrand. Eingeschaltete Warnblinkanlagen, Autos in zweiter Reihe geparkt, Taxis schlängelten sich wie Aale durch den Verkehr, und ich dachte an die Postkarten, Stadt bei Nacht, auf denen man die Autos nicht sieht, sondern nur ihre Lichter. Eine Frau trug einen Daunenmantel, der so dick

und so lang war, dass es aussah, als hätte man etwas Zerbrechliches in Wabenpapier gepackt. Obwohl es kalt war, konnte ich die Frau nicht atmen sehen, keine weiße Wolke vor ihrem Mund. Ein Puppe, dachte ich. Schaufensterpuppen. Liebevoll bis ins Detail gestaltet, aber leblos.
An einer Baustelle wurde etwas geschweißt. Weiße Funken stoben durch die Luft. Der von Flaggen gesäumte Benjamin Franklin Parkway. Das Philadelphia Museum of Art, das wie ein griechischer Tempel auf einer Anhöhe thronte. Eine träge Herde von Obdachlosen am Straßenrand. Von der Ladefläche eines Lastwagens wurden Essen und warme Getränke verteilt. Pennsylvania Avenue. Apartmentgebäude. Vierstellige Hausnummern leuchteten über den Eingangstüren. Ich rief noch einmal zu Hause an, hörte meine Stimme sagen, dass zur Zeit niemand erreichbar sei.

Gestern Abend. Maria in vertraut abweisender Haltung auf meinem Bett, kniend, leicht nach vorn gebeugt, die Hände zwischen die blassen, nackten Schenkel geschoben, das schwarze Haar im Gesicht.
Betest du?
Sie hob den Kopf, strich sich das Haar zurück, lächelte.
Wofür sollte ich beten?
Ihre Hände fassten nach meinen Schultern, drückten kraftvoll zu. Ich schrie auf.
Entspann dich, sagte Maria.

Das tut weh.
Bist du sauer? Auf Leon? Auf mich? Du freust dich doch, dass er hier ist, oder? Bist du mir böse, weil ich ihn eingeladen habe? Zu uns. Hast du etwas dagegen?
Sie strich mir leicht über die Schläfen, zog die Finger durch mein Haar, den Nacken hinunter.
Du hättest es mir wenigstens vorher sagen können, Maria.
Ihre Hände lagen wieder auf meinen Schultern.
Es stimmt, sagte sie. Du hast auch so einen Teufel.
Was für einen Teufel?
Maria beugte sich vor, ihre Wange streifte meine Wange.
Er sitzt dir auf der Schulter, Tom, und flüstert dir ins Ohr. Spürst du es nicht? Hörst du ihn nicht?
Nein, sagte ich, obwohl ich ihr glauben wollte, mir wünschte, dass es etwas gab, das uns, das alles zusammenhielt, und wenn es der Teufel war. Es klopfte an die Tür.
Kann ich reinkommen?, fragte Leon. Störe ich euch?

Ich fuhr in die Tiefgarage. Neonlicht flackerte auf. Von der niedrigen Betondecke tropfte Wasser. Es roch nach Benzin und Moder.
Der Gang, der ins Treppenhaus führte, war so schmal, dass ich mit beiden Schultern die Wände streifte, als ich hindurchging. Meine Schritte hallten wider. Es klang, als liefe jemand hinter mir her. Meine Hand schloss sich fest um den Autoschlüssel, das Metall bohrte sich in meine Handfläche. Ich

stieß die Tür auf, trat in die Lobby. Der Wachmann schlief. Mit hängendem Kopf und nach vorne gebeugtem Oberkörper. Die Arme fielen seitlich herab. Sechs kleine Fernseher, die die Bilder der Überwachungskameras zeigten, warfen bläuliche Schatten. Kein Mensch. Keine Bewegung. In der Tiefgarage ging das Licht aus.

Ich durchquerte die Lobby. Auf dem Marmorboden standen gelbe Klappschilder: Caution. Wet floor. An einer Wand Mosaiken, auf einem wurde der Grundstein für ein Haus gelegt, auf dem anderen Richtfest gefeiert. Muskulöse Männer, mit kantigen, angespannten Gesichtern, und kräftige, weiße Frauen, die Kinder an der Hand hatten oder auf dem Arm trugen. Die Mosaiken hatten Maria an Ostberlin erinnert.

Was hast du in Ostberlin gemacht?

Sie hatte die Wange gegen die hochgezogene Schulter gedrückt. Jetzt bin ich doch hier.

Im Fahrstuhl roch es nach Desinfektionsmittel. Die Spiegel waren zerkratzt. Ich fuhr in den elften Stock. Von den Flurwänden blätterte die Farbe, der Teppich war bis auf den Betonboden durchgetreten. Die Klappe des Müllschluckers klemmte, weshalb die Hausbewohner ihren Abfall einfach davor gestapelt hatten.

Meine Wohnung befand sich am Ende des Gangs. Die Tür war zerdellt, eingedrückt, meine Vormieterin hatte oft Ärger mit ihrem Freund gehabt. Als ich den Schlüssel ins Schloss ste-

cken wollte, ging die Tür auf. Nicht abgeschlossen. Schwarzer Tabakgeruch schlug mir entgegen.
Maria? Leon? Wo seid ihr?

4

Jetzt reg dich nicht auf, Tom, und erzähl lieber was von dem Selbstmord. Hast du die Leiche gesehen? Was sind das für Häuser? Wie hoch?

Leon, den wir seit unserer Schulzeit nur Goldberg nannten, wegen des Eisberges, an dem die Titanic zerschellt war und wegen des Witzes: Goldberg, Eisberg, scheißegal, die Juden sind immer schuld.

Jetzt spannten sie mir noch meine Freundin aus.

Leon stand mit dem Rücken zum Fenster, unter dem der Schuylkill River vorbeifloss, zumindest klang es so, wenn man die Augen schloss und ganz still war. In Wirklichkeit konnte man den Schuylkill aus dem Fenster zwar sehen, aber das Rauschen kam von der Straße, die am Haus vorbeiführte. Aus dem Schlafzimmer hörte ich Schritte und ein leises, synthetisch klingendes Piepen. Ich sah zur Tür und dann wieder zu Leon hinüber. Er rauchte eine seiner filterlosen französischen Zigaretten. Ich wusste, was er auf den Lippen hatte, was er zu sagen vermied, ich kannte diesen harten Blick, den er sonst bei Frauen oder beruflich einsetzte, sein Lächeln, das nur die untere Zahnreihe zeigte, diese Handbewegung, mit der er sich einen Tabakkrümel aus dem Mundwinkel wischte.

Stimmt es, dass die Frau noch ein Kind war?
Im Schlafzimmer piepte es wieder, erst langsam, dann immer schneller, das Geräusch des Blitzes kam mir vor wie ein Zischen.
Ansichtssache, sagte ich. Siebzehn.
Warum ist sie gesprungen? Hat sie einen Abschiedsbrief hinterlassen?
Nein.
So jung und keine pathetischen Worte? Kein tröstliches Wort für die Mama, keine Anklage an den Freund, keine Erklärung? Ist der Brief vielleicht einfach noch nicht gefunden worden?
Ich glaube nicht, dass man so was versteckt, sagte ich.
Das ist komisch. Drogen? Im Rausch? Oder hat sie jemand geschubst?
Nichts. Einfach gesprungen und tot.
Das gibt's doch nicht.
Warum sollte es das nicht geben?
Ich stand hinter der Theke, die die kleine Küche von dem Raum trennte, in dem Maria und ich fernsahen, arbeiteten, aßen und in dem Leon seit zwei Tagen schlief.
Warum kann er nicht ins Zimmer deiner Mutter?, hatte Maria gefragt.
Vergiss es. Das Zimmer ist gar nicht da.
Du spinnst doch!
Lasst's gut sein, hatte Leon gesagt. Ich schlafe gern auf der Couch.

Das Magazin, für das er in Deutschland arbeitete, hätte ihm sicher ein Hotelzimmer bezahlt, aber wir waren Freunde, und er wollte in Volkes Nähe leben, wie er sich ausdrückte, und beobachten, wie wir uns verhielten. Kurz vor dem Krieg. In Wirklichkeit war er wegen Maria hier.

Aus dem Schlafzimmer hörte ich Schritte, dann ein Rascheln und wieder das schneller werdende Piepen.

Was macht sie da?, fragte ich.

Hörst du das nicht? Hast du die Leiche gesehen?

Hast du, habt ihr?

Im Zimmer deiner Mutter? Leon lachte und drückte seine Zigarette auf der Fensterbank direkt neben dem Schiffchen aus, das Maria aus einer Zeitungsseite gefaltet hatte.

Maria faltete Schiffchen aus allem, was nur halbwegs dafür in Frage kam, Servietten und Klopapier waren weniger geeignet, was sie nicht davon abhielt, es immer wieder damit zu probieren. Aber auch Kontoauszüge, Zettel, auf die ich Telefonnummern notiert hatte, und Briefe verschwanden auf diese Weise, weswegen ich die Schiffchen nie wegwarf, und wenn mir etwas fehlte, erst einmal nach meiner Flotte sah, bevor ich meine Schubladen und Taschen durchsuchte.

Es störte Maria nicht, wenn ich die Schiffchen wieder entfaltete. Aber eines Abends hatte sie mitten im Zimmer gestanden, in den Händen zwei Dutzend ihrer Schiffe, und gefragt: Was machst du damit?

Ich hebe sie auf.

Warum?
Weil ich meine Kreditkartenabrechnung suche, wollte ich nicht sagen, also sagte ich: Weil du sie gemacht hast.
Ich mache Hunderte von Schiffchen, sagte sie.
Wenn du willst, kaufe ich ein Regal, in dem sie alle Platz haben, sagte ich.
Sie wandte sich abrupt von mir weg, lief in die Küche, ich ging ihr nach.
Wenn du eins wegschmeißt, sagte Maria, mache ich ein neues, wenn dir eins nicht gefällt, ein anderes, wenn du keins der Schiffchen willst, mache ich sie trotzdem.
Sie warf die Schiffchen ins Spülbecken.
Aber ich liebe sie, rief ich. Ich liebe sie, weil du sie gemacht hast.
Sie griff nach dem Feuerzeug, das neben dem Gasherd lag, und ehe ich sie davon abhalten konnte, gingen die Schiffe und mit ihnen die zweite Mahnung der Stromwerke in Flammen auf.

Also? Ich dreh nicht gleich durch. Ich will es nur wissen.
Jetzt hör aber auf, sagte Leon und schob das Schiffchen über die Fensterbank. Der Zigarettenstummel fiel auf den Boden. Weißt du, wie zickig du klingst?
Ich will nur wissen, was Sache ist.
Leon verschränkte die Arme vor der Brust. Sie will weg hier. Aber das raffst du ja nicht. Und sie braucht einen, der ihr den

Flug bezahlt. Das kannst du nicht. Ich finde sie nur, sagen wir, vorübergehend faszinierend. Und das weiß sie auch.
Will sie zurück zum Schnitzer?, fragte ich.
Leon zuckte mit den Schultern. Meinetwegen verlässt sie dich nicht.
Sie wird mich nicht verlassen. Sie bleibt hier.
Warum gehst du nicht mit?, fragte Leon. Was stellst du dich so an? Was hält dich denn hier? Pack deinen Koffer, dann bin ich raus aus der Sache. Ich meine, natürlich nur, wenn du sie wirklich willst. Ansonsten – er machte eine Handbewegung, die alles bedeuten konnte.
Sie bleibt hier, sagte ich.
Reg dich ab. Warum ist das Mädchen gesprungen? Was sind die Pinetree Buildings? Was ist das für eine Geschichte?
Keine. So ein Selbstmord ist gerade mal 'ne Meldung wert.
Im Schlafzimmer piepte es wieder. Ich sah mich um. Was macht Maria da drinnen?
Abschiedsfotos. Vielleicht. Woher soll ich das wissen. Sieh nach.

Maria hatte eine komische Haltung. Sie ging immer etwas nach rechts gebeugt, die linke Schulter hatte sie dabei hochgezogen, und manchmal ließ sie sie kreisen, wie um einen verspannten Muskel zu lockern. Wenn wir durch Philadelphia gingen, sah es so aus, als schaute sie ständig an den Häusern hinauf und nie geradeaus. Manchmal, wenn sie mir einen Mo-

ment lang ruhig gegenübersaß, mit dieser Schulter und leicht zur Seite geneigtem Kopf, und ihr Blick schräg über mich hinwegging, kam sie mir fremd und unnahbar vor. Allerdings konnte Maria nie lange einfach nur dasitzen, sie konnte auch nicht einfach daliegen, dastehen, sie konnte nichts einfach so machen. Wenn sie saß, sitzen musste, im Restaurant oder am Küchentisch, weil ich etwas in Ruhe mit ihr besprechen wollte, begann ihre linke Hand über den Tisch zu wandern. Vorsichtig erst spielte sie auf der Stelle, wagte der Zeigefinger den Vorstoß, trippelten die anderen Finger hinterher, strichen an der Weinflasche hinauf, zupften am Etikett, glitten ab, umkreisten den Aschenbecher, schoben sich in die Seiten des Reisepasses, den ich hingelegt hatte, um ihr klar zu machen, dass ihr Visum auslief und wir etwas unternehmen mussten. Ich zog den Pass weg, und während Marias Blick ganz ruhig auf mir lag und sie den Kopf in die rechte Hand stützte, umtanzte die linke wieder den Aschenbecher, glitt an der Weinflasche hoch, zog blitzschnell das Etikett ab und faltete es mit einer gekonnten Bewegung in der Mitte zusammen. Maria lächelte: Also was ist jetzt?
Dein Visum läuft aus.
Sie hob die Augenbrauen. Schon?
In acht Tagen, sagte ich und schlug den Pass auf.
Weg damit, sagte Maria, und ihre Hand schob mir ein Schiffchen entgegen.

Als ich ins Schlafzimmer kam, sprang Maria vom Bett auf.
Raus hier! Raus! Ich hab dir doch gesagt, dass du nicht reinkommen darfst.
Ich schloss die Tür. Das Schlafzimmer war so klein, dass außer dem Bett nur noch eine rot beschirmte Stehlampe darin Platz hatte. Ich hatte sie bei einem Trödler gekauft, weil sie mich an das Wohnzimmer meiner Großmutter erinnerte. Jetzt erschien mir die Lampe wie die billige Dekoration in einem gemütlichen Pornofilm. Das Bett war zerwühlt. Auf der Fensterbank stand mein Fotoapparat.
Was wird das hier?, fragte ich. Willst du Leon ein Andenken mitgeben?
Maria ging nackt und mit leicht hochgezogener Schulter an mir vorbei und nahm den Film aus der Kamera.
Mein Visum läuft aus. Schon vergessen?
Sie sah mich nicht an.
Maria, wenn du willst, heirate ich dich auf der Stelle und du kannst so lange bleiben, wie es dir gefällt.
Sie lachte. Damit du endlich hast, was du willst.
Ich will dich.
Bist du deswegen immer mit dieser Terry zusammen?
Hast du mit Leon geschlafen?, fragte ich.
Das musste ich nicht. Er versteht mich auch so.
Willst du zum Schnitzer zurück?
Vergiss ihn.
Willst du?

Du sollst dich nicht in mein Leben einmischen.
Sie stellte den Fotoapparat zurück auf die Fensterbank und hielt mir das schwarze Filmröllchen hin: Ist für dich. Schenk ich dir.
Kannst du dich an das Schwimmbad erinnern?, fragte ich. An den Sprungturm. Da hast du mich runtergestoßen. Weißt du das noch?
Willst du mir sagen, dass du dich umbringst, wenn ich wegfahre?
Sie stellte den Film neben die Kamera und sah mich an.
Nein. Nein, natürlich nicht.
Dann ist es ja gut. Ich hatte schon Angst, dass du durchdrehst.
Sie ließ sich aufs Bett fallen und verschränkte die Arme hinter dem Kopf, so dass sich ihre Brüste gleichmäßig strafften. Die Narben darunter wirkten wie helle Abdrücke von BH-Bügeln. Ich konnte den Blick nicht davon abwenden.
Du kannst nicht zum Schnitzer zurück, sagte ich. Auf keinen Fall.
Weglaufen ist sinnlos, sagte Maria. Das müsstest du doch am besten wissen.
Halt den Mund.
Weißt du eigentlich, wie ich dich beneidet habe? Um dieses Land und deinen amerikanischen Pass? Jeden Sommer bist du hierher geflogen, jedes Mal kamst du begeistert zurück, und als du Deutschland verlassen hast, um hier zu leben, habe ich

geglaubt, du müsstest der glücklichste Mensch auf Erden sein. Aber so ist es nicht. Natürlich ist es nicht so.
Lass mich nicht allein. Bitte, bleib hier, Maria.
Du bist peinlich.
Ich liebe dich.
Mit einer Bewegung rollte sie sich in die Bettdecke ein und sagte: Ich will das nicht hören. Lass mich mit diesem Unsinn in Ruhe. Wenn du so weitermachst, muss ich dich schlagen.
Sie lachte. Ich setzte mich neben sie auf die Bettkante.
Maria.
Sie blinzelte mich an. Sag nichts. Bitte.

Ich ließ sie allein. Im Wohnzimmer hatte Leon den Fernseher eingeschaltet, vielleicht, um nicht hören zu müssen, wie ich mich vergeblich um Maria bemühte.
Die halten doch sonst überall drauf, sagte er. Warum gibt es keine Bilder von diesem Selbstmord?
Er schaukelte auf der Sofalehne und rauchte schon wieder eine Zigarette.
Aber eure Propaganda läuft auf vollen Touren. Ehre, Blut und Vaterland. Ein Krieg, anders als jeder andere. Jetzt kriegen wir diesen Saddam. Hoffentlich schlägt er nicht vorher noch mit seinen geheimen Waffen zurück und legt hier alles in Schutt und Asche.
Leon lachte, und ich wusste, er wollte mich provozieren. Soll ich mein deutsches Becks-Bier ins Klo schütten, hatte ich ihn

gestern gefragt, als mir sein Gerede über die großen Antikriegsdemonstrationen in Deutschland zu blöd geworden war. Oder soll ich die amerikanische Flagge verbrennen?
Leon sah mich an. Als hätte er meine Gedanken gelesen, sagte er: Ich will dich nicht provozieren. Mich interessiert nur, was du denkst.
Ich werfe dich jetzt raus.
Willst du den Krieg?, fragte er. Beschmeißt du immer noch alle Leute mit diesen kleinen, sauren Äpfeln? Das sind die Bomben, die ihr verdient! Weißt du das noch?
Du hast die Flugabwehr gemacht, sagte ich.
Und das ziemlich erfolgreich. Soll ich wirklich gehen?
Ja. Und Leon, wir werden den Krieg gewinnen.

5

Dass aus mir nichts werden würde, war eigentlich von dem Moment an klar, in dem ich meine Mutter zwang, in einem Land zu bleiben, das nach Mittelalter aussah und wie faule Eier stank.

Das Land war eigentlich nur ein Zwischenstopp auf einer Reise gewesen, die jeder halbwegs aufgeschlossene Amerikaner irgendwann in seinem Leben einmal machen muss, vorzugsweise gleich nach der Schule oder dem Abschluss des Studiums. Meine Mutter träumte von Neuschwanstein, wollte nach Italien und landete in Frankfurt am Main. Von dort aus sollte es mit dem Zug nach München gehen, wo eine Freundin und ehemalige Kommilitonin schon auf sie wartete. Sie wollten eine Maß Bier trinken, Österreich überspringen und in Venedig landen.

Meine Mutter hatte ziemlich viel Gepäck dabei, zu viel, um es selber tragen zu können, wahrscheinlich stellte sie sich vor, es durch halb Europa auf einem Kofferwagen zu schieben. Das blieb ihr erspart. In Frankfurt kam ihr Gepäck nicht an. Meine Mutter, von ihrer Erziehung her Zeichen und Wunder gewöhnt, begriff sofort, dass dies nichts Gutes bedeutete, dass sie einen Schritt gemacht hatte, den Gott nicht schützte.

Leider deutete sie Gottes Einwand gegen Europa falsch und warf sich in die Arme eines deutschen Studenten, der für verlorengegangene Koffer zuständig war und meiner Mutter, weil sie ihm gefiel, versicherte, dass ihr Gepäck nie wieder auftauchen würde. Er bot ihr an, ihren Schock erst einmal in seiner Bude auszuschlafen, was sie selbstverständlich ablehnte. Doch er erklärte ihr, dass sie sich keine Sorgen zu machen brauche, da er nicht allein, sondern mit seiner hochanständigen Mutter zusammenlebte. Meine Mutter war zu müde und zu verzweifelt, um noch weiter zu protestieren.

Der Student fuhr mit ihr in eine Stadt in der Nähe des Flughafens, die ihr mittelalterlich vorkam, obwohl infolge eines Baubooms Anfang des zwanzigsten Jahrhunderts und eines Bombenangriffs im Zweiten Weltkrieg nur noch ein Dutzend mittelalterliche Häuser übrig waren, die Bordelle und Kneipen beherbergten. Außerdem roch die Stadt wie ein faules Ei, der Gestank dampfte aus den Gullydeckeln, stand über kopfsteingepflasterten Plätzen und wogte über den Schwimmbecken, in denen rheumaverkrüppelte Menschen vor sich hin planschten.

Der Student und seine Mutter teilten sich eine kalte Wohnung mit dicken Wänden und hohen Zimmerdecken. Die Fenster waren mit langen Bahnen schweren Stoffs zugehängt, als wäre jemand gestorben. Wenn auf der Straße ein Lastwagen vorbeifuhr, klirrten die Scheiben.

Die Mutter des Studenten wusste, wie schrecklich es war,

ohne einen einzigen vertrauten Gegenstand in der Fremde anzukommen, und konfrontierte meine Mutter sogleich mit der traurigen deutschen Geschichte. Auch sie hatte einmal alles verloren, war geflüchtet, weil die Amerikaner Mitteldeutschland im Stich gelassen und an die Russen ausgeliefert hatten. Die Luftbrücken und Carepakete nannte sie ein Bonbon für einen Todgeweihten, Zuckerwerk, von dem sie im übrigen nichts gehabt hatte. Eine Woche vor Torschluss – also Mauerbau – hatte sie ihren Jungen, den großen blonden Studenten, der meiner Mutter am Küchentisch gegenübersaß, gepackt und nach Westberlin geschleppt.
Meinen geliebten Mann, sagte sie, haben sie dafür ins Gefängnis gesteckt.
Meine Mutter begriff sofort, dass Deutschland nichts mit Neuschwanstein zu tun hatte. In einem Teil des Landes saßen die, die Glück gehabt hatten, und schauten in den anderen Teil hinüber, in dem die Menschen ohne Butter und Zukunft lebten, überwacht und erniedrigt von der Sowjetunion. Wer den Albtraum verlassen wollte, wurde abgeknallt.
Doch hier saß meiner Mutter nun eine Frau gegenüber, die es geschafft hatte. Eine, deren Mann das Unglück nicht hatte kommen sehen und sogar mithelfen wollte, den Sozialismus aufzubauen, eine Frau, die – trotz großer Liebe zu ihrem Mann – nur das Wohl ihres Kindes im Auge gehabt und das Risiko einer Flucht auf sich genommen hatte.
Ich habe alles verloren, sagte sie und machte ein Handbewe-

gung, welche die schlauchartige Küche und das daran angrenzende Wohnzimmer mit dem Einbauschrank umfassen sollte. Und nichts habe ich bekommen.
Sie sah ihren Sohn an, der Zucker in seinen Kaffee rührte und sich gleichzeitig den Bart kratzte.
Du weißt, was wir verloren haben?, fragte sie. Du erinnerst dich an unser Haus, nicht wahr? Du weißt, dass dein Vater im Gefängnis sitzt. Und für wen? Für wen?
Als der Student aufhörte zu rühren und auf sich selbst zeigte, drehte sich der Löffel noch einen halben Kreis weiter.
Meine Mutter wusste sofort, dass sie hier nicht bleiben wollte, aber sie war zu müde, um aufzustehen. Sie stellte sich vor, wovon sie ihrer Freundin in München erzählen würde. Von dicken Mauern, hohen Zimmerdecken und der Erschöpfung, die ihr immer wieder wie ein dunkles Tuch vor die Augen fiel, während die aufopferungsvolle Mutter unaufhörlich auf sie einredete und der Student sich eine Zigarette nach der anderen anzündete.
Irgendwann stand er auf. Meine Mutter hätte ihn am liebsten festgehalten und gebeten, sie nicht allein zu lassen, aber sie kannte den Mann ja kaum. Seine Mutter beugte sich vor und sagte: Das ist eure Schuld. Ihr habt Angst vor den Russen gehabt und uns im Stich gelassen.
Meine Mutter nickte.
Der Student ließ sie in seinem Zimmer schlafen, trug sein Bettzeug aufs Sofa und brachte ihr ein Glas Wein ans Bett.

Nur einen Schluck, damit du besser schlafen kannst, sagte er. Sie konnte sich nicht vorstellen, dass sie noch irgendetwas vom Schlaf abhalten konnte, trotzdem trank sie. Der Student schenkte nach. Wieder und wieder. Entkorkte noch eine Flasche, legte Schallplatten auf, und immer, wenn meine Mutter fast eingeschlafen war, stellte er eine Frage.

Und? Ist es bei euch da drüben wirklich so schön? Ist es anders als hier?

Ihr fiel keine Antwort ein, die ihn nicht gekränkt hätte. Der Student tat ihr Leid. Um nichts in der Welt wollte sie mit ihm tauschen. Der Stuck an der Zimmerdecke schien zu tanzen, drehte sich. Hunderte kleine Reiter begannen meine Mutter zu jagen, wollten sie auf Lanzen spießen, bevor sie Venedig erreichen konnte. Um das Kabel, an dem eine nackte Glühbirne hing, reckten sich unzählige verzweifelte Hände gefangener Väter.

Mein Vater ist frei, versuchte sie der Student zu beruhigen, strich ihr durchs Haar und über den Hals. Er ist schon ein Jahr lang im Westen, aber er will nichts mit uns zu tun haben. Meiner Mutter ist es lieber, zu erzählen, dass er noch im Knast sitzt.

Der Student hatte seinen Vater, kurz nach dessen Entlassung in den Westen, einmal besucht. Der Vater glaubte alles verloren zu haben, den Sozialismus, die Familie und fünf Jahre seines Lebens. Aber er besaß eine Waschmaschine und einen Fernseher. Meine Mutter verstand nicht, warum der Student das hervorhob. Ihr war noch nie ein Mensch in einer verzweifelteren Lage begegnet. Sie hatte Mitleid mit ihm.

Am nächsten Tag bekam sie ihr Gepäck, der Student staunte nicht schlecht über die beiden riesigen Koffer, lieh ihr einen kleineren und riet ihr, den Rest ihrer Sachen bei ihm in der Wohnung zu lassen. Meine Mutter setzte jetzt selbst ein Zeichen, markierte die Stelle, an die sie zurückkommen und an der sie bleiben würde, was ihr natürlich nicht klar war, als sie nach München zu ihrer Freundin fuhr. Sie glaubte, dass man sich gleich nach dem Sex nur gründlich duschen musste, um nicht schwanger zu werden, und als sie in Venedig in die Gondel erbrach, in der sie mit ihrer Freundin durch die Kanäle schaukelte, dachte sie, sie sei seekrank. Grün im Gesicht und mit Krämpfen im Bauch bereiste sie Europa, auch, weil sie, trotz Zeichen und Wundern, protestantisch diszipliniert war und durchzog, was sie sich einmal vorgenommen hatte. Sie machte Fotos, kaufte Postkarten, wenn sie das Gefühl hatte, ein Motiv nicht richtig getroffen zu haben, und hielt sich den Strohhut, strich sich durch die roten Locken, wenn die Freundin sie fotografierte. Von überall her nahm meine Mutter ein Erinnerungsstück mit, einen Kassenbon, eine Muschel, einen Magneten für den Kühlschrank zu Hause. Ihr war klar, dass diese Reise ein Leben lang halten musste, dass sie dieses Europa, in dem das Gepäck nicht ankam, der Kaffee zu stark war und alles Essen Übelkeit auslöste, nie wieder betreten

würde. Sie wusste nicht, dass in ihrem Bauch längst ein halber Deutscher, ein dicker Amerikaner, ein kleiner Europäer heranwuchs, dass ich aus den zwei Monaten Europa, die ihr ihre Eltern zum Abschluss ihres Studiums geschenkt hatten, fünfzehn Jahre machen würde, und als sie es zu ahnen begann, zog sie einen Abend lang in Erwägung, zum Abschluss ihrer Reise nach Paris zu fahren und sich vom Eifelturm zu stürzen. Aber das entsprach weder ihrer Erziehung noch ihrem Charakter. Es gab keinen Zufall, man hatte nicht einfach Pech, Gottes Wege waren unergründlich, und wenn dies seine Strafe war, wollte meine Mutter sie auf sich nehmen, auch wenn sie mehr davon ausging, dass Gott der Herr etwas mit ihr vorhatte, das sie noch nicht verstand, ihr aber Großes eröffnen würde.
Sie fuhr zu meinem Vater zurück, der sich verlegen am Bart kratzte, und verlangte von ihm, mit ihr in die USA zurückzukommen, sich ihren Eltern vorzustellen und sie zu heiraten. Mein Vater zog das in Erwägung, überlegte lange und kam dann zu dem Schluss, dass er meine Mutter vom ersten Augenblick an geliebt habe und sich nichts sehnlicher wünschte, als ein Baby mit ihr zu bekommen. Doch solange seine Mutter noch lebte, wollte er nicht nach Amerika gehen. Meine Mutter hielt das für ein Versprechen und begann, auf diesen Tod zu warten.

6

Durch die geschlossene Tür hörte ich Maria telefonieren. Draußen heulte die Alarmanlage eines Autos. Wasser rauschte durch eine Leitung in der Wand. Die Alarmanlage ging aus. Ein Motor wurde angelassen. Reifen quietschten. Ich setzte mich aufs Sofa, schob Leons Jackett zur Seite. Sein Laptop war eingeschaltet. Auf dem Bildschirm kickten drei Jungen eine Erdkugel hin und her, die immer größer wurde, schließlich zerplatzte und die Jungen zerriß. Das Spiel begann wieder von vorn.

Als Maria aus dem Schlafzimmer kam, war sie angezogen, trug schon Mantel und Schal. Den Mantel hatten wir zusammen in einem Secondhandgeschäft an der South Street gekauft, schwarze Wolle und ein heller Kunstfellkragen. Ich nahm mir ein Bier aus dem Kühlschrank.

Willst du auch eins?

Wortlos packte Maria Leons Sachen zusammen, faltete seine Hemden, schob seine Schuhe in weiche Stoffbeutel, die sie ordentlich in den Koffer legte. Wenn sie sich vorbeugte, rutschte der Mantel ein Stück hoch, der Schlitz fiel über ihrem Hintern auseinander. Die Jeans saßen eng, die Naht teilte ihre Schamlippen und ihre Arschbacken.

Kennst du die Geschichte vom misshandelten Hund?, fragte ich.
Maria schaltete den Laptop aus und schob ihn in die dazugehörige schmale Ledertasche.
Sein Herrchen peitscht ihn halbtot, sagte ich, und als es sich abwendet, kriecht ihm der Köter winselnd hinterher.
Maria holte ihr Gepäck aus dem Schlafzimmer. Sie wollte wirklich gehen. Ich hörte ein leises Klopfen, sah Terrys blasse Faust an meinem Küchenfenster. Maria zuckte zusammen: Zum Teufel mit dieser Frau. Sie ist mir unheimlich. Was will sie denn jetzt schon wieder?
Ihren Autoschlüssel.
Sei froh, dass sie wegzieht.
Vielleicht gehe ich mit.
Nach New Jersey? In ihre Bruchbude? Du spinnst, aber mach, was du willst, mir ist es egal.
Ich stand auf, trat einen Schritt auf sie zu. Maria zog die linke Schulter weit hoch, ihr Körper neigte sich nach rechts, und es sah aus, als wollte sie mir ausweichen oder sich vor mir schützen.
Hast du Angst?, fragte ich.
Lass mich bitte vorbei, Tom.
Es klopfte noch einmal.
Hör auf!, schrie Maria. Hau ab, Drecksstück, Dreckschlampe.
Die Hand verschwand.

Kommst du wieder, Maria? Rufst du mich an?

Lass mich raus.

Ich möchte nur hören, dass es dir gutgeht. Oder wenn du Hilfe brauchst.

Ich brauche deine Hilfe nicht. Ich will gehen.

Ich trat zur Seite. Maria trug Koffer für Koffer zum Fahrstuhl.

Als Kind habe ich fast jede Nacht Schüsse gehört. In meinen Träumen explodierten Granaten, wurde der Himmel taghell erleuchtet. Bomben fielen. Wenn mein Vater mich weckte, mich aus dem Bett hob und ans Fenster trug, zitterte ich am ganzen Körper. Tagsüber krachten die Jets der Amerikaner über unsere Siedlung hinweg, die Kasernen und der Flugplatz befanden sich ganz in unserer Nähe. Nachts war es still. Von meinem Kinderzimmer aus konnte man auf die Stadt im Tal sehen, in der am Tag demonstriert wurde, gegen die Amerikaner, gegen den Krieg. Kein Blut für Öl. Einmal waren die Demonstranten bis in unsere Siedlung hinauf gekommen, hatten sich vor einer der Kasernen versammelt und Steine über die Zäune geworfen. Meine Mutter und ich hatten auf dem Balkon gestanden und zugesehen, wie die Demonstranten von der Polizei zurück ins Tal gedrängt worden waren.
Das wird nicht wieder vorkommen, versuchte mein Vater mich zu beruhigen und umschlang mich mit beiden Armen. Uns kann nichts passieren. Du hast nur schlecht geträumt.

Ich schüttelte heftig den Kopf. Die kommen wieder. Die werfen Bomben.
Wer?, fragte mein Vater. Wen meinst du? Niemand wirft Bomben auf uns. Und wenn doch, dann fallen sie erst mal ins Tal. Hier oben sind wir sicher. Wenn uns einer angreift, schießen wir ihm vom Balkon aus entgegen. Außerdem haben wir ja die Amerikaner. Die passen auf. Darin sind sie die Besten.
Ich presste meine Stirn gegen die kalte Scheibe.
Können sie auch was gegen das Böse tun?, fragte ich.
Gegen das Böse?
Gegen Hexen zum Beispiel.
Vater nickte. O ja.
Gegen Ufos?
Natürlich. Die Amerikaner sind stark. Das weißt du doch. Schau dir nur deine Mutter an. Wie stark sie ist!
Mein Vater kam mir viel stärker vor. Er wusste, dass man einen Panzer mit einem Bleistift außer Gefecht setzen konnte. Sie sind so modern, erklärte er mir, dass sie jeden Giftanschlag und alle Bomben unbeschadet überstehen, aber wenn man sie mit einem Bleistift an der richtigen Stelle sticht, kommt es zu einem Kurzschluss und das Ding steht still.
Das war beunruhigend, und weil ich nicht wollte, dass man mir irgendwo hinstechen konnte, nahm ich mir vor, zur Luftwaffe zu gehen. Ich wollte Kampfflieger werden. In Springerstiefeln und Tarnanzug über das Deck eines Flugzeugträgers marschieren. So stellte ich mir das vor.

Rechts und links standen die Soldaten Spalier, die Hände zum militärischen Gruß an die Stirn gehoben. Sie erwiesen mir die Ehre, kurz bevor ich mein Flugzeug bestieg und zu meiner Mission aufbrach. Meine Mission war die völlige Zerstörung einer Stadt, eines Landes, der ganzen Welt. Auf Knopfdruck fielen die Bomben, feuerten die Kanonen.

Ich raste mit ausgebreiteten Armen über die Wiese hinter unserem Haus. Der pfirsichfarbene Wasserturm, die Apfelbäume und die verwilderten Beete der Schrebergärten bildeten eine Stadt, die ich dem Erdboden gleichmachte. Ich zischte den Weg hoch auf das Haus zu, in dem Maria mit ihrer Familie lebte.

Die Tür ging auf. Ich blieb stehen. Maria war schwarzhaarig, blass und hatte diese merkwürdig hochgezogene Schulter. Ich feuerte wild drauf los. Maria ging den Gartenweg entlang, zog die Pforte auf, kam mir entgegen. Ich schoss wie verrückt. Sie ließ sich ins Gras fallen. Ich sammelte schnell ein paar Äpfel auf, näherte mich vorsichtig meinem ersten richtigen Opfer, sah auf Maria hinunter, die mit dem Gesicht in der Erde lag und mit bleichen Händen versuchte, ihren Kopf zu schützen.

Alles ist zerstört, sagte ich. Platt gemacht. Ohne Gnade.

Die ganze Welt?

Ja. Jetzt gibt es nur noch uns beide.

Wenn du mich umbringst, bist du allein auf der Welt, sagte sie und hob das Gesicht aus der Erde.

Ich wollte neben ihr in die Hocke gehen, da sah ich, dass sie sich in die Hose gepinkelt hatte.
Der erste Apfel traf ihre Hüfte, mit dem zweiten erwischte ich sie an der Schulter, dann zielte ich auf Marias Kopf.
Tot, sagte sie und wehrte sich nicht. Tot, tot, tot.
Ich hörte nicht auf, sammelte Äpfel nach, Maria nutzte diese Zeit nicht zur Flucht, blieb liegen, und ich beschoss sie mit Äpfeln. Es waren kleine, harte Äpfel, die man nicht essen konnte und aus denen am Ende des Sommers Most und Apfelwein gemacht wurden. Erst als ich jemanden schreien hörte, ich solle aufhören, sofort aufhören, rannte ich weg.

Terry stand am Fenster. In ihrem Wohnzimmer türmten sich Umzugskartons.
Ist mit dem Auto alles in Ordnung?
Das fragte sie jedes Mal. Ja, sagte ich und reichte ihr den Schlüssel. Danke.
Morgen bin ich hier weg, sagte sie. Es ist alles gepackt. Dann hast du keinen mehr, der dir ein Auto leiht.
Ich zündete mir eine Zigarette an. Vielleicht kauf ich mir selbst eins.
Klar, sagte sie. Und dann: Du wirst mich nicht einmal besuchen können.
Fährt kein Bus nach New Jersey?
Ich weiß nicht.

Sie hatte grasgrüne Augen, lange Wimpern und schwarze Brauen. Ich zog an der Zigarette. Der Tabak knisterte.
Freust du dich schon?, fragte ich.
Sie streckte mir ihre Hand entgegen. Ist alles in Ordnung mit dir? Du siehst blass aus, Tom.
Freust du dich?
Sie zog ihre Hand zurück. Ja. Und nein. Man hat mir einen Job angeboten. An der Highschool. Ich kann schon nächste Woche anfangen.
Unser Atem stand wie eine Wolke zwischen uns.
Ein ganzes Haus für mich allein, sagte Terry nach einer Weile. Das ist komisch. Es macht mir Angst. Vielleicht kannst du die erste Nacht bei mir schlafen? Wenn du Zeit hast. Und dein Besuch dich nicht davon abhält.
Der ist weg.
Beide?
Ich nickte.
Komm ins Haus. Morgen Abend. Ich hole dich ab. Du weißt, wie das ist mit der ersten Nacht. Was man träumt, geht in Erfüllung.

7

Willkommen, sagte der Direktor, willkommen, und schüttelte ihrem Vater und ihr die Hand, lotste sie am Wachmann vorbei, der sie eben noch hatte abtasten wollen und nun mit vor der Brust verschränkten Armen und finsterem Blick zur Seite trat, als akzeptiere er das Wort des Direktors nur notgedrungen und hielte es in Wirklichkeit für ein Vergehen, jemanden ohne Sicherheitscheck hereinzulassen. Die Eingangshalle der Schule sah aus wie die Lobby eines Hotels, mit Marmorboden und einer Empfangsdame, die hinter einer Theke saß, über der »Information / Besucher bitte hier anmelden« stand. Der Direktor nickte auch ihr zu, deutete auf die Vitrinen, die rechts und links an den Wänden aufgestellt waren und in denen Pokale in allen Ausführungen und Größen ihren Platz gefunden hatten.
Unser ganzer Stolz, sagte der Direktor. Doch dazu später.
Er lotste Christiane und ihren Vater über eine Schwelle in einen langen Korridor, der weitaus weniger elegant aussah, mit Linoleum ausgelegt war und an dessen Seiten gelbe Leuchtstreifen verliefen, wie zur Orientierung im Dunkeln. Wenn der Strom ausfiel, musste es stockfinster sein. Der Korridor hatte keine Fenster. Christiane und ihr Vater folgten dem

Direktor durch ein kleines Vorzimmer in ein ebenfalls fensterloses Büro. Der Direktor wies auf zwei mit grauem Kunstleder bezogene Stühle und setzte sich hinter einen schlichten Metallschreibtisch. Das weinrote Polohemd spannte über seiner breiten Brust und um die muskulösen Oberarme. Sein Gesicht war sonnengebräunt, das schneeweiße Haar militärisch kurz geschnitten. Christianes Vater zog ein silbernes Brillenetui aus der Tasche seine Jacketts, betrachtete es kurz und steckte es wieder ein. Dann sah er den Direktor an: Schön, dass Sie sich persönlich für uns Zeit genommen haben.

Aber das ist doch selbstverständlich. Wann sind Sie angekommen? Haben Sie sich gut eingelebt in unserer schönen Stadt? Ohne abzuwarten sprach der Direktor gleich weiter: Krautsalat und Wurstchen. Wie Sie hören, bin ich selbst Kind deutscher Eltern. Na ja, meine Großmutter väterlicherseits. Im Oktober gibt es hier ein Bierfest, allerdings draußen auf dem Feld, denn wie Sie sicher schon wissen, sind wir eine trockene Stadt. Und um die heiklen Fragen gleich zu Anfang zu klären: Sind Sie religiös?

Der Vater schaute ihn einen Augenblick lang verblüfft an.

Christiane sagte: Ich bin religiös.

Sind wir nicht, sagte der Vater.

Der Direktor hob die Hände leicht an, so dass es aussah, als wollte er sie über der Tischplatte schweben lassen.

Was ich meine, nun ja, Aufklärungsunterricht oder nicht?

Aufklärungsunterricht, sagte der Vater. Der Direktor nickte und machte sich eine Notiz.
Das Zimmer war klein, eine quadratische Bude, aus Kunststoffplattenwänden zusammengesetzt, und Christiane stellte sich vor, dass der Direktor es je nach Besuch erweiterte oder verkleinerte. Neben der Tür standen zwei Metallregale mit Akten und schmalen, in Leder gebundenen Bänden, auf deren Rücken goldfarbene Jahreszahlen gedruckt waren. Über dem Schreibtisch hingen die amerikanische Flagge und eine gerahmte Stickerei, auf der stand: Wer etwas bewegen will, muss vorher hart trainieren.
Ihrer Tochter stehen jetzt alle Türen offen, sagte der Direktor und machte eine Handbewegung, die das Zimmer umfassen sollte: Wie Sie sehen, stecken wir all unser Geld in die Ausbildung unserer Kinder und keines in Luxus. Und wir haben viel Geld zur Verfügung. – Er lächelte. – Wir gehören zu den zehn besten Highschools an der Ostküste. Unsere Schüler machen Karrieren. In allen Bereichen.
Christiane warf einen Seitenblick auf ihren Vater, der leicht nach vorne gebeugt auf seinem Stuhl saß und die Worte des Direktors mit einem leichten Kopfnicken begleitete.
Welchen Sport treibt Ihre Tochter?, fragte der Direktor.
Keinen, wollte Christiane sagen, aber ihr Vater kam ihr zuvor: Tennis.
Papa, ich habe einmal zwei Stunden genommen. Ich treffe keinen einzigen Ball. Außerdem hasse ich Tennis.

Sie hatte das auf Deutsch gesagt, so dass der Direktor es nicht verstehen konnte, aber auch ihr Vater schien es nicht verstanden zu haben, denn er starrte weiter den Direktor an, auf dessen Gesicht sich nun ein Lächeln breit machte.
Tennis, sagte er. Wunderbar. Unser Team kann Verstärkung gebrauchen.
Er drückte auf einen Knopf der Telefonanlage, die vor ihm auf dem Schreibtisch stand, erhob sich und nahm einige der in Leder gebundenen Bücher aus dem Regal. Er reichte sie Christiane und ihrem Vater. Die aufgeschlagenen Seiten glänzten und fühlten sich seidig an. Sie zeigten Porträtaufnahmen von Jungens, mit Schlips und Jackett, und Mädchen, die alle das gleiche schwarze Oberteil mit Puffärmeln anhatten und um den Hals eine weiße Perlenkette trugen. Den Porträts folgten Gruppenbilder verschiedener Klassen und Sportteams, bunte Bilder von Schulfesten, Bällen, Wettkämpfen, außerdem Kopien von Urkunden, Auszeichnungen und Zeitungsartikeln.
An der Tür klopfte es, und eine stämmige kleine Frau kam herein. Sie hatte sportlich kurz geschnittenes Haar und trug einen Trainingsanzug.
Ah, mein neues Opfer, sagte sie lächelnd und drückte Christianes Hand fest. Willkommen im Team. Montag ist dein erstes Training. Wir sehen uns dann!
Sie schüttelte noch dem Vater die Hand, winkte dem Direktor zu und verschwand.

Eine Spitzenfrau, sagte der Direktor. Hat bei internationalen Turnieren gespielt.
Ist das nicht toll?, sagte der Vater zu Christiane.
Wenn Sie wünschen, führe ich Sie jetzt noch ein wenig herum, bot der Direktor an, zog schwungvoll die Tür auf und ließ Christiane und ihren Vater vorausgehen.

Ein Labyrinth aus langen Korridoren, deren Wände nur an wenigen Stellen von Glasbausteinrechtecken durchbrochen und ansonsten fensterlos waren. Zwischen den Türen zu den Klassenräumen standen graue Metallspinde.
Hier wird Biologie unterrichtet, sagte der Direktor und deutete einen Flur hinunter, von dem mindestens fünfzehn Zimmer abgingen. Hier Mathematik, Geschichte, Wirtschaft. Das ist der Trakt, in dem die Künstler untergebracht sind.
Er lachte. Durch kleine Fenster in den Türen lugten sie in saalartige Räume, in denen Schüler an Töpferscheiben und Staffeleien standen. Es gab mehrere Dunkelkammern, ein Filmstudio und eine Theaterwerkstatt.
Das ist ja phantastisch, sagte der Vater. Nicht zu fassen, wie Sie hier ausgestattet sind.
Freut mich, dass es Ihnen gefällt, sagte der Direktor. Sieht es hier anders aus als an einer deutschen Schule?
Nein, sagte der Vater, und Christiane fragte sich, warum er log. Sie war auf keine Schule gegangen, die über mehrere Sporthallen, Fitnessräume und ein Schwimmbad verfügte.

Wir haben natürlich auch Außensportanlagen, sagte der Direktor. Ein kleines Stadion für unsere Wettkämpfe und selbstverständlich die Tennisplätze.
An den niedrigen, mit Platten verkleideten Decken hingen Neonröhren. An allen Außentüren standen Wachmänner. Ansonsten begegneten sie keiner Menschenseele, und aus den Klassenzimmern drang kaum ein Laut.
Hier sieht's aus wie im Knast, sagte Christiane auf Deutsch.
Ihr Vater reagierte wieder nicht, doch der Direktor drehte sich um und sagte: Wir erlauben unseren Schülern nicht, in einer anderen Sprache als Englisch zu reden, ausländische Literatur oder Zeitschriften mit in die Schule zu bringen – es sei denn im Zusammenhang mit dem Unterricht –, außerdem dürfen keine auffälligen religiösen oder nationalen Symbole getragen werden. Wir wollen keine Cliquen, keine Gangs. Wir sind ein großes Team. Wer nicht mitspielen will, kommt auf die Strafbank.
Natürlich, sagte der Vater.
Man kann mir doch nicht verbieten, meine Sprache zu sprechen, sagte Christiane.
Der Direktor lächelte.
Wir wollen nichts verbieten. Wir erlauben bloß nicht alles. Außerdem müsstest du dann schon mit dir selbst sprechen. Letztes Jahr hatten wir eine deutsche Austauschschülerin, aber dieses Jahr ist nur ein Junge aus Polen da.
Ein Mädchen lief ihnen entgegen, eine Schülerin, die eine

kopflose Puppe im Arm hielt. Als sie näher kam, sah Christiane, dass es keine Puppe, sondern ein Päckchen Mehl war, das in einem Strampelanzug steckte.

Moment, sagte der Direktor. Solltest du nicht im Unterricht sein?

Musste mein Baby wickeln. Wenn Sie Lily kurz halten, zeig ich Ihnen meinen Korridorpass.

Sie gab dem Direktor das Päckchen Mehl und holte einen gelben Zettel aus der Hosentasche. Der Direktor warf einen Blick darauf, zog dem Mehlsack den Strampelanzug zurecht und sagte: Jetzt nimm deine Kleine wieder. Wie lange hast du sie noch?

Drei Wochen, antwortete das Mädchen. Aber heute ist John dran und spielt den Papa. Ich hab dann endlich mal frei.

Der Direktor nickte, und das Mädchen mit der Mehltüte verschwand in einem der Kunsträume. Christiane sah ihr nach.

Das ist unser Programm gegen Teenagerschwangerschaften, sagte der Direktor. Wer einmal erlebt hat, wie verletzlich ein rohes Ei oder eine Tüte Mehl sind und wie viel Verantwortung es bedeutet, für sie zu sorgen, legt sich so schnell kein Kind zu.

Christianes Vater schaute durch das Fenster einer Tür. Er hatte sich seine Brille aufgesetzt. Das silberne Etui hielt er noch in der Hand.

Unser Kochunterricht, sagte der Direktor.

Das ist ja einfach phantastisch, sagte der Vater wieder, steckte

das Brillenetui ein und legte einen Arm um Christiane. Ist das nicht toll hier?
Ich weiß nicht.
Der Direktor lächelte Christiane an. Seine Zähne waren so weiß wie sein Haar, und auf der gebräunten Haut entstand eine tiefe Falte, vom linken Nasenflügel zum Mundwinkel hinunter.
Was immer in dir steckt, sagte er, wir holen es heraus. Wir machen aus dir, was du schon immer sein wolltest. Ich werde dich jetzt gleich zu unserer Schülerberaterin schicken, dort wird man dir deinen persönlichen Stundenplan zusammenstellen und einen Spind zuweisen. Dann kann's auch schon losgehen. Dein neues Leben beginnt, Christiane, und glaub mir, es wird ein gutes Leben sein.

8

Ich ging durch die Wohnung. Vom Schlafzimmer in den Flur, in die Küche, sah über die Theke hinweg ins Wohnzimmer. Am Fenster stand eines von Marias Schiffchen. Auf dem Fußboden lag Leons Zigarettenkippe. Vor ein paar Tagen hatte er mir eine E-Mail geschickt. Ich schaltete meinen Laptop ein und las die Nachricht noch einmal. Leon war auf irgendeiner Messe gewesen. Maria erwähnte er mit keinem Wort. Wahrscheinlich war sie schon wieder beim Schnitzer.
Schreibe dir zwischen einer Kolumne, die ich noch schreiben muss, und einem Essen, zu dem ich gleich gehe. Jetzt ist es also so weit. Was sagst du dazu?
Als ob mich der Krieg interessierte.
Heute Morgen stand ich im Stau, hatte Leon geschrieben. Ich war auf dem Weg zur Messe. Im Radio sagten sie etwas von einer Bombe, und weißt du, was ich gedacht habe? Was würdest du denken, wenn eben der Krieg ausgebrochen ist und plötzlich liegt auf deinem Weg eine Bombe?
Ich würde hoffen, dass sie hochgeht. Eine Explosion, etwas, das mich zerfetzte, zerstörte.
Ich strich mit den Fingernägeln über die Tastatur des Computers. Es sollte aufhören. Alles.

Es war eine Bombe aus dem Zweiten Weltkrieg, schrieb Leon. Ein Bauarbeiter hatte sie entdeckt. Auf der Messe standen alle vor den Fernsehern und sahen Irak. Ich muss jetzt los. Denk an die sauren Äpfel. Flugabwehr, du weißt schon. Pass auf dich auf.
Ich klickte auf Antworten, tippte: Wir werden den Krieg gewinnen.
Löschen.
Ich schob das Küchenfenster hoch, sah in Terrys Wohnzimmer hinüber. Es war leer. Ausgeräumt. Ich zündete mir eine Zigarette an.

Diese grasgrünen Augen, leicht geöffnete Lippen, die kleinen Hände auf die Fensterbank aufgestützt, ein Blick über die Schulter, durchs Wohnzimmer, zur Tür. Da war es mir nicht mehr vorgekommen, als erwarte sie jemanden, sondern als fürchtete sie sich vor etwas.
Verletzt?, fragte ich. Wieso bist du verletzt?
Darüber rede ich nicht.
Ein Zittern, von den Händen ausgehend, in die Arme, die Schultern, den Oberkörper. Terry senkte den Blick.
Wer hat dich verletzt?, fragte ich.
Ein Griff an die Stelle über der linken Brust. Gespreizte Finger. Zittern. Dann Zorn: Hast du es nicht gehört? Liest du keine Zeitung? Siehst du nicht fern? Die haben sich wie Aasgeier auf mich gestürzt.

Auf einmal wusste ich, wo ich sie schon einmal gesehen hatte, dass ihr Bild in der Zeitung gewesen war.

Du bist die Lehrerin, sagte ich.

Siehst du. Jetzt erinnerst du dich.

Ich habe dich nicht erkannt.

Zum ersten Mal lächelte sie. Dann beugte sie sich weit aus dem Fenster und fragte: Kannst du verstehen, dass ich nicht gegen ihn aussage? Gegen ein Kind. Niemand will das verstehen.

Er hat dich fast umgebracht.

Ja. Beinahe.

Arbeitest du, unterrichtest du wieder?

Ich kann nicht. Ich hab es versucht. Lauter messerstechende kleine Monster.

Sie sah mich an. Du hast mich wirklich nicht erkannt?

Nein.

Ich trau mich kaum noch auf die Straße.

Seinetwegen? Weil er frei herumläuft?

Sie riss die Augen weit auf. Nein. Ich habe keine Angst mehr vor ihm. Ich habe Angst vor den Leuten, die nicht verstehen, dass man sich an Kindern nicht rächen kann.

Teresa Rubinstein war einunddreißig Jahre alt, trug gerne Röcke und hatte ihr blondes Haar meistens zu einem Pferdeschwanz zusammengebunden. Fremde forderte sie schnell auf, sie Terry zu nennen. Sie war in New Jersey aufgewachsen, in dem kleinen Ort, in dem sie jetzt wieder lebte, vierzig Kilometer östlich von Philadelphia. Mit zweiundzwanzig hatte sie den achtzehn Jahre älteren Koby Rubinstein geheiratet, einen bekannten Frauenarzt, der bei ihr versagt hatte. Keine Kinder. Die Scheidung lief.

Terry beherrschte keine Fremdsprache, hielt sich aber zugute, dass sie auf Französisch, Deutsch und Spanisch sowohl den Weg zum Kühlschrank als auch zur Toilette erfragen konnte. Manchmal benahm sie sich wie ein Schulmädchen, machte sich kleiner, als sie war, was sie vermutlich für niedlich hielt, also liebenswert. Ich hatte die Erfahrung gemacht, dass das bei Töchtern aus der Mittelschicht nichts Ungewöhnliches war. Wahrscheinlich hatte Terry als Kind nur als Püppchen verkleidet auf den Schoß ihres Vaters gedurft, durch Schleifchen, Rüschen und Schühchen aller Weiblichkeit beraubt, und vielleicht hatte man ihr ein Missgeschick weniger übel genommen, wenn sie mit den Augen geklimpert und ›oupsi‹ gesagt hatte. Mich machte sie damit nicht an, das wusste sie auch, manchmal sagte sie: Du bist der erste Mann, der sich nicht um mich sorgt, und meinte damit, dass ich ihr den Autoschlüssel nicht aus der Hand nahm, wenn wir zusammen irgendwohin fuhren, sondern sie fahren ließ, auch wenn sie schon nach fünf Minuten ›oh, du meine Güte‹ rief, bei der Mautstation nicht wusste, wie sie hindurchfahren sollte, im Parkhaus jedes Mal eine Krise bekam und an allen Stellplätzen aufgeregt den Kopf schüttelnd vorbeifuhr: Es wird im-

mer gesagt, dass wir ein großes, weites Land mit viel Platz wären, warum sind die Parkhäuser dann so klein?
Alles Quatsch, alles nur Show, sie konnte Auto fahren. Wenn sie glaubte, ich würde schlafen, gab sie Gas. Teresa Rubinstein war eine ganz normale, kluge Frau, vielleicht etwas schöner als andere.

Das Messer hatte ihr Herz nur knapp verfehlt. Manchmal zuckte sie unvermittelt zusammen, ging während eines Spaziergangs plötzlich schneller, fasste nach meinem Arm oder drehte sich immer wieder um, als befürchtete sie, jemand würde uns folgen. Reden wollte sie darüber nicht. Wenn ich nach dem Attentat fragte, drückte sie die Schultern nach hinten und schob den Kopf vor, so dass sie einer Schildkröte glich, die sich bei der kleinsten Erschütterung in ihren Panzer zurückziehen würde. Mich diesen Panzer spüren zu lassen, der ihr Gefängnis und Zuflucht zugleich war, bedeutete die größte Annäherung, die sie sich vorstellen konnte. Vielleicht glaubte sie dadurch, bei mir das Bedürfnis zu wecken, ihn aufzubrechen, die ganze, verletzte Frau bloßzulegen, sie zu befreien, nackt zu sehen, ihre Wunden zu küssen, ihre Geschichte zu hören. Ich kannte ihre Geschichte nicht oder nur in winzigen Ausschnitten, und um einen Panzer zu knacken, fehlte es mir an Geduld. Also behandelte ich sie als das, was sie am liebsten sein wollte: eine klar denkende, gut ausgebildete, nicht religiöse Amerikanerin.

Ich drückte meine Zigarette aus, schloss das Fenster und rief Terry an.
Ich bin jetzt so weit.
Okay. Ich mache mich gleich auf den Weg.
Ich packte ein paar Sachen zusammen, warf Marias Schiffchen ins Spülbecken. Um sie anzuzünden, fehlte es mir an Kraft. Das Filmröllchen steckte ich ein. Dann ging ich noch einmal durch die Wohnung, blieb vor der Tür des Zimmers stehen, in dem meine Mutter geschlafen hatte, legte die Hand auf den messingfarbenen Knauf, hörte den Schuylkill rauschen, wandte mich ab und verließ die Wohnung.

9

Meine Großmutter war nicht nur eine Frau gewesen, die selbstlos und ihrem Sohn zuliebe in den Westen rübergemacht und deren Mann wegen versuchter Republikflucht im Zuchthaus gesessen hatte. Nein. Über die Nachkriegsjahre war sie auch zu einer der wenigen Überlebenden eines Bombenangriffs auf ihren Stadtteil geworden. Natürlich hatte sie Juden versteckt und war dabei selber fast ins Konzentrationslager gekommen, hatte den elenden Zug russischer Kriegsgefangener an ihrem Küchenfenster vorbeiziehen sehen und ihnen, obwohl darauf Todesstrafe stand, Kartoffelschalen zum Essen hinausgereicht. Für mich war Großmutter eine Heldin. Meine Mutter konnte sie nicht ertragen und nahm ihr übel, dass sie weder zur kirchlichen Trauung meiner Eltern noch zu meiner Taufe erschienen war.

Wenn Großmutter uns besuchte, sagte meine Mutter: Jetzt rollt die deutsche Geschichte an.

Sie schickte mich zum Türöffnen, täuschte Migräne vor und verkroch sich im Schlafzimmer. Mein Vater war jedes Mal wütend deswegen. Großmutter schenkte mir bündelweise Reichsmark und zeigte mir einen Teller, den sie aus den Trümmern ihres zerbombten Hauses gerettet haben wollte. Staunend befühlte ich den schwarz verfärbten Tellerrand.

Was hast du damit gemacht? Ihn in eine Flamme gehalten? Meine Mutter stand plötzlich in der Tür. Wisch dir die rußigen Finger nicht am Tischtuch ab, Tom. Und wieder zu meiner Großmutter: Ich dachte, du hättest nur deinen Sohn mit in den Westen gebracht.

Und diesen Teller, sagte Großmutter.

Aus dem zerbombten Haus oder aus dem, das dir die Russen weggenommen haben?

Mama ..., sagte ich. Meine Großmutter legte mir eine Hand auf den Arm. Lass nur, sie weiß nicht, was sie sagt, sie hat keine Geschichte.

Meine Großmutter stammte aus einer ziemlich protestantischen Gegend, ja, man konnte sogar sagen, sie war aus der Wiege des Protestantismus gefallen, doch hatte das keinerlei Wirkung auf sie gehabt. Wenn Großmutter überhaupt von Gott sprach, dann nur, um ihn mit einer dramatischen Geste zu dem Leben dazuzuschlagen, das es nicht gut mit ihr gemeint hatte.

Wenn wir vor dem Essen beteten, schüttelte sie unwillig den Kopf.

Wo war Gott, als mir die Bomben auf den Kopf gefallen sind?, fragte sie meine Mutter. Als mir die Russen mein Haus weggenommen und meinen Mann ins Gefängnis gesteckt haben?

Meine Mutter schwieg. Sie glaubte daran, dass mein Vater mit uns in die USA ziehen würde, sobald Großmutter starb. Jedes Jahr flogen wir mindestens einmal nach Philadelphia. Mein Vater wollte gern durch Europa reisen, nach Italien, nach Frankreich, manchmal fuhren wir übers Wochenende in eine Stadt, die mit dem Auto erreichbar war. Meine Mutter begleitete uns nur selten. Schon im Herbst begann sie auf die Sommerferien zu warten, saß auf gepackten Koffern. Europa interessierte sie nur als unerschöpfliche Quelle von Souvenirs, die Vater und ich für ihre Eltern von unseren Reisen mitbringen mussten. Kuckucksuhren, Apfelweinkrüge und Frankfurt-Magneten hatten sie schon genug.
Wenn meine Großeltern uns in Philadelphia vom Flughafen abholten, taten sie im ersten Moment immer so, als würden sie uns nicht erkennen. Sie schauten mich an, meine Mutter, meinen Vater ignorierten sie für gewöhnlich, dann begann Grandma zu lachen: Ach, da seid ihr ja endlich! Beinahe hätten wir euch nicht erkannt. Es ist so lange her, dass wir uns gesehen haben.
Ich komme, sooft ich kann, antwortete meine Mutter gereizt.

Von den USA kannte ich kaum mehr als die Kleinstadt, in der meine Großeltern lebten, ihr Haus, den Garten, den Swimmingpool und Großvaters dunkelblauen Chevrolet, mit dem wir an manchen Sonntagen, wenn wir den Gottesdienst besucht hatten, nach Philadelphia fuhren. Grandpa besaß einen Revolver, mit dem er auf jeden schießen durfte, der unbefugt seinen Garten betrat. Bevor ich zu Bett ging, zeigte er mir den Revolver, damit ich mich sicherer fühlte. Mir machte die Waffe Angst. Mein Vater hatte mir einmal von einem Mann erzählt, den die Russen bei seiner Flucht aus der DDR angeschossen hatten und der im Todesstreifen verblutet war, weil die Amerikaner ihn nicht gerettet hatten. Manchmal träumte ich, dass Grandpa auf mich schoss und mich in seinem Garten verbluten ließ, weil er mich nicht erkannte.

Zu Hause sprachen wir Englisch. In unserem Vorgarten wehte die amerikanische Flagge. An Halloween verteilte meine Mutter Bonbons, ein ausgehöhlter Kürbis stand auf der Stufe vor unserer Haustür, und wie sie es gewohnt war, schrieb meine Mutter zu jedem Anlass eine Dankeskarte.

Wie schön, mit Ihnen geplaudert zu haben. Herzlichen Dank für den herrlichen Abend. Wirklich nett von Ihnen, dass Sie uns die Bohrmaschine geliehen haben.

Was zu leichten Irritationen auf Seiten der Nachbarn führte und manchmal zu Spott. Wenn meine Mutter mir eine der großformatigen, bunten Karten in die Hand drückte, hoffte ich, sie einfach in den Briefkasten werfen zu können, ohne dem Empfänger begegnen zu müssen.

Was, kommt nicht auch noch ein Blumenstrauß dazu?, fragte

mich Leons Vater, wenn ich ihm den Dank meiner Mutter überbrachte. Was haben wir denn diesmal Großartiges geleistet? Hat meine Frau wieder Mehl ausgeliehen? Milch! Einen Liter Milch. Sag deiner Mutter, das haben wir gerne getan.

Die einzigen Zugeständnisse, die sie an ihre neue Heimat machte, waren ihre Kleidung und der Deutschunterricht, den sie den Soldatenkindern in der amerikanischen Highschool gab. Meine Mutter trug alles, was ihr europäisch vorkam, Hosenanzüge, Kostüme, italienische Schuhe. In unserer Siedlung galt sie als overdressed, im Lehrerkollegium der Highschool hielt man sie für ausgesprochen elegant, meine amerikanischen Großeltern fanden ihren Aufzug lächerlich.
Ist dein Mann Präsident, dass du sich so anziehen musst?, spottete Grandma bei einem unserer Besuche. Willst du zu den bestgekleideten Frauen Amerikas gewählt werden?
Meine amerikanischen Großeltern kannten Europa nicht und waren nur zur Hochzeit meiner Eltern einmal in Deutschland gewesen. Sie konnten meinen Vater nicht ausstehen, die Deutschen verachteten sie zutiefst. Das heißt, Grandma hatte nichts gegen Schwarzwälder Kirschtorte einzuwenden und Grandpa trank auch gerne mal deutsches Bier. Sein Bruder hatte Buchenwald mit befreit.
Du hättest hören sollen, was er mir erzählt hat, sagte Grandpa. Wem kann man so was verzeihen?
Es war gut möglich, dass Grandpas Bruder genauso erfunden

war wie die Juden, die meine deutsche Großmutter gerettet haben wollte. Grandma war diesem Bruder nämlich nie begegnet, es gab kein Foto von ihm, und wenn ich etwas über ihn wissen wollte, zuckte Grandpa nur mit den Schultern und sagte: Warum fragst du? Das mit Buchenwald stimmt. Reicht das nicht?

Später habe ich Buchenwald einmal mit der Schule besucht. Was immer Grandpas Bruder da gesehen haben mochte, es war nicht mehr da, und mir fehlte die Vorstellungskraft, jemanden in die Öfen hineinzudenken oder mir eine der nicht mehr vorhandenen Baracken vorzustellen.

Als wir herumgeführt wurden, spuckte der Schnitzer so oft aus, dass unsere Lehrerin einen Wutanfall nur mühsam unterdrücken konnte und den Schnitzer von der Führung ausschloss. Darauf hatte er spekuliert. Ich folgte ihm nach draußen, um eine zu rauchen. Es schneite.

So eine verlogene Scheiße, sagte der Schnitzer.

Ich ging nicht darauf ein, weil mir seine Kneipenrede vom Vortag gereicht hatte: Wir sind ohne Schuld. Wir können nichts für unsere Geschichte. Wir haben niemanden gequält, niemanden vergast, niemanden in den Krieg geschickt.

Er war vom Tisch aufgestanden und hatte auf einen Mitschüler gezeigt: Oder hast du jemanden vergast? Hast du auch nur einen Juden ermordet? Ein Kommunistenschwein, eine schwule Sau, einen Zigeuner? Nein? Na eben.

Wenn du nicht gleich dein Maul hältst, sagte Leon sehr ruhig, kriegst du eins in die Fresse.
Spiel dich nicht auf, Goldberg. Willst du behaupten, ich hätte deine Familie ermordet?
Meine Familie war im Exil.
Der Schnitzer setzte sich wieder. Na siehst du.
Warum ist sie da nicht geblieben?, fragte jemand.
Du blöder Nazi!, schrie Leon.
Das Totschlagargument, sagte der Schnitzer. Das zieht nicht mehr. Ist aus und vorbei. Ich habe niemandem etwas getan. Dir will ich auch nichts tun, Goldberg, nein, im Ernst, reg dich ab. Die Juden sind nicht das Problem, die Türken auch nicht, unsere Eltern versperren den Weg. Sie bringen einen schon mit schlechtem Gewissen zur Welt …
Halt's Maul, Schnitzer.
Vergiss es. Die Zeit ist vorbei.
Ich könnte dich anzeigen, Schnitzer, ich könnte euch alle anzeigen.
Wofür? Ich leugne den Holocaust nicht, die Menschen tun mir Leid …
Hör auf!
Der Schnitzer lachte hysterisch, einige klatschten ihm Beifall, und ich wunderte mich, dass Leon nicht einfach ging. Ich machte ihm sogar Zeichen zu gehen, wollte mitkommen. Er ignorierte mich.

Wann sind die endlich fertig mit ihrer Schreckenstour?, fragte der Schnitzer und schnippte seine Zigarette weg. Wo ist eigentlich Goldberg? Den habe ich heute noch gar nicht gesehen.
Der hat sich abgemeldet.
Was? Der kriegt 'ne Extrawurst? Warum? Meinst du, ich würde mir hier den Arsch abfrieren, wenn man sich hätte abmelden können?
Er war schon in Auschwitz.
Da haben wir ja großes Glück, einen der wenigen Überlebenden in unserer Klasse zu haben, sagte der Schnitzer.

10

Nichts ging mehr. Der Krieg sollte nur ein paar Tage dauern. Jetzt machten die Sandstürme alles kaputt. Wir würden den Krieg verlieren. Einfach untergehen, wie die römischen Truppen im Teutoburger Wald.
Wo?, fragte Terry.
Kennst du nicht. Ist nicht deine Geschichte.
Ich schaltete das Radio aus. Als wir über die Betsy-Ross-Brücke fuhren und Philadelphia hinter uns ließen, sagte Terry: Boom. Gleich fliegen wir in die Luft. Die Terroristen sind unter uns. Jeder könnte es sein. Jeden könnte es treffen.
Ich lachte. Traust du deiner Flagge nicht mehr?
Sie streichelte das Fähnchen, das im Belüftungsgitter unter der Windschutzscheibe steckte.
Mach dich nicht über uns lustig, Tom.
Über dein Fähnchen und dich?
Die Wagen vor uns wurden langsamer. Bremslichter leuchteten auf. Sobald die Leute nach New Jersey hinüberfuhren, verlernten sie mit einem Schlag das Autofahren. Auf einer digitalen Tafel warb eine deutsche Brauerei mit dem Slogan: Let Germans do, what they do best. Ich hupte. Der Typ vor mir trat vor Schreck auf die Bremse.

Terry zog das Fähnchen aus dem Belüftungsgitter und wedelte damit herum. Wir müssen ein Zeichen setzen, sagte sie, zeigen, dass wir keine Angst haben und unser Stolz ungebrochen ist. Ich halte den Terroristen meine Flagge entgegen wie Vampiren ein Kruzifix.
Ich versuchte, ihr das Fähnchen aus der Hand zu nehmen, der Wagen schlingerte, Terry presste es sich an den Bauch und beugte sich schützend darüber.
Du tickst ja nicht richtig, sagte ich.
Versündige dich nicht.
Kurz vor Weihnachten hatte sie den Supermarkt geplündert und einen ganzen Einkaufswagen mit Nationalstolz beladen: eine Flagge für die Wohnungstür, ein hölzernes, blau-weiß-rotes Willkommenschild, von chinesischen Arbeitern handbemalt, eine Plastiktüte voll mit kleinen Fähnchen, von denen eines nun unter der Windschutzscheibe klemmte, eine blau-weiß-rote Girlande, an der die Köpfe unserer Präsidenten hingen, was Terry dann am Ende doch ein bisschen zu viel gewesen war. Die Girlande landete in einer Küchenschublade, wie auch die meisten der Fähnchen, die ich, um ihr eine Freude zu machen und ein bisschen auch, um sie zu ärgern, überall in ihrer Wohnung verteilt hatte, zwischen die Fenster und in alle Blumentöpfe gesteckt, in den Wasserkasten der Toilette geklemmt und an die Wände geklebt hatte. Terry hatte sie alle ohne einen Kommentar wieder eingesammelt.

Hör auf zu lachen, sagte Terry jetzt und steckte das Fähnchen wieder unter die Windschutzscheibe. Das ist nicht komisch. Ich komme mir schon vor wie in einem Gefängnis. Alle Schulausflüge nach Philadelphia sind ersatzlos gestrichen, weil die Eltern sich vor Anschlägen fürchten.
Vielleicht solltest du sie alle mit Fähnchen versorgen, sagte ich. Du hast doch noch welche, oder?
Du solltest das Unglück nicht heraufbeschwören, Tom.
Glaubst du im Ernst, dass sie die Betsy-Ross-Brücke in die Luft sprengen werden? Oder das Kunstmuseum? Und wenn du das glaubst, warum sollten sie dann deine Kleinstadt verschonen?
Terry legte eine Hand auf mein Knie. Tom, bitte, das ist nicht witzig.

Einkaufszentrum, Golfplatz, Synagoge, elf Kirchen, der campusähnliche Schulkomplex und ein Erdwall, der den Ort in die falsche und in die andere Seite der Schienen teilte.
Warum falsch?, fragte ich.
Ich wohne da, sagte Terry. Ich habe es nicht auf die andere, bessere Seite geschafft.
Auf der falschen Seite der Schienen standen Häuser, auf der anderen Villen. Ein Haus ist aus Holz, ein Villa aus Stein.
Mit arm oder reich hat das wenig zu tun, erklärte mir Terry. Aber Holz fault, und Stein ist für die Ewigkeit.
Die Sehnsucht einiger Hausbesitzer nach Ewigkeit fand ihren

Ausdruck in einer einzelnen gemauerten Wand, einem betonierten Sockel oder einem Dach, das nicht mit Plastikschindeln, sondern mit Schiefer gedeckt war.
Einer Bombe hält das alles nicht stand, sagte ich.
Du könntest nirgendwo sicherer sein als hier, sagte Terry. Bis auf ein paar Einbrüche ist noch nie etwas passiert. Ach, und natürlich das Feuer. Aber das ist schon Jahre her.
Was für ein Feuer?
Ein junges Ehepaar hat es gelegt. Sie hatten Schulden und wollten wohl mit ihrem Haus verbrennen. Sie sind beide erstickt. Aber das Feuer wurde gelöscht. Das Haus steht noch.

Terrys Haus sah aus wie ein Schuhkarton, auf dem das geteerte Dach wie ein zu großer Pappdeckel saß. Telefon- und Stromkabel überspannten den Vorgarten, der wie ein frisch bearbeiteter Acker in der Nachmittagssonne lag. Die meisten Bäume waren gefällt und abtransportiert worden. Ich lenkte den Wagen in die schnurgerade, frisch geschotterte Auffahrt, an deren Ende ein mächtiger Ahornbaum stand, dessen kahle Äste das Haus berührten. Ein schmaler, von Rhododendronbüschen gesäumter Weg führte zur Haustür. Terry ging mir voraus, schloss auf, ließ mich zuerst eintreten.
Das Haus war leer. Ich blieb stehen. Im Esszimmer. Vor mir die Treppe in den ersten Stock. Wandte mich nach rechts. Wohnzimmer. Keine Bilder, kein Klavier, keine Möbel. Ein paar Müllsäcke unter dem Fenster. Aus einem ragte ein gro-

ßes Kruzifix, der Querbalken hatte das Plastik durchbohrt, ein schlanker Arm, am Ellenbogen gebrochen, die Hand, der Nagel.
Das kannst du nicht machen, Terry. So was schmeißt man nicht weg. Das bringt Unglück.
Bist du etwa religiös?
Abergläubisch.
Ich zog das Kruzifix aus dem Müllsack, der gebrochene Arm fiel auseinander. Der Unteram schwang hin und her, nur noch von der festgenagelten Hand gehalten. Terry hockte sich hin und schob die Teile wieder zusammen. Ich ging weiter. Die Küche. Ein Tisch, vier Stühle, neue Schränke, ein neuer Herd. Keine Kupfertöpfe mehr an den Wänden, sondern pastellgrün gerahmte Bilder von Blumenzwiebeln. Unter jeder stand ihre lateinische Bezeichnung und die Zeit, zu der man sie pflanzen sollte. Terry war wie ein Chirurg vorgegangen, hatte jede Erinnerung und jeden Rest Andenken an ihre Mutter aus dem Haus herausgeschnitten.
Die Kellertür war verschlossen, in den Spalt zwischen Boden und Tür hatte Terry ein Handtuch gestopft. Ich spürte, dass sie hinter mir stand.
Die Ratten, da sind immer noch Ratten. Ich habe Gift streuen lassen, Fallen aufgestellt, aber nachts höre ich es fiepen und rascheln. Ich habe Angst, dass sie in die Küche hinaufkommen. Vielleicht kannst du nachher mal gucken, ob welche krepiert sind, ich traue mich gar nicht hinunter.

Ich nickte. Im Fernsehzimmer standen ein Schreibtisch, Terrys riesige, bunt karierte Couch, zwei Lampen und der wuchtige Birkenholzschrank, dessen Türen sich nicht ganz schließen ließen, weil das Fernsehgerät zu groß war.
Was sagst du?, fragte Terry. Gefällt es dir hier?
Und dir?
Tagsüber geht es. Sobald es dunkel wird, habe ich das Gefühl, nicht allein zu sein. Die Treppenstufen knacken, das Dach knarrt, eine Tür fällt zu, manchmal klingt es, als würde jemand durchs Haus schleichen.
Deine Mutter?
Terry ging nicht darauf ein: Mir ist es ganz recht, wenn du hier einziehst. Platz habe ich ja auch wirklich genug.
Aber kaum Möbel.
Einen Tisch, einen Stuhl, und mein Bett ist für zwei. Wollen wir deinen Koffer reinholen?
Ich ging durchs leere Esszimmer und die Treppe hinauf in den ersten Stock. Die Türen waren frisch gestrichen.
Der Wandschrank war leer. Im Bad ein Handtuch, ein Cremetiegel auf dem Waschbeckenrand, eine Zahnbürste, Shampoo, Duschgel, hinter dem Spiegel Kosmetika und ein paar Medikamente.
Du schaust dir alles ganz genau an, was?, fragte Terry. Ich hatte sie nicht die Treppe hinaufkommen gehört.
Guck bloß nicht an die Decke. Da kommt schon wieder Feuchtigkeit durch. Dabei ist das Dach neu gedeckt.

In dem Zimmer, in dem ihre Mutter geschlafen hatte, stand jetzt Terrys Bett. Darüber drehte sich ein goldener Ventilator. Jalousien an den Fenstern, eine Patchwork-Tagesdecke, zwei Nachttische, auf dem Boden ein gehäkelter Teppich.

Als ich zurück in den Flur kam, stand Terry vor der Tür, die ins zweite Zimmer führte.

Das ist immer noch leer, sagte sie. Wenn du willst, kannst du dir einen Schreibtisch da reinstellen. Aber jetzt lass uns runtergehen, deine Sachen holen, ich habe Wein gekauft.

Gibt es hier in der Nähe ein Fotogeschäft?, fragte ich.

Jetzt? Wozu brauchst du ein Fotogeschäft?

Ich will einen Film entwickeln lassen.

Was für einen Film?

Ist hier eins in der Nähe?

An der Mainstreet. Das ist sehr teuer. Ich würde in den Supermarkt gehen. Aber kannst du das nicht später machen? Willst du nicht erst einmal ankommen? Der Supermarkt hat vierundzwanzig Stunden geöffnet, wenn du willst, können wir später hinfahren. Wenn es derart wichtig ist.

Ist es nicht. Du hast Recht. Das muss ich nicht heute machen.

Terry deutete die Treppe hinunter. Bitte. Nach dir. Ich bestehe darauf.

Ich lachte.

Wir saßen am Küchentisch. Hinter den Türen des Wandschranks rumpelte der Wäschetrockner und verströmte feucht dampfende, nach Weichspüler duftende Luft. Ich entkorkte eine riesige Flasche chilenischen Weißweins und schenkte uns ein.

Ich hoffe, er schmeckt, sagte Terry. Ich versteh nichts von Wein.

Wir stießen an.

Saure Trauben, sagte Terry.

Ich schüttelte den Kopf. Ist in Ordnung.

Nein, sagte sie. Die Geschichte. Kennst du sie nicht? Die Eltern haben saure Trauben gegessen, und die Kinder bekommen kaputte Zähne davon.

Warum?

Was weiß ich. So steht's in der Bibel.

Was wirfst du deinen Eltern vor?, fragte ich.

Und du?

Kann ich hier rauchen?

Wenn es sein muss. Mach das Fenster auf.

Ich zündete mir eine Zigarette an. Als ich versuchte, den Rauch nach draußen zu blasen, schlug er mir ins Gesicht zurück.

Willst du mir von ihr erzählen?, fragte Terry nach einer Weile.

Von wem?

Maria.

Terry hatte sie nie kennen gelernt, nur hin und wieder durchs Fenster gesehen. Im Wäschetrockner schlug etwas Metallenes gegen die Trommel, wahrscheinlich ein Reißverschluss oder der Knopf einer Jeans. Ich schnippte meine Zigarette nach draußen und schloss das Fenster.
Willst du?, fragte Terry. Ich höre dir zu.
Ich hätte ihr alles erzählen können. Sie wusste nichts über mich. Einen Moment lang reizte mich dieser Gedanke. Von vorn beginnen. Mir ein Leben erfinden, eine Geschichte, die besser klang als die Wirklichkeit. Aber dann würde Maria mir fehlen.

Die Stadt, in der ich aufgewachsen bin, liegt in der Nähe von Frankfurt und sieht ein bisschen aus wie die Landschaftsplatte einer Modelleisenbahn mit Kirche, Bahnhof, Rathaus und einem Berg. Auf dem Berg gab es die amerikanische Siedlung und uns. Die Amerikaner hatten gelbe und ockerfarbene Häuser, Schulen, Supermärkte und Kasernen, alles von Maschendrahtzäunen umgeben. Die Deutschen wohnten direkt nebenan in der Schönen Aussicht, einer Neubausiedlung, die einer grell weißen Wagenburg glich und deren Wege und Straßen nach Gewürzen benannt waren. Das Reihenhaus meiner Eltern stand im Ingwerweg. Gekaufte hundertzehn Quadratmeter, in Wirklichkeit achtundneunzig.
So war das mit der ganzen Siedlung. Ein Riesenbeschiss. Zu eng gebaut. Nicht genug Parkplätze, keine Busverbindung in

die Stadt. Keine Geschäfte, kein Café, nur der Fenchelring, die Dillstraße und ein Haufen Leute, die sich für weiße Häuser, kleine Gärten und die Landschaft direkt vor der Haustür bis an ihr Lebensende verschuldet hatten und sich wegen jedem überhängenden Ast und jeder zu hoch gewachsenen Hecke vor Gericht stritten. Jenseits der Jägerzäune gab es Wiesen, Apfelbäume, den Ausblick über die Stadt, ein paar mit Wasser voll gelaufene Keller von kleinen Häusern, die irgendwann abgerissen worden oder zerfallen waren. In einigen Beeten wuchsen noch Mohrrüben. Dazwischen lag Müll, Sperrmüll, der wurde dort regelmäßig abgeladen. Alte Sofas, kaputte Spiegel, Regale, zerschlissene Matratzen, all das, womit man als Kind wunderbar Höhlen einrichten und Krieg spielen kann. Ein unbefestigter Weg führte zum Wasserturm und dann noch ein Stück weiter hinauf zum Haus der Bartels, Marias Familie. Es war das einzige alte Haus in der Gegend, aus gelb glänzenden Steinen, mit einem schwarzen Dach und von einem großen verwilderten Garten umgeben. Das Haus stand wie auf einer Insel. Die Wiesen, die es umgaben, gehörten dem dicken Seibold. Der dicke Seibold führte sich wie ein Landgraf auf, trug englische Wachsjacken, grobe Kordhosen, Stiefel und Schiebermütze. Einmal die Woche, meistens freitags, fuhr er mit seinem lodengrünen Mercedes vor, ließ seinen Schäferhund von der Rückbank ins Freie springen und marschierte die Wege zwischen den Wiesen und Apfelbäumen entlang. Er hatte Streit mit den Bartels. Sie hatten ihr

Haus von ihm gekauft, die Schöne Aussicht war auf seinem Land gebaut worden, vielleicht wollte er die Siedlung erweitern, möglicherweise stand das Bartels-Haus seinen Plänen im Weg. Ich weiß es nicht. Auf jeden Fall erlaubte er ihnen eines Tages nicht mehr, den Weg, der zu ihrem Haus führte, mit dem Auto hinaufzufahren. Die Bartels mussten ihren Wagen bei uns in der Straße abstellen und dann das letzte Stück, das waren mindestens fünfzehn Minuten, bei Wind und Wetter zu Fuß gehen. Wenn Seibold sie dabei sah, begann er zu pöbeln. Ich habe selber gesehen, wie die kleine Frau Bartels mit Tüten und Taschen beladen zu rennen begann und er seinen Schäferhund hinter ihr herschickte.

Ich musste lachen. Ich hatte das genau vor Augen: Wir traten alle in die Gärten hinaus und beobachteten, wie Frau Bartels vor dem Schäferhund wegrannte. Sie ließ ihre Tüten fallen, die Einkäufe kullerten den Weg hinunter und in die Wassergräben, was den Hund für einen Augenblick irritierte. Er folgte einer Orange, beschnupperte ein weißes Papierpäckchen, wahrscheinlich Wurst. Frau Bartels gewann einen Vorsprung. Der dicke Seibold schrie seinen Hund an. Wir Nachbarn sahen einander nicht an. Die meisten von uns waren miteinander zerstritten, jeder stand auf seinem Stück Land und ignorierte den anderen. Nur einmal, als der Hund Frau Bartels ansprang und sie zu Boden riss, fragte jemand, ob es nicht Zeit sei, die Polizei einzuschalten.

Bis die hier oben ist, sagte mein Vater und zuckte mit den Schultern.
Trotzdem, sagte meine Mutter. Wir sollten ihr helfen.
Aber da pfiff Seibold den Hund zurück, Frau Bartels rappelte sich scheinbar unverletzt auf, und wir gingen wieder in unsere Häuser.

Mit den Bartels-Kindern sollten wir nicht spielen. Es waren zwei Schwestern. Angelika und die fünf, sechs Jahre jüngere Maria. Kennst du das Märchen von der Gänsemagd?
Terry schüttelte den Kopf.
Eigentlich ist sie eine Prinzessin, aber man hat sie überfallen und ihrem Pferd den Kopf abgeschlagen. Als Kind glaubte ich, der abgehackte Pferdekopf würde über der Haustür der Bartels hängen. Ich weiß nicht, wie ich darauf kam. Wahrscheinlich hat mein Vater mir das erzählt. Ich habe mich vor den Bartels gegruselt.
Warum?
Ich sah aus dem Fenster. Draußen war es so dunkel, wie es in der Stadt niemals wurde. Der Wäschetrockner schaltete sich mit einem schrillen Signalton ab. Terry stand auf, schob die Schranktür zur Seite und machte den Deckel des Trockners auf. Sie holte die Wäsche heraus, Stück für Stück faltete sie ordentlich zusammen und stapelte alles in einen Korb.
Ich glaube, sagte ich, als sie sich wieder zu mir an den Tisch setzte, dass Maria die ersten sechs Jahre ihres Lebens das

Haus kaum verlassen hat. Zumindest kann ich mich nicht erinnern, sie je gesehen zu haben, bis wir zusammen eingeschult worden sind. Ich kannte Angelika, Leon, den Schnitzer, aber nicht Maria. Manchmal stelle ich mir vor, dass sie sechs Jahre lang in diesem Haus eingesperrt war.

Terry schenkte uns Wein nach.

Wir sind alle in einer Klasse gewesen, sagte ich. Leon, der Schnitzer, ich und Maria. Sie sah furchtbar aus. Schlecht ernährt. Schlecht angezogen. Sie hatte die schmutzigsten Ohren, die ich je gesehen habe. Und dann diese Schulter. Maria war das perfekte Opfer. Gleich am ersten Tag haben wir uns auf sie gestürzt.

Was ist mit der Schulter?, fragte Terry.

Ich zog meine hoch, drückte die Wange dagegen. So, so ungefähr hat es ausgesehen.

Ja. Aber warum? Wie ist das passiert? Ist sie krank gewesen?

Ich schwieg eine Weile. Dann schüttelte ich den Kopf.

Du weißt es nicht?, fragte Terry.

Sie hat nie darüber gesprochen. Und ich habe nicht gefragt.

Terry rieb sich die Stelle über ihrer Brust.

Tut es weh?, fragte ich.

Es zieht manchmal ein bisschen. Als wäre die Haut zu eng zusammengewachsen.

Ich trank meinen Wein aus, dann sagte ich: Sie ist wieder zum Schnitzer zurück. Ganz sicher. Er macht sie kaputt, verstehst du, zerstört sie.

Ihr Freund?
Weißt du, was Schnitzer bedeutet? Warum wir ihn so genannt haben? Er hatte ein Messer. Bevor er mit einem Mädchen schlief, musste sie sich nackt vor ihn stellen und ihm zeigen, was ihr an sich nicht gefiel. Die Oberschenkel, die Speckfalte am Bauch, den Hintern hat er dann mit kleinen Messerschnitten markiert. Dann schnitzte er die Körper zurecht. Er hat keines der Mädchen wirklich verletzt, ihnen nur mit dem Messer über die markierten Stellen gestrichen und gesagt: Alles verschwunden. Du siehst schön aus, jetzt siehst du schön aus.
Terry drehte ihr Weinglas zwischen den Handflächen und sah mich nicht an.
Was erzählst du mir da? Woher willst du das wissen? Hast du das von Maria? Wie krank.
Es war nie ein Geheimnis. Die Mädchen liebten den Schnitzer, schliefen gern mit ihm. Keine Einzige hat sich je beschwert oder ihn gar angezeigt.
Terry schob ihr Glas von sich weg. Wein schwappte über.
Was hat Maria an sich nicht gefallen?, fragte sie.
Was? Keine Ahnung. Die Schulter. Wahrscheinlich die Schulter.
Terry sah mich an. Du weißt nicht viel. Warum weißt du so wenig? Worüber habt ihr gesprochen? Hast du sie nichts gefragt?
Sie stand auf. Ich legte den Kopf in den Nacken und sah zu

ihr hoch. Es ist, wie es ist. Man kann doch nichts ändern. Man nimmt es hin.
Wir sollten jetzt schlafen gehen, sagte Terry. Ich muss morgen früh raus.

11

Ich schlief nicht. Zweige schlugen gegen die Hauswand. Das Dach knarrte. Terry drehte sich auf den Rücken, bewegte die Lippen im Schlaf. Sie trug dicke Wollsocken und einen blauweiß karierten Satinschlafanzug. Das Hemd war bis oben hin zugeknöpft. Welche Spur hatte das Messer wohl hinterlassen? Wie die Narbe wohl aussah? War sie groß, klein? Hatte das Messer eine gezackte Klinge gehabt, die Haut zerfetzt? Oder war es glatt, ohne Widerstand eingedrungen? Warum hatte der Junge nur einmal zugestochen? Hatte er geglaubt, mit dem ersten Stich tödlich getroffen zu haben? War Terry gleich zu Boden gegangen, in sich zusammengesunken? Hatte er deswegen von ihr abgelassen? Ich beugte mich über sie, spürte ihren Atem in meinem Gesicht, wartete einen Moment, öffnete den ersten Knopf. Terry riss den Mund auf, schnappte nach Luft, öffnete die Augen. Sie sah mich nicht, atmete in heftigen Stößen ein und aus, zitterte. Ich legte eine Hand auf ihr Haar. Schscht, schscht, schlaf weiter.

Sie schloss die Augen, drehte sich von mir weg auf die Seite. Ich legte mich wieder hin. Mein Herz schlug mir bis in den Hals hinauf. Ich wollte wissen, wie diese Narbe aussah.

Am Anfang hatte Maria auch immer Schlafanzüge getragen, nie war sie nackt zu mir ins Bett gekrochen, nackt durch meine Wohnung gegangen, aber einmal, als sie unter der Dusche gestanden hatte, war die Badezimmertür nicht verschlossen gewesen, und ich war eingetreten und hatte Marias Körper gesehen. Maria war zurückgewichen, hatte die Arme vor den Brüsten verschränkt. Zu spät.
Was ist das? Was hat er mit dir gemacht?
Gib mir ein Handtuch. Sofort.
Ich hatte sie angestarrt, unfähig, mich zu bewegen. Sie hatte das Wasser abgestellt, sich zur Seite gedreht, einen Arm vor die Brüste gedrückt, den anderen ausgestreckt, nach einem Handtuch gegriffen, sich darin eingewickelt. Dann war sie aus der Wanne gestiegen, hatte mich aber nicht aus dem Bad geworfen, sondern herausfordernd angeschaut.
Ich habe mir nicht gefallen, was ist schon dabei? Kennst du das etwa nicht?
Du bist sechsundzwanzig, nicht sechzig.
Niemand kommt perfekt auf die Welt, Tom.
Ich will nicht perfekt sein.
Wir müssen an uns arbeiten. Etwas verändern.
Uns verstümmeln?
Fändest du es nicht erotisch, wenn du meinen Körper formen dürftest? Was würdest du tun? Sollte ich mir zwei Rippen entfernen lassen, um eine schönere Taille zu bekommen? Oder die kleinen Zehen, wie bei Aschenputtel, damit ich in die

spitzen Schuhe hineinkomme? Stehst du auf spitze Schuhe? Auf hohe Absätze? Auf ein Korsett? Schnür mich ein, bis ich keine Luft mehr kriege. Fester, Tom, fester, fester …
Ich schlug ihr ins Gesicht, spürte kaum Widerstand. Für einen Moment schien sich das Blut an ihrem Nasenloch wie hinter einem unsichtbaren Damm zu stauen, dann begann es zu strömen, über Marias Lippen, das Kinn, tropfte auf den Boden, aufs Waschbecken. Ich griff nach einem Handtuch, hielt es unter Wasser.
Hier, nimm.
Maria wandte sich ab, wischte sich mit der Hand über den Mund, griff an den Waschbeckenrand, beugte sich vor, schaute in den Spiegel.
Du hast mich geschlagen. Das hat der Schnitzer noch nie getan.
Das ist nicht wahr, sagte ich.

Die Narben unter ihren Brüsten stammten von den Implantaten, die ihr der Schnitzer bezahlt und die sie nicht vertragen hatte. Maria saß auf dem Wannenrand, hatte den Kopf in den Nacken gelegt. Das Handtuch, in das sie sich gewickelt hatte, war runtergerutscht, lag in ihrem Schoß und hing in die Wanne hinein.
Am Anfang war ich so glücklich, Tom, du kannst dir nicht vorstellen, wie schön meine Brüste auf einmal gewesen sind. Überreife Melonen, prächtige Kuppeln, zwei voll aufgebla-

sene Luftballons, und die fingen dann an zu schrumpeln, nach und nach wurden sie hässlich und unförmig. Der Schnitzer wollte mich nicht mehr vögeln, er hat gesagt, er muss kotzen, wenn er mich sieht, selbst wenn ich mein Hemdchen anließ, wurde ihm übel. Ich glaube, er war nur wütend auf mich, weil ich die Implantate unbedingt wollte und er nicht.
Ich dachte, er hat sie bezahlt.
Nur weil sein Zauber nicht mehr funktionierte. Er konnte meine Brüste nicht schön machen.
Ich sah auf Maria hinunter. Die Narben konnte ich so nicht sehen. Ihre Brüste waren groß und schön.
Maria stand auf, tupfte sich das Gesicht mit einem feuchten Handtuch ab.
Diese Narben, sagte ich, die sind schrecklich. Aber deine Brüste sind wunderbar. Das waren sie immer.
Nicht fest genug, sagte Maria. Hängen durch, als hätte ich hundert Kinder gestillt.
Sie nahm ihren Slip vom Badezimmerschrank, zog ihn sich an, dann sah sie in den Spiegel, stieg auf den Wannenrand, um sich besser sehen zu können, griff sich unter die Brüste, schien sie in den Händen zu wiegen.
Ich musste die Implantate rausmachen lassen. Hat auch nichts gerettet. Der Schnitzer wollte trotzdem nicht mehr mit mir ins Bett.
Wegen der Narben, sagte ich.
Maria drehte sich, wobei sie sich mit einer Hand an der Wand

abstützen musste, und betrachtete über die Schulter hinweg ihren Hintern.
Kann man auch verstehen, oder? So, wie ich aussehe?
Sie trug einen Tanga, die schwarze Spitze bildete ein Stoffdreieck über der Arschritze. Maria hatte weiche weiße Pobacken und einen Leberfleck auf der rechten.
Mit so einem Arsch sollte ich keinen Tanga tragen.
Ich schwieg. Sie beugte sich ein wenig vor, spreizte die Beine, und betrachtete in völlig verrenkter Haltung ihre Schamlippen.
Als würden sie durchhängen. Zwei schlaffe Fleischlappen in schwarzer Spitze.
Hör auf, sagte ich.
Weich. Fleischig. Wie ein kleiner Sack, sagte sie. Ein verkümmerter Hoden.
Was hat der Schnitzer mit dir gemacht?
Sie drehte sich wieder um. Der Schnitzer? Ich liebe den Schnitzer.

Auf einmal zuckte Terry zusammen, öffnete die Augen und setzte sich im Bett neben mir auf. Was ist passiert?
Ich sah sie an. Nichts.
Warum schläfst du nicht? Hast du schlecht geträumt?
Und du?
Sie sah sich um. Ist wirklich alles in Ordnung?
Ja. Leg dich hin. Schlaf weiter.

Sie stand auf, ging ans Fenster, zog das Rollo hoch. Ist jemand im Garten gewesen? An der Tür?
Sie verließ das Zimmer. Ich hörte, wie sie die Treppen hinunterging und Licht machte. Erst nach einigen Minuten kam sie wieder hinauf, sah mich an, sah sich um, ließ das Rollo wieder herunter.
Es wird schon hell, sagte sie, als sie zu mir ins Bett kroch. Hast du noch gar nicht geschlafen?
Mit einer Hand fuhr sie mir durchs Haar. Ich schloss die Augen.

12

Was sind denn das für Schaudergeschichten, die du uns hier auftischst, hatte der Vater gestern Abend gesagt. Das klingt ja, als hätten wir dich in ein Strafgefangenenlager geschickt und nicht auf eine Schule mit Swimmingpool, Tennisplätzen und Sportstadion.

Er hatte gelacht und Christiane leicht in die Wange gekniffen.

Die Mutter hatte von ihrem Wein getrunken und an Christiane vorbeigesehen.

Warum glaubt ihr mir nicht?

Ich glaube, hatte der Vater gesagt, dass du das alles nicht richtig verstehst. Vielleicht solltest du dir die Schulordnung noch einmal durchlesen oder mit einem Lehrer darüber sprechen. Bei meiner Arbeit muss ich auch vieles neu lernen, mir den amerikanischen Ton aneignen. Aber wenn dir die Regeln erst einmal in Fleisch und Blut übergegangen sind und du nicht mehr allein durch deine Fehler auffällst, wird alles gut werden.

Da hörst du's, hatte die Mutter gesagt und sich Wein nachgeschenkt. Hörst du's, mein Schatz? Alles wird gut.

Der Vater griff nach der leeren Weinflasche und schob sie einmal schnell auf der Tischplatte hin und her. Amerika ist

ein Hochgeschwindigkeitszug, sagte er. Steigst du ein, bringt er dich rasend schnell an dein Ziel. Doch wenn du dich ihm entgegenstellst …
Prost, hatte die Mutter gesagt und ihr Glas mit einem Schluck geleert.

Es war nicht ihre Schuld. Christiane wollte sich niemandem entgegenstellen. Sie wollte nur weg. Sie suchte einen Fluchtweg. Man musste aus dieser Schule doch irgendwie rauskommen können. Automatisch streichelte sie das rohe Ei, das man ihr als Baby zugeteilt hatte. Die Lehrerin hatte ein Gesicht und ihre Initialen darauf gemalt, so dass man es nicht einfach gegen ein anderes Ei austauschen konnte, wenn es kaputtging. Als Christiane merkte, was sie tat, spreizte sie angewidert die Finger und betrachtete das Ei auf ihrer Handfläche. Immerhin hatte sie sich nicht so vom Baby-Fieber anstecken lassen, dass sie dem Ei etwas zum Anziehen gestrickt hatte, wie es ihre Klassenkameradinnen getan hatten. Jetzt wäre irgendeine Schutzhülle allerdings nützlich gewesen. Wie sollte man mit einem rohen Ei in der Hand aus einer Schule flüchten, die wie ein Gefängnis bewacht wurde? In ihren Spind konnte sie es nicht tun. Erstens bekam sie den immer noch nicht auf, zweitens wäre ihr das glatt als Kindesmisshandlung ausgelegt worden. Das war nur ein Ei! Was machten die hier mit ihr?
Dieses Ei ist ab heute dein Kind, hatte die Lehrerin gesagt. Ein Kind kostet Geld und Zeit, es braucht Kleidung, Nahrung,

Aufmerksamkeit, es soll in einer sicheren Wohngegend und in geordneten Verhältnissen aufwachsen. Später musst du es auf eine gute Schule schicken und ein teures College bezahlen. Kinder sind ein großes Glück, wenn du sie dir leisten kannst. Mag sein, dass du Geschlechtsverkehr für ein Vergnügen hältst, aber er macht dich zur Mutter. Also: Vorsicht! Und pass auf dein Kind auf.

Christiane hatte schon hundertmal mit ihrem Freund geschlafen, ohne schwanger zu werden. Dafür brauchte man nur die Pille und musste nicht wochenlang Tag und Nacht einen Mehlsack oder ein rohes Ei am Hals haben. Trotzdem traute sie sich nicht, das Ei einfach irgendwo hinzulegen oder gar wegzuschmeißen.

Durch die gläsernen Schwingtüren fiel Licht in die Eingangshalle. Der Wachmann lehnte an einem der Metalldetektoren, die Hände auf seinem dicken Bauch gefaltet. Um die Aufmerksamkeit des Wachmanns nicht auf sich zu ziehen, ging sie rasch weiter. Sie hieß Christiane, ihr Freund hieß Christoph, sie kam aus Hamburg, und dorthin wollte sie wieder zurück. Das wusste sie über sich, aber das spielte jetzt keine Rolle. Man sah ihr ihr bisheriges Leben nicht an, oder es interessierte niemanden. Es löste sich einfach auf. Sie wurde behandelt, als hätte sie schon immer hier gelebt. Auch ihr Akzent veranlasste keinen zu fragen, wo sie herkam, wer sie war. Ihre Eltern hatten vor der Abreise in die USA gesagt, dass sie jederzeit zurückkönne, wenn es ihr nicht gefiel. Aber das

war gelogen. Und jetzt stand sie hier, ein Niemand mit Namen Christiane, zwischen Leuten, die Eier wie Babys mit sich rumtrugen, die vor einer Flagge die Hand auf die Brust schlugen und hysterisch kreischten, wenn morgens über Lautsprecher bekannt gegeben wurde, dass das Schulsportteam einen Wettkampf gewonnen hatte.
Sie wollte weg hier. Raus. Sie strich mit einer Hand über die Glasbausteinwand, hinter der ein begrünter Innenhof lag, den sie noch nie betreten hatte. Die Steine fühlten sich warm an, sie stellte sich vor, dass dahinter Gras war, ein Baum, vielleicht ein Birke. Die Stahltür, die auf den Hof führte, war verschlossen, und der Glasbaustein, der mit Hilfe einer dünnen Metallkette wie ein Fenster geöffnet worden war, war zu hoch unter der Decke, als dass man hätte hindurchschauen können. Es musste einen Ausweg geben, eine Möglichkeit zu entkommen. Ihre Hand glitt über den Riegel der Stahltür, dann über eine Reihe von Spinden, die an die Glasbausteinwand anschlossen.
Irgendwo musste man hier doch rauskommen. Sie blieb stehen, atmete tief ein und aus. Das tat weh. In ihrer Brust, ihren Lungen. War das Heimweh?
Als Kind, mit neun oder zehn, war sie einmal für ein Wochenende auf eine Freizeit mitgefahren, die Tage waren okay gewesen, aber nachts, allein im Hochbett, hatte sie Heimweh gehabt, nach ihren Eltern, nach zu Hause. Sie hatte geweint, sich hin und her gewälzt, sich ihren Teddy fest an die Brust

gedrückt und war schließlich zur Betreuerin hinübergelaufen, die sie in den Arm genommen und erfolgreich getröstet hatte. Aber das hier war anders. Das hier tat körperlich weh. Beim Atmen, beim Sprechen, bei jeder Bewegung. Heimweh? Wonach? Ihre Eltern waren doch da, Christoph würde sie bald besuchen kommen. Trotzdem. Christiane hatte Christophs Wohnung genau vor Augen, so deutlich, als hätte sie Drogen genommen, hörte sie das Geräusch, das die Stufen machten, wenn man die Treppen hinaufstieg, spürte sie den Widerstand der alten Tür, wenn man sie zuziehen wollte, sah sie, wie das Licht durch die hohen, schmutzigen Fenster hereinfiel.

Sie musste hier raus. Über den Notausgangtüren waren kegelförmige Lampen angebracht. Schilder warnten davor, dass beim Öffnen der Tür Alarm ausgelöst würde. Auf einmal war es ganz still. Sie war allein auf dem Flur, sah sich um. Sie hatte die Orientierung verloren. Ging den Flur zurück, bog rechts ab, hier irgendwo musste die Eingangshalle sein, von dort aus würde sie sich wieder zurechtfinden. Der Flur endete an einer weißen Holztür. Sie horchte daran. Als es still blieb, öffnete sie die Tür. Ein Umkleideraum. Auf langen Bänken standen Rucksäcke und Sporttaschen. Es roch nach Turnschuhen und feuchten Socken. Ein Pfiff. Jemand schrie. Leute setzten sich in Bewegung, gleichmäßig marschierten sie auf und ab, Christiane konnte es an den Schritten hören, die dumpf widerhallten. Ein Pfiff, Stille, ein Schrei.

Am Ende des Raumes befand sich eine weitere Tür, aus Stahl, aber ohne ein Warnschild. Der Knauf ließ sich drehen. Die Tür ging auf. Es roch nach Staub und Teer. Hier ging es hinaus. Wo war sie? Sie musste sich an der Rückseite des Gebäudes befinden. Schnell sah sie sich um. In welche Richtung laufen? Jemand fasste sie an der Schulter, kräftige Finger bohrten sich in ihre Haut.
Wo soll's denn hingehen?
Ein muskulöser Schwarzer in Shorts und T-Shirt stand hinter ihr. Um den Hals trug er eine silberne Trillerpfeife. Christianes Finger schlossen sich fest um das Ei. Sie war überrascht, wie warm und weich sich der Schleim anfühlte, der ihr zwischen den Fingern hervorquoll.

Sie konnte nicht sagen, wie lange sie schon auf dieser Holzbank saß, die gerade so weit von der Wand abgerückt war, dass man sich nicht an sie anlehnen konnte. Es gab keine Uhr. Der Flur war lang und breit. Die Türen rechts und links von ihr standen offen. Christiane wusste, dass sie beobachtet wurde, obwohl sie selbst nicht in die Räume hineinschauen konnte. Einmal, vor fünfzehn Minuten oder einer halben Stunde, war sie, weil ihr rechtes Bein eingeschlafen war, aufgestanden, hatte ein paar Schritte auf und ab gehen wollen, da war eine Frau aus dem Zimmer gestürmt, hatte sie auf die Bank zurückgedrückt und geschrien: Setz dich. Setz dich sofort hin.

Was sollte das alles? Sie war doch kein Hund, kein Tier, dem man Befehle geben konnte. Warum ließ man sie hier sitzen, worauf wartete sie, was erwartete sie?
Sie mußte sich in der Nähe der Eingangshalle befinden. Sie hörte das Walkie-Talkie des Wachmanns. Eine Putzfrau kam langsam den Flur hinunter, schob mit der einen Hand einen breiten Wischmopp vor sich her, mit der anderen zog sie einen hohen Reinigungswagen. Konnte man sich darin verstecken? Wenn die Putzfrau ihn nur einen Moment aus den Augen lassen würde, konnte man vielleicht in den Wagen reinkriechen, sich in die Nähe des Eingangs ziehen lassen, der Wachmann wäre gerade abgelenkt und sie könnte – was für ein Unsinn.
Zwei Lehrer gingen vorbei, warfen ihr einen Blick zu, als hätte sie etwas verbrochen. Verdammt, wie lange saß sie jetzt schon hier? Warum hatte sie gerade heute vergessen, sich die Armbanduhr umzubinden, die ihre Mutter ihr zum Geburtstag geschenkt hatte? Wahrscheinlich hatte sie die Uhr nach dem Duschen auf dem Waschbeckenrand im Bad liegen lassen. Christiane hatte es genau vor Augen, so deutlich, wie sie sich die Treppe zu Christophs Wohnung hinaufsteigen sehen konnte, stellte sie sich jetzt die Uhr auf dem Waschbeckenrand vor. Der längere, spitz zulaufende Teil des Armbands lag ausgestreckt auf der weißen Emaille, das kürzere Stück mit der Spange war untergeklappt und erhöhte das runde, silbern eingefasste Ziffernblatt leicht.

Wenn man sich nur einen Ort so genau vorstellen könnte, dass man imstande wäre, in ihn einzutreten wie in ein Zimmer.

Wie viel Uhr war es? Wie lange sollte sie noch hier sitzen? Das konnten die doch nicht mit ihr machen. Sie stand auf.
Setzen!, schrie die Frau aus dem Zimmer, in das Christiane nicht sehen konnte.
Warum?, schrie Christiane zurück und ließ sich wieder auf die Bank sinken.
Das Walkie-Talkie des Wachmanns rauschte. Die Eingangstür wurde aufgestoßen. Ein warmer Luftzug. Die Metalldetektoren piepten.
Bitte entleeren Sie Ihre Taschen, hörte Christiane den Wachmann sagen.
Und dann kam die Rettung. Zuerst hörte sie nur die Stimme ihres Vaters. Vielen Dank, sagte er. Dann seine Schritte. Der Geruch seines Aftershaves. Ihr Vater kam auf sie zu. Sie sprang auf.
Setzen!
Sie lief ihm entgegen. Er umarmte sie. Sie klammerte sich an ihm fest.
Was ist denn jetzt schon wieder passiert? Du hast mich aus einer wichtigen Sitzung geholt, Christiane. Was ist los?
Die wollten mich nicht zu dir lassen, Papa. Die halten mich hier fest. Gegen meinen Willen.
Was redest du da? Was soll dieser Unsinn, Christiane?

Sie soll sich setzen.
Ohne ihren Vater loszulassen, sah Christiane sich nach der Frau um, die mit zur Begrüßung ausgestreckter Hand auf den Vater zuging. Gut, dass Sie so schnell gekommen sind.
Der Vater befreite sich sanft aus Christianes Umklammerung und schüttelte der Frau die Hand. Das ist doch selbstverständlich.
Die Frau lächelte. Sie trug einen pastellgrünen Hosenanzug und eine große, rosafarbene Perlenkette um den Hals. Wenn Sie mir bitte folgen würden. Der Direktor erwartet Sie schon.
Christiane griff nach der Hand ihres Vaters. Ich will mit.
Er drückte sie kurz, ließ sie los. Setz dich, bitte, und mach dir keine Sorgen. Wir kriegen das schon hin, wir bringen das wieder in Ordnung.
Dann wandte er sich ab und folgte der Frau in eines der Zimmer. Christiane sank auf die Holzbank, plötzlich vollkommen erschöpft. Was hatten sie ihrem Vater erzählt, dass er glaubte, etwas in Ordnung bringen zu müssen? Sie musste mit ihm sprechen, sie musste ihm erklären, dass sie nicht länger hier bleiben konnte, dass sie zu ihm gewollt hatte. Sie musste mit ihm reden. Sie sprang auf, stürmte in das Zimmer. Die Frau saß hinter einem Schreibtisch am Computer und sah ärgerlich auf.
Geh raus und setz dich. Noch einmal sag ich es nicht.
Ich will zu meinem Vater.

Sie sah sich um. Der Raum hatte keine Fenster. Graue Stahlschränke, ein staubiger Plastikbaum, zwei schmale Sessel. Eine Tür.

Papa!

Die Tür ging auf. Ihr Vater sah bleich aus und müde. Was hatten sie ihm erzählt?

Verdammt noch mal, fuhr er sie an. Willst du, dass sie dich von der Schule schmeißen? Soll ich meine Arbeit verlieren, weil ich mehr hier als in meinem Büro bin? Warum machst du mir alles kaputt?

Ich will nach Hause! Nimm mich nach Hause mit!

Geh nach draußen und setz dich hin. Wir reden später darüber.

Er zog die Tür wieder zu, und Christiane blieb nichts anderes übrig, als sich nach draußen auf die Bank zu setzen. Einen Moment später kam die Frau heraus, gab ihr zwei gelbe Zettel und deutete den Gang hinunter. Christiane verstand nicht, sah an der Frau vorbei. Ihr Vater war doch noch da. Man konnte sie doch nicht einfach wegschicken. Die Frau gab ihr einen leichten Stoß. Christiane ging in die angegebene Richtung, las im Gehen, was auf den gelben Zetteln stand, und fühlte, wie ihr die Tränen in die Augen stiegen. Es musste doch irgendeinen Ausweg geben. Aber selbst wenn es den gab, wo sollte sie hin, nachdem ihr Vater sie so im Stich gelassen hatte?

13

Tick, tick, tick machte der Ventilator. Es dauerte einen Moment, bis ich wieder wusste, wo ich war. Terry war nicht mehr hier. Durch die Jalousien fiel milchiges Licht. Auf einem der Nachbargrundstücke wurde der Rasen gemäht. Ich sah auf die Uhr. Kurz nach zehn.

Vom Ventilator aus zog sich ein Riss quer über die Zimmerdecke. Vielleicht würde er einfach herunterfallen. Tick, tick, tick. Der Ventilator drehte sich zweimal im Uhrzeigersinn, blieb hängen, – tick – drehte eine Lamelle weit zurück, – tick – wieder nach vorne – tick – und dann ging es mit einem Ruck weiter.

Der Schnitzer und Leon hatten mich gefangen genommen. Ich lag auf dem Boden, der Schnitzer drückte mir das Gesicht in den Dreck.

So, du Saurer-Apfel-Held, sagte er, du Fettsack, jetzt bist du tot. Siehst du den Keller da drüben, voll gelaufen mit Wasser, da kommst du rein. Da ersäufst du.

Quatsch, sagte Leon. Ich weiß etwas Besseres.

Was?

Wir treiben ihn in den Wahnsinn.

Und wie machen wir das?
Wir fesseln ihn, legen ihn auf den Rücken und dann – Leon lächelte – tropf, tropf, tropf. Immer auf die Stirn. Gleichmäßig. Über Stunden. Das kann keiner ertragen.
Scheiße. Und das funktioniert?
Leon nickte. Hab ich gelesen. Das Gehirn tickt aus.
Gelesen, sagte Schnitzer. Ich glaub, dein Kopf gehört auch mal unter Wasser gehalten.
Ich wälzte mich zur Seite, schmiss den Schnitzer von mir runter und stand auf. Leon lachte.
Du bist krank, sagte ich. Funktioniert das wirklich?
Ja. Hast du noch Kippen, Fettsack?
Ich warf Leon mein Päckchen zu. Der Schnitzer schlug vor, wir sollten uns ein anderes Opfer suchen. Wir wussten, wen er meinte. Wir lachten.

Tick, tick, tick, zwei Umdrehungen. Der Ventilator blieb wieder hängen, zuckte hin und her, drehte weiter, die Lamellen warfen ihre Schatten wie Wellen über die Wände. Ich stand auf, zog die Jalousien hoch, sah auf den großen, verwilderten Garten, an den drei Grundstücke angrenzten. Auf dem linken war der Rasen frisch gemäht, sah gestreift aus, immer eine helle und eine dunkle Bahn wechselten einander ab. Zwei Gärtner arbeiteten an einem Beet. Die anderen beiden Gärten waren weniger gepflegt, aber nicht verwahrlost. Hohe, alte Bäume, von Erdflecken durchsetzter Rasen, ein abgedeckter

Swimmingpool, im Garten rechter Hand ein laubbedecktes Kindertrampolin und Spielzeug.
Ich ging ins Bad, duschte, die Wannenbeschichtung fühlte sich rau an, schmutzig. Um den Duschkopf herum waren die Kacheln gesprungen. Die Wand neben dem Fenster war feucht. Farbe löste sich ab, lag in kleinen Spänen auf dem Fußboden.

Terry war mit dem Auto zur Arbeit gefahren, was bedeutete, dass ich hier festsaß.
Der Kühlschrank war leer. Keine Butter, kein Brot, keine Eier. Auf dem Küchentisch standen eine Packung Cornflakes und ein halb voller Kanister bläulich schimmernder Milch. Fast fettfrei. Ich nahm eine Hand voll Cornflakes, stopfte sie mir in den Mund. Kauend sah ich mich um, zog ein paar Schubladen auf, öffnete Schranktüren. Nicht einmal Konserven, kein Päckchen Nudeln, kein Reis, überhaupt keine Lebensmittel. Ich klappte den Mülleimer auf. Zerdrückte Aluminiumschalen und ein auseinander gerissener Pizzakarton. Offenbar ließ sich Terry ihr Essen liefern. Neben dem Spülbecken standen eine Kaffeemaschine und eine elektrische Kaffeemühle. Die Bohnen waren im Tiefkühlfach.
Ich schob die Terrassentür auf, zündete mir eine Zigarette an und wartete, dass der Kaffee durchlief. Einer der beiden Gärtner drehte sich nach mir um. Als sich unsere Blicke trafen, wandte er sich ab. Er war ein kräftiger, schwarzer Mann

um die sechzig, trug eine blaue Strickmütze auf dem Kopf und, wie der jüngere Gärtner auch, einen grauen Overall, der mich an Sträflingskleidung erinnerte.
Ich schnippte meine Zigarette nach draußen, schloss die Terrassentür und schenkte mir Kaffee ein. Die bläuliche Milch rührte ich nicht an.
Das Telefon war unter einem der Hängeschränke an der Wand befestigt. Ein großes, schweres Gerät mit einer dicken Gummiantenne. Die Tasten waren mit Make-up verschmiert. Ich rief in der Redaktion an. Mandze nahm sofort ab.
Ich hab nichts für dich, sagte sie anstelle einer Begrüßung. Tut mir Leid. Komm doch die nächsten Tage mal rein, vielleicht kann ich dann etwas für dich tun.
Ich stellte meinen Becher in die Spüle, ging hinauf ins Bad, betastete die feuchte Wand, schob das Fenster hoch. Davor befand sich das leicht abschüssige Dach der Veranda. Ich zwängte mich aus dem Fenster, hielt mich am Rahmen fest, das Verandadach knackte. Ich spürte, dass mich die Gärtner beobachteten. Die Hauswand war frisch gestrichen und glänzte. Keine Anzeichen, dass hier Feuchtigkeit durchdrang. Ich stellte mich auf die Zehenspitzen, griff mit einer Hand nach der Regenrinne, mit der anderen tastete ich nach dem Dach, spürte die raue Teerpappe, in Bahnen aneinander geklebt und festgenagelt. Eine der Bahnen hatte sich gelöst. Ich schob die Hand darunter. Feuchtes, aufgequollenes Holz. Musste repariert werden. Ich ging in die Hocke, zwängte

mich durchs Fenster zurück ins Bad. Viertel vor zwölf. Wann würde Terry nach Hause kommen? Um vier? Um fünf? Ich legte mich wieder aufs Bett, sah zum Ventilator hoch. Tick, tick, tick. Ich stand auf und schaltete ihn aus.

14

Der Schnitzer hieß eigentlich Mario Fuchs. Die Fuchsens waren eine Fabrikantenfamilie, die im Krieg einen Seifenspender entwickelt hatte, den man mit dem Ellenbogen betätigen, also auch mit schmutzigen Händen benutzen konnte. Eine saubere Sache, die die Familie reich gemacht hatte. Marios Eltern hatten die Fabrik verkauft. Sie besaßen viel Geld. Mario bildete sich etwas darauf ein. Dabei war er adoptiert.

Du hast vielleicht einen Haufen Kohle, sagte Leon zu ihm. Doch den Erfolg hast du nicht im Blut. Wer weiß, wo du herkommst, wer dich auf die Welt gebracht hat.

Ich weiß, wer meine Eltern sind, sagte der Schnitzer. Gebärmütter interessieren mich nicht.

Warum hat sie dich nicht behalten?, fuhr Leon fort. Wir sind doch ein reiches Land. Wer muss hier …

Pass auf, Goldberg. Sonst bring ich dich um. Das soll in Deutschland immer wieder passieren.

Dass du mich umbringst?

Dass alle Eisberge und Goldberge umgebracht werden.

Ich mach mir schon vor Angst in die Hosen.

Hört doch auf, sagte Maria. Leon, lass ihn in Ruhe.

Leon war einen Kopf größer als der Schnitzer. Aber der

Schnitzer war aggressiver. Wenn die beiden sich prügelten, hatte Leon kaum eine Chance.
Ist sie vielleicht ein Junkie gewesen?, fragte er. Oder gar keine Deutsche. Eine Türkin, die ihr uneheliches Kind loswerden musste.
Sei still!, schrie Maria. Der Schnitzer fuhr herum, stieß sie zu Boden. Leon und ich wichen zurück. Der Schnitzer lachte.
Schaut sie euch an, sagte er und zeigte mit dem Finger auf sie. Diesen Blick, jetzt hat sie ihn wieder, böse, böse, dafür liebe ich dich, Maria.
Ihr lief Blut aus dem Mund. Vielleicht hatte sie sich auf die Zunge gebissen.
Jetzt steh schon auf, sagte der Schnitzer. Steh auf, schau mich nicht so an, ich wollte dich nicht verletzen, aber du sollst dich nicht einmischen, wenn Leon und ich uns streiten. Hast du mich verstanden? Jetzt komm schon, steh auf.
Er streckte ihr die Hand entgegen, Maria nahm sie, ließ sich hochziehen, fiel in seinen Arm. Er streichelte ihr übers Haar. Ist schon gut, musst nicht weinen, ich bin nicht mehr wütend auf dich.

Der Schnitzer redete viel vom Krieg und war wie ich auf alles versessen, was mit Waffen und Militär zu tun hatte. Seine Eltern hatten ihm im Keller einen Schießstand eingerichtet, dort ballerten wir wie die Verrückten auf Dosen, Flaschen und Pappscheiben, die die Umrisse menschlicher Körper hatten. Ich schoss gern. Mit dem Luftgewehr konnte ich besser umgehen als der Schnitzer, er benutzte am liebsten seinen Revolver. Leon und Maria verstanden nicht, was daran Spaß machte. Sie hockten auf dem kalten Betonboden und sahen uns zu. Bei jedem Schuss zuckte Maria zusammen. Ohrenschützer trugen nur der Schnitzer und ich.

Wenn wir danach hoch in die Küche gingen, Pizza aßen und Bier tranken, drückte Maria sich immer noch eine Weile an den Ohren herum, steckte die Finger hinein, neigte den Kopf nach rechts und nach links. Wenn man sie etwas fragte, riss sie die Augen weit auf und sprach viel zu laut: Was? Was sagst du? Ich kann dich nicht hören. Meine Ohren pfeifen.

Der Schnitzer lachte.

Das nächste Mal musst du ihr Ohrstöpsel geben, sagte ich.

Er schüttelte den Kopf. Die Zivilbevölkerung wird nicht geschützt.

Leon kaute so hektisch, dass seine Backenzähne manchmal aufeinander schlugen, weil er nicht schnell genug einen neuen Bissen dazwischengeschoben hatte. Maria zerschnitt ihre Pizza in viele kleine Stücke und arrangierte sie kunstvoll auf ihrem Teller. Sie aß nicht. Vielleicht wollte sie klein und verletzlich bleiben.

Wir müssten sie alle umbringen, sagte der Schnitzer. Einfach abknallen.

Wen?, fragte Leon.

Alles anzünden. Die Stadt soll brennen, in Flammen aufgehen,

wir legen alles in Schutt und Asche und bauen etwas ganz Neues auf.
Er stand am Fenster. Seine Schulterblätter zeichneten sich hart und scharf unter dem Stoff seines T-Shirts ab.
Unser Krieg, sagte Maria, ohne von ihrem Teller aufzuschauen.
Ja, sagte der Schnitzer. Krieg. Das wäre die beste Lösung.
Ich nickte. Leon sah mich an. Sein Blick war mir unangenehm.
Was ist eigentlich mit euch los?, fragte er. Wen wollt ihr umbringen? Spinnt ihr? Müssen wir noch mal in den Keller gehen, habt ihr euch immer noch nicht abreagiert?
Goldberg wieder, sagte der Schnitzer.
Ich will hier weg, sagte ich. Ich habe auch keine Lust mehr auf diese Scheiße.
Auf welche Scheiße?, fragte Leon. Wovon redet ihr eigentlich? Habt ihr irgendetwas, worüber ihr euch beschweren könnt?
Du sollst dein Maul halten, sagte Maria. Wir sahen sie überrascht an, aber sie schaute nicht auf.
Danke, Liebling, sagte der Schnitzer. Aber ich bin durchaus in der Lage, für mich selbst zu sprechen.
Maria sah ihn an, lächelte. Verzeih.
Ich wollte sie schütteln, aufspringen, ihr rechts und links eine runterhauen. Der Schnitzer kam zu uns an den Tisch. Maria begann, ihre Papierserviette zu einem Schiffchen zu falten.

Auf ihren Handrücken traten die Adern dunkel hervor. Leon setzte sich in den Schaukelstuhl ans Fenster. Ich nahm mir eine Zigarette. Die Blechlampe über dem Tisch begann sacht hin und her zu schaukeln.

Es ist zu still, sagte Maria. Ich meine, kennt ihr das: Auf einmal hat man das Gefühl, dass es zu still ist. Man hat gelernt oder geschlafen, man schaut auf, wacht auf – und alles ist so still. Man ist ganz allein auf der Welt. Und es würde einen nicht wundern, wenn vor dem Fenster plötzlich eine Mondlandschaft wäre. Kennt ihr das?

Wir saßen da, sagten nichts. Ich starrte auf die schaukelnde Lampe.

Kennt ihr das nicht?

Der Schnitzer erhob sich und hielt mit beiden Händen die Lampe fest. Als er sich wieder setzte, hatten seine Hände feuchte Abdrücke auf dem Blech hinterlassen.

Was hat das mit Krieg zu tun?, fragte ich.

Das ist die Stille vor dem Sturm, sagte der Schnitzer.

Leon schloss die Augen. Was ist bloß los mit euch?

Irgendetwas stimmt nicht, sagte ich. Irgendetwas ist nicht in Ordnung. Ich spüre das auch. Maria hat Recht.

Ja, sagte der Schnitzer. Da draußen ist eine Mondlandschaft und nichts, was wir vernichten könnten. Es ist schon alles zerstört. Es gibt keine Menschen mehr. Nur noch Bürger. Die haben nichts zu sagen, nichts treibt sie an, um nichts würden sie trauern, wahrscheinlich wären sie uns noch dankbar

dafür, wenn wir ihrem armseligen Leben endlich ein Ende setzten.
Die Lampe begann wieder zu schaukeln. Maria räumte das Geschirr ab. Die Spülmaschine verströmte einen Geruch nach gebratenen Zwiebeln und saurer Milch. An der Wand hing eine große Schwarz-Weiß-Fotografie der New Yorker Skyline, und ich dachte, dass ich bald nicht mehr hier sein würde.
Der Schnitzer sprang auf und packte den Lampenschirm. Die Glühbirne flackerte und erlosch. Maria schaltete das Licht über dem Herd ein. Dann drehte sie sich plötzlich um und sagte: Ich bin nicht glücklich. Ich bin noch nie glücklich gewesen.
Der Schnitzer holte neues Bier aus dem Kühlschrank.
Bist du jetzt nicht glücklich?, fragte er.
Nein.
Warst du heute Nacht nicht glücklich?
Nein.
Ich war vorgestern glücklich, sagte der Schnitzer.
Vorgestern?
Er lachte. Oder davor. Oder davor.
Du nimmst mich nicht ernst.
Ihr seid alle gestört, sagte Leon.
Stille. Nur das Ticken der Küchenuhr. Drei Minuten nach Mitternacht. Ich sog an meiner Zigarette. Maria drehte das Wasser auf und stellte die Spülmaschine an. Der Schnitzer

zog ein Bein an und balancierte seine Bierflasche auf dem Knie. Sein rechtes Augenlid zuckte. Leon lehnte sich in den Schaukelstuhl zurück und schloss wieder die Augen. Er stieß sich leicht mit den Füßen ab, es sah aus, als wollte er sich in den Schlaf wiegen. Der Schnitzer sah mich an. Ich schaute zu Boden. Maria setzte sich rittlings auf einen Stuhl und fixierte Leon.

Mach die Augen auf. Guck mich an. Sag mir, ob du glücklich bist.

Ich schaute den Schnitzer an, der sein Bier hob, als wollte er mit mir anstoßen.

Leon, sagte Maria, hörst du mir zu?

Antworte ihr, sagte der Schnitzer.

Ja. Ich bin glücklich.

Maria begann zu lachen, hell und schrill.

Du bist ein Idiot.

Ich stand auf, schlüpfte in meine Jacke. Die anderen sahen mich an.

Wo willst du hin?, fragte Maria.

Ich muss los. Meine Mutter ablösen.

Wobei?

Der Schnitzer legte Maria eine Hand auf den Arm und lächelte.

Toms Oma kratzt ab.

Wenige Wochen zuvor war ich mit ihr auf der Beerdigung meines Großvaters gewesen. Ich hatte ihn nie kennen gelernt, wusste nur, dass er sich nach seiner Entlassung in die Bundesrepublik als Erstes einen Fernseher und eine Waschmaschine gekauft hatte.
Meine Großmutter trug ein langes schwarzes Kleid, aus einem leichten flatternden Stoff. Sie hatte sich eine neue Dauerwelle machen lassen. Die lilastichigen Locken standen wie kleine Sprungfedern von ihrem Kopf ab. Meine Großeltern hatten sich nicht scheiden lassen, obwohl sie sich nach der Flucht nie wieder begegnet waren.
Wir fuhren mit dem Zug bis Hamburg, stiegen dort in eine Regionalbahn nach Lübeck um. Meine Großmutter hatte Angst, zu spät zu kommen. Immer wieder schob sie den Ärmel ihres Kleides zurück, sah auf ihre Uhr. Ihr Unterarm war von Brandnarben entstellt. Sie erzählte, das sei ihr während eines Bombenangriffs passiert. Ich wusste von meinem Vater, dass sie sich als junge Frau mit kochendem Waschwasser verbrüht hatte. Er war zu Hause geblieben, wollte nicht auf die Beerdigung eines Mannes, von dem er sagte, er könne sich kaum noch an ihn erinnern.
Vor der Friedhofskapelle standen lauter fremde Leute. Meine Großmutter bat mich, zu fragen, ob wir hier richtig waren.
Ist dies die Beerdigung meines Großvaters?
Eine sehr dicke Frau kam auf uns zu, drückte mich an ihren Busen, küsste mich. Meine Großmutter wich zurück. Sie

wollte der Frau, mit der mein Großvater bis zu seinem Tod zusammengelebt hatte, nicht einmal die Hand geben. Seine beiden Söhne hatten Kinder in meinem Alter. Ein Mädchen, zwei Jungen. Wir grüßten uns nicht, sahen einander nur an. Neben der Urne stand ein Foto von Großvater. Das erste, das ich von ihm sah.

Ich möchte auch verbrannt werden, flüsterte Großmutter mir ins Ohr. Ihr sollt mich neben meinem Mann begraben, hast du das verstanden?

Während des Leichenschmauses schwieg sie, aß nichts, beantwortete keine der Fragen, die ihr gestellt wurden. Die dicke Frau stand auf, legte ihre Hände auf Großmutters schmale Schultern. Großmutter zuckte zusammen, drehte sich um. Ihre Stimme war leise: Keine Vertraulichkeiten, bitte.

Die dicke Frau setzte sich wieder. Ich brachte meine Großmutter aus dem Lokal. Mit einem Taxi fuhren wir zum Bahnhof. Die Zugfahrt über sprach sie kein Wort, und als wir nach Hause kamen, legte sie sich sofort in das Bett, das meine Mutter ihr gemacht hatte, und schlief ein.

Jetzt ist es bald so weit, sagte meine Mutter zu mir.

Was meinst du?

Sie lächelte. Jetzt gehen wir bald nach Hause. Wir verkaufen hier alles. Wir gehen zurück.

Noch atmet sie, sagte mein Vater.

Du hast es versprochen, antwortete meine Mutter, und auf einmal begann sie zu weinen.

15

Es war kurz nach fünf, als ich Terrys Wagen endlich die Auffahrt hinaufkommen hörte. Die Reifen knirschten, Steinchen prasselten gegen den Unterboden. Der Motor ging aus. Dann war es still. Ich riss die Haustür auf, lief Terry entgegen. Sie trug Jeans und einen dicken Pullover. Keinen Mantel, keine Jacke. In der einen Hand hielt sie eine Tasche, in der anderen eine Plastiktüte mit dem Werbeaufdruck einer Pizzeria.

Das kannst du nicht machen, sagte ich. Ich komm hier nicht weg ohne Auto. Das ist wie Knast.

Sie schien überrascht. Ich wollte dich ausschlafen lassen.

Es ist nichts zu essen im Haus, ich habe nur noch drei Zigaretten, außerdem müssen wir Teerpappe kaufen. Das Dach ist nicht dicht.

Sie nickte. Okay. Kein Problem. Wenn du morgen mit aufstehst und mich zur Schule fährst, kannst du das Auto den Tag über haben.

Gib mir die Schlüssel.

Ich habe Pizza mitgebracht. Wenn du jetzt gehst, wird sie kalt.

Ich fahre jetzt einkaufen.

Sie stellte die Plastiktüte ab und zog den Autoschlüssel aus ihrer Jeanstasche.
Deinen Film habe ich schon weggebracht. Wenn es darum geht.
Du hast meine Bilder entwickeln lassen? Warst du an meinem Koffer?
Sie müssten schon fertig sein. Du kannst sie abholen. Aber lass uns doch erst einmal reingehen. Die Fotos laufen dir doch nicht weg.
Ich möchte nicht, dass du an meine Sachen gehst, Terry.
Ich wollte nur helfen. Und jetzt komm, wir haben doch beide Hunger, und drei Zigaretten werden wohl noch bis nach dem Essen reichen.

Als Terry mir erzählt hatte, sie habe ein Haus geerbt, ein einfaches, kleines Haus mit einem weitläufigen Garten, allerdings liege es auf der falschen Seite der Schienen, hatte ich mir an eine Böschung geschmiegte Blechhütten vorgestellt, eine Wohnwagensiedlung, über deren Dächer die Schnellzüge hinwegkrachten.
Ich sog an meiner Zigarette. Terry hatte mich zum Rauchen vor die Tür geschickt. Zum Essen hatten wir Wein getrunken. Jetzt sollte ich nicht mehr fahren. Morgen, hatte Terry gesagt, hol deine Fotos doch morgen ab.
Bis dahin würden meine Zigaretten nicht reichen. Im Haus nebenan wurde die Außenbeleuchtung eingeschaltet, eine

messingfarbene Schiffslampe beschien die schwarzen Klebebuchstaben über dem Briefkasten. Mrs. Eileen Scott. Auch in ihrem Vorgarten war der Rasen gemäht, heruntergeschnittene Rosenbüsche fassten das Grundstück ein. Die Gardine des Blumenfensters neben der Haustür wurde ein Stück weit zur Seite gezogen. Mrs. Eileen Scott schien mich zu beobachten. Ich winkte. Die Gardine glitt wieder zurück. Ich ging die Straße hinunter, fühlte mich kein bisschen beschwipst und absolut in der Lage zu fahren, erreichte den Wall, der den Ort in Villen und Häuser, Holz und Stein, in die falsche und die andere Seite der Schienen teilte. Hier fuhren keine Züge, hielten auch nicht irgendwo in der Nähe, es gab nicht einmal Schienen, nur diesen von hässlichen Bäumen gesäumten Erdwall, auf dem sie angeblich einmal gelegen hatten und den entlang man Rad fahren oder wandern konnte, wenn es einen nicht störte, dass es immer nur geradeaus ging. Ein feiner Regen fiel, so leicht, dass er im Schein der Straßenlaternen wie Nebel aussah. Ich hörte Stimmen. Zwei Mädchen kamen über den Wall, waren so sehr in ihr Gespräch vertieft, dass sie mich nicht bemerkten. Trotzdem trat ich meine Zigarette aus. Das eine Mädchen war sehr groß, größer als ich und so dünn, dass es sich eigentlich nur durch das lange dunkle Haar und die golden blitzenden Ohrstecker von einem schlaksigen Jungen unterschied. Das andere Mädchen war klein, blond und trug trotz der Kälte nur ein Poloshirt und ein weißes Tennisröckchen. Die große Dürre führte einen Hund an der Leine,

ein schmales, hässliches Tier, das ihr bis an die Hüfte reichte. Das ist nicht normal, sagte die kleine Blonde. Wirklich nicht normal.
Die Große nickte heftig. Dass mit einem Knall etwas kaputtgeht, sagte sie, habe ich schon gehört. Aber dass durch einen Knall etwas entstanden sein soll, kann ich mir wirklich nicht vorstellen.
Diesmal nickte die Blonde, und ich hatte einerseits das Bedürfnis, die beiden zu unterbrechen, ihnen zu widersprechen, diesen kleinen, dummen amerikanischen Mädchen, andererseits breitete sich eine angenehme Ruhe in mir aus. Sie haben Recht, dachte ich, wenn etwas wahr ist, dann das. Mit einem Knall geht etwas kaputt, aber was kann durch einen Knall schon entstehen?
Der Hund hockte sich hin. Die kleine Blonde wandte sich mit einem angewiderten Quieken ab.
Er hat halt auch seine Bedürfnisse, sagte die Große, gab der anderen die Leine in die Hand, ging in die Knie und ließ den dampfenden Haufen geschickt in einer Plastiktüte verschwinden. Das blonde Mädchen sah sich auf einmal um, bemerkte mich, und als ob irgendetwas Unheimliches an mir wäre, fasste es die Große kurz am Arm. Vielleicht handelte es sich dabei um ein verabredetes Zeichen, auf jeden Fall eilten die beiden ohne ein Wort wieder den Wall hinauf, einen Augenblick sah ich sie noch auf der Kuppe stehen, bevor sie auf der anderen Seite verschwanden.

Ich wandte mich um, ging die Straße zurück, an der kleine Häuser im Farmhausstil standen.
Durch ein Fenster sah ich eine Familie zu Abend essen. Eine Frau telefonierte auf ihrer mit schwarzen Moskitonetzen umspannten Veranda. Hinter den Dächern ragte ein Dutzend Windräder auf, auf deren Spitzen rote Signalleuchten blinkten.
In so einem Ort war meine Mutter aufgewachsen, in so einem Ort hatte ich als Kind die Sommerferien verbracht, im Haus meiner Großeltern, geborgen zwischen großen, weichen Möbeln, flauschigen Teppichen und in dieser Stille. Der Fernseher war ohne Ton gelaufen, die Klimaanlage hatte gerauscht, draußen war kein Mensch zu sehen gewesen, hin und wieder war ein Auto vorbeigerollt, und manchmal hatte man jemanden rufen gehört: Komm, hilf mir die Sachen ins Haus zu tragen. Ihr holt euch noch einen Sonnenbrand. Wenn ihr nicht bald aus dem Pool kommt, kriegt ihr Schwimmhäute zwischen den Zehen.
Das war das Amerika gewesen, von dem ich Maria erzählt hatte. Die Kleinstädte um Philadelphia herum. Man kocht wenig, geht viel auswärts essen, sitzt abends in eine Decke gewickelt im Zug der Klimaanlage, schaut ein Video nach dem anderen, während sich draußen die Wassersprinkler drehen, Grandpa einen Kescher durch das warme Wasser des Pools zieht und Schwimmreifen und Luftmatratzen bis zum nächsten Tag im Schuppen verstaut.

Mrs. Eileen Scotts Schiffslampe war immer noch eingeschaltet, beleuchtete unsere Auffahrt schwach mit. Ansonsten lag der Vorgarten im Dunkeln. Ich ging ums Haus herum, sah Terry durch die Terrassentür in der Küche sitzen. Sie hatte meinen Laptop eingeschaltet und blätterte durch die Dateien. Als ich eintrat, machte sie keine Anstalten, den Übergriff zu vertuschen, faltete die Hände über der Tastatur und lächelte mich an. Neben dem Computer lag ein Stapel dunkel eingeschlagener Hefte.

Das waren aber viele Zigaretten, sagte Terry. Bist du spazieren gegangen?

Hast du etwas Interessantes gefunden?, fragte ich.

Sie klopfte auf den Heftstapel. Ich habe heute ein tolle Idee gehabt. Meine Schüler sollen Tagebuch schreiben. Fünf Minuten, in denen sie mir alles erzählen können. Was hältst du davon?

Sie fuhr den Computer herunter und stand auf. Noch ein Glas Wein?

Wonach hast du gesucht?

Sie schenkte Wein ein, reichte mir das Glas.

Rede ruhig, sagte sie. Rede mit mir. Ich versteh dich, glaub mir, ich kann dich verstehen.

Wovon sprichst du?

Jeder hat einmal so eine Liebe gehabt.

Was für eine Liebe?

Eine, die dich zerstört, weil sie dir Rettung verspricht. Trost.

Ein Zuhause. Einen Ort, an den du gehörst, an dem du gebraucht und erwartet wirst. Auf dieser großen beschissenen Welt gibt es auf einmal einen Platz für dich.
Ich setzte mich, nippte an meinem Wein, sah Terry an. Sie war blass. Ihre Augen glänzten.
Keine Chance, sagte sie. Es ist Größenwahn, wenn sich zwei Menschen so lieben.
Dein Mann?, fragte ich. Hast du deinen Mann so geliebt?
Terry strich sich übers Dekolleté, über die Narbe. Wie sie wohl aussah?
Warum hat er dich verletzt?, fragte ich. Warum hat dieser Junge dich angegriffen? Warst du in ihn verliebt? Hattet ihr was miteinander?
Sie wandte sich ab. Ich spreche von dir, Tom, nicht über mich.
Habe ich dir eine Liebesgeschichte erzählt?
Liebst du Maria nicht?
Bist du ihm zu nahe gekommen?, fragte ich. Hast du auch seine Sachen durchwühlt? Was hast du bei ihm gefunden? Hat er sich verteidigt? Fühlte er sich angegriffen von dir? Bedroht?
Sie wandte sich mir wieder zu, sah mich aus zusammengekniffenen Augen an.
Er kann nicht in Rage gewesen sein, sagte ich. Wer außer sich ist, sticht mehr als nur einmal zu. Wollte er dich töten? Oder nur, dass du still bist? Ihn in Ruhe lässt?

Terry holte tief Luft. Soll ich dir sagen, was dein Problem ist, Tom?

Ich trank meinen Wein in einem Zug aus.

Sprich. Rette mich.

Du hältst die Welt für eine Glaskugel, sagte Terry. Wenn du sie gegen die Wand schmeißt, muss sie kaputtgehen. Aber sie geht nicht kaputt, nicht wegen einem wie dir. Du hast sie nicht in deiner Hand, nicht mal dein eigenes Leben hast du im Griff. Und das macht dich wütend.

Wie hieß der Junge noch gleich?, fragte ich. Tyrone? Tyler?

Du stellst immer die falschen Fragen.

Warst du in ihn verliebt oder nicht?

Vergiss es.

Hast du deswegen nicht gegen ihn ausgesagt? Weil er dich in der Hand hatte?

Er war fünfzehn, schrie Terry, hörst du, fünfzehn. Hältst du mich für pervers?

Ich hielt ihr mein Glas hin, sie griff nach der Flasche. Ihre Hand zitterte, als sie mir einschenkte.

Du spinnst, sagte sie ruhig. Traust du mir so etwas zu?

Dann begann sie zu lachen.

Christiane schob die Terrassentür auf und ging barfuß durchs nasse Gras an den Swimmingpool. Ihre Eltern stritten sich schon den ganzen Abend. Der Fernseher lief. Die Spülmaschine brummte.

Ich kenn dich nicht mehr, schrie die Mutter. Ich weiß nicht mehr, wer du bist. Ich versteh dich nicht. Wie kannst du deiner Tochter, wie kannst du uns das antun?
Was?, schrie der Vater. Was tu ich euch an? Einen Swimmingpool, einen riesigen Garten, ein neues Haus, zwölf Zimmer? Das tu ich euch an?
Du hast doch gar nichts davon. Du weißt gar nicht, wie es hier ist. Du verbarrikadierst dich in deinem Büro. Es interessiert dich nicht, wie es uns geht.
Ich arbeite von morgens bis abends, verdiene hier in drei Monaten so viel, wie ich sonst im Jahr nicht gehabt habe, rase zwischen zwei Terminen noch in die Schule, weil Christiane schon wieder Scheiße gebaut hat …
Sie baut keine Scheiße, fuhr die Mutter dazwischen.
Was glaubst du, für wen ich das alles mache?, schrie der Vater.
Christiane ist unglücklich hier.
Weil du sie aufhetzt.
Weißt du eigentlich, wie man sie in dieser Schule behandelt? Wie eine Gehirnamputierte. Einen Soldaten. Und ich? Warum kann ich nicht arbeiten? Warum besorgst du mir keine Arbeitserlaubnis?
Ich hab es versucht. Es geht nicht.
Es geht nicht? Ich habe immer gearbeitet. Nach Christianes Geburt war ich keine zwölf Wochen zu Hause. Jetzt sitze ich hier wie in einem Gefängnis. Von lauter Idioten umgeben.

Mach dich nicht lächerlich.
Lächerlich? Klingelt bei dir eine blondierte Ziege und lädt dich zum Nachbarschaftshäkeln ein? Oder beschwert sich, dass Christiane nackt in den Pool geht und kleine Kinder verderben könnte? Wirft dir einer vor, als Raucher ein schlechtes Vorbild zu sein? Möchtest du mithelfen, Wassermelonen fürs Tennisteam vorzubereiten?
Es zwingt dich ja keiner dazu.
Du hast gut reden. Und wie bist du überhaupt auf die Idee gekommen, Christiane spiele gerne Tennis? Sie hasst Tennis.
Lass Christiane da raus. Ich will nicht, dass du meine Tochter …
Deine Tochter?
Mit deiner kleinlichen Weltsicht ansteckst. Und jetzt hör auf zu saufen.
Zwischendurch war für einige Momente Ruhe, aber dann fing es wieder von vorne an.
Es regnete. Auf Knopfdruck rollte sich die Abdeckplane des Pools auf eine Metallwalze. Christiane tunkte erst einen Fuß ins Wasser und sprang dann hinein. Ihr T-Shirt blähte sich wie ein Ballon auf, bevor sie untertauchte.

Am Nachmittag waren endlich die Möbel aus Deutschland gekommen. Ein großer Moment. Gefürchtet und lange herbeigesehnt.
Die Möbelpacker, kräftige, laute Männer, hatten alles herein-

getragen und die sorgfältig beschrifteten Kisten auf die Zimmer verteilt. Christiane war ihnen nachgegangen, hatte die Möbel betastet und versucht, sich vorzustellen, wie sie im riesigen Bauch eines Schiffes über den Ozean gebracht worden waren. Sie hatte an ihnen geschnuppert, an der Kommode, der Vitrine, Holz, Bienenwachs, die Schubladen aufgezogen, die Türen geöffnet, schwarzer Tee, der im untersten Fach in kleinen Dosen gestanden hatte. Zu Hause. In Deutschland. Die Reise hatte den Duft nicht verändert.

Ohne die Möbel war das Haus groß und leer gewesen, hatte ausgesehen, als könne man es ohne weiteres wieder verlassen, als gehöre das Haus gar nicht ihnen. Nun waren sie eingezogen, mit Sack und Pack, mit allem, was ihnen gehörte. Es gab nichts, wohin man zurückkehren konnte.

Christiane tauchte auf, machte ein paar hektische Schwimmzüge auf den Beckenrand zu und stemmte sich aus dem eiskalten Wasser hinaus.

Während die Möbelpacker durchs Haus gestapft waren, hatte Christianes Mutter schweigend in der Küche gestanden und geraucht. Abends hatte sie dem Vater dann vorgeschlagen, dass Christiane am nächsten Tag zu Hause bleiben, nicht zur Schule gehen solle, um ihr beim Auspacken der Kisten zu helfen.

Das war der Auslöser für den Streit gewesen.

Das wirst du doch wohl noch alleine schaffen, hatte der Vater gesagt. Du hast doch den ganzen Tag nichts zu tun.

Wenn ich sage, dass ich sie brauche, bleibt Christiane zu Hause.
Auf gar keinen Fall. Hier herrscht ein anderer Ton als in Deutschland. Hier kann nicht jeder machen, was ihm gefällt. Kapierst du das nicht? Wenn das so weitergeht, wird Christiane von der Schule geschmissen. Und dann zahle ich entweder ein Vermögen für eine private Schule oder wir müssen Christiane nach Deutschland zurückschicken. Ist dir das klar? Willst du das etwa?
Dann geh ich auch, hatte die Mutter gesagt. Ich gehe mit Christiane nach Deutschland zurück.
Christiane ließ ihre Füße ins Wasser hängen. Laub trieb durch den Pool und irgendwo weit entfernt donnerte es.

16

Als ich an einem Tag, vielleicht ein, zwei Monate nach Großmutters Tod, von der Schule nach Hause kam, war meine Mutter nicht da. Ihr Auto stand auf dem Stellplatz, die Rollläden waren hochgezogen, aus dem Schlafzimmerfenster im ersten Stock hing das Bettzeug zum Lüften. Aber die Haustür war abgeschlossen, im Briefkasten steckte die Post. Meine Mutter hatte den Flur frisch gewischt, das Wohnzimmer gesaugt, die Blumen gegossen, den Kühlschrank gefüllt. Auf dem Herd stand ein Topf Kartoffelsuppe, daneben eine mit Alufolie abgedeckte Schüssel Obstsalat. Ich ging die Wendeltreppe hinauf. Mein Zimmer war aufgeräumt, der Mülleimer ausgeleert, das Bett frisch bezogen. Auf dem Kopfkissen lag ein Brief meiner Mutter.

Renn. Die Schrebergärten, der Wasserturm, die voll gelaufenen Keller. Renn. Der Weg, den die Bartels nicht nehmen dürfen. Renn.
Die Pforte, der verwilderte Garten, das Haus. Die Tür öffnete sich. Marias Schwester Angelika, die Augen knallblau geschminkt, roter Lippenstift.
Wo willst du hin? Zu Maria? Die ist nicht da.

Wo ist sie?
Bei ihrem Freund. Was ist denn los? Du bist ja ganz außer Atem.
Beim Schnitzer?
Wahrscheinlich. Ja, bei diesem Irren.
Ein Jeep kam den Weg hinauf. Militär. Ein Soldat sprang heraus, sprach mich auf Englisch an. Meine Mutter hatte seinen Sohn in Deutsch unterrichtet.
Sie ist nach Hause gegangen, nicht wahr? Nach Philadelphia, richtig? Hoffentlich geht es ihr gut. Grüß sie von mir, grüß die Heimat.
Wie konnte er das wissen? Hatten es alle gewusst? Mein Vater? Nur ich nicht? Angelika ging an mir vorbei. Der Soldat küsste sie auf den Mund.
Kann ich dich irgendwohin mitnehmen, Tom?
Er hielt mir die Wagentür auf. Ich stieg ein, wir rollten den Weg zurück in die Siedlung und weiter hinunter ins Tal. Angelikas Hand lag auf dem Knie des Soldaten.

Das Haus von Schnitzers Eltern stand auf einem riesigen Grundstück mit Swimmingpool und zwei Doppelgaragen. Das schwarz gedeckte Satteldach reichte an beiden Seiten bis auf den Boden. Vor den Fenstern blühten Geranien, fielen über die bauchigen Gusseisengitter der Balkone. Ich kletterte über den Zaun, lief den weißen Kiesweg hinauf zur Haustür, klingelte, trommelte mit den Fäusten dagegen.

Maria!
Vielleicht waren sie unten im Keller, übten Schießen, hörten mich nicht. Über mir ging ein Fenster auf, der Schnitzer lehnte sich hinaus. Verschwinde, Fettsack, du störst.
Ist Maria bei dir?
Hau ab.
Er knallte das Fenster zu. Einen Augenblick später öffnete Maria die Tür. Sie trug Boxershorts und ein Hemd vom Schnitzer. Ich gab ihr den Brief meiner Mutter. Ein Militärjet krachte über unsere Köpfe hinweg, hinterließ einen weißen Kondensstreifen am blauen Himmel. Maria faltete den Brief in der Mitte zusammen.
Was sagt dein Vater dazu?
Er hat ihn noch nicht gesehen.
Wenn du zu ihr ziehst, nimmst du mich dann mit?
Ich will nicht nach Amerika.
Sei nicht blöd. Wenn ich könnte, würde ich sofort hier weggehen.
Warum?
Sie rieb die Wange an ihrer hochgezogenen Schulter. Geh weg. Hau ab. Zieh zu deiner Mutter.
Ich fasste nach ihrer Hand. Und du? Dann sehen wir uns nie wieder.
Ich komm dich besuchen. Wir werden dich alle besuchen kommen. Bald. Irgendwann. Du musst mir die Sonnenblumen noch zeigen.

Der Schnitzer kam die Treppe hinunter, trat in die Tür. Maria entzog mir ihre Hand und stand auf.
Tom geht nach Amerika. Er wandert aus.
Viel Spaß, sagte der Schnitzer und zog sie ins Haus. Wir werden dich nicht vermissen.

17

Morgens waren die Fenster beschlagen, alle, als ob draußen Nebel herrschte, uns einhüllte, einschloss. Ich wischte die Scheibe mit dem Handrücken frei, Wasser perlte über das Glas, tropfte auf die Fensterbank. Die Sonne zog rote Streifen durch den bewölkten Himmel. Ich mochte nicht barfuß durchs Haus gehen, hatte das Gefühl, dass feine Staubhärchen auf dem Boden standen, mich zwischen den Zehen kitzelten. Die Heizungen verströmten einen muffigen Kellergeruch. Terry war in der Küche, trank ihren Kaffee aus, stellte den Becher ins Spülbecken. Ich knöpfte mein Hemd zu, noch ungeduscht, schlüpfte in meine Jacke. Terry schulterte ihre Tasche, klemmte sich die Tagebücher ihrer Schüler unter den Arm. Sie brauchte keinen Mantel. Der Wagen war schon geheizt, die Schule würde sie nicht verlassen, bis ich sie am Nachmittag wieder abholte.

Im Ort wurde demonstriert. An die zweihundert Menschen liefen die Hauptstraße entlang. Sie wollten, dass die Windräder, die man am Ortsrand aufgestellt hatte, wieder abgebaut wurden.
Ich setzte Terry vor der Schule ab. Mit drei Schritten hatte sie

die Schwingtür erreicht und war in der Schule verschwunden.

Der Supermarkt lag am Ortsrand, ein moderner, heller Neubau, der von einem großen Parkplatz umgeben war. Als ich eintrat, fiel mir ein, dass Terry mir den Abholschein für den Film nicht gegeben hatte. Der Eingangsbereich sah aus wie ein überdimensionaler Wintergarten, in dem Plastikpalmen und Gartenmöbel standen. Auf einer blauen Strandliege saßen zwei dicke Kinder in Winterjacken und aßen Eis.
Der Fotoladen befand sich am Ende einer langen Reihe von Kassen. Ich trat an den Tresen, fragte nach meinem Film, die junge Bedienung weigerte sich, ihn mir ohne den Abholschein auszuhändigen.
Bitte, sagte ich. Es ist wirklich wichtig.
Da könnte ja jeder kommen. Aber wenn Sie mir sagen, was auf den Bildern zu sehen ist …
Ich unterbrach sie: Das ist doch wohl meine Sache. Meine Freundin hat den Film gestern vorbeigebracht. Rubinstein. Schauen Sie doch einfach mal nach.
Er ist da. Aber ich darf Ihnen den Film nicht geben. Ich verliere sonst meinen Job.
Den sind Sie los, wenn ich nicht gleich meine Bilder bekomme.
Bringen Sie mir den Abholschein.
Und wenn ich ihn verloren habe?

Beschreiben Sie mir die Bilder. Es tut mir wirklich Leid, aber ich muss sicher sein, dass es Ihr Film ist.
Ich starrte die Bedienung an. Mit einem ihrer langen künstlichen Fingernägel kratzte sie sich am Kinn. Ich kann auch gerne den Geschäftsführer holen, sagte sie.
Ich schüttelte den Kopf. Ich kam nicht an die Bilder. Aber Terry konnte sie jederzeit abholen und sich anschauen. Beunruhigt ging ich zum Eingang zurück, holte einen Einkaufswagen, schob ihn schnell durch die Gänge und packte ihn wahllos mit Lebensmitteln voll, obwohl mir die Preise unverschämt hoch vorkamen.
Als die Kassiererin meine Kreditkarte durchzog, begann das Gerät zu fiepen. Der Junge, der meine Einkäufe in Tüten verpackte, hielt inne und sah die Kassiererin an.
Probieren Sie es noch mal, sagte ich.
Die Kassiererin schüttelte den Kopf.
Gesperrt. Können Sie bar bezahlen?
Ich hatte nur noch einen Zwanziger.
Tut mir Leid, sagte die Kassiererin und gab mir die Karte zurück. Ohne noch einen Blick auf meine Einkäufe zu werfen, verließ ich den Laden. Ich hatte Hunger und keine Zigaretten mehr. An der Tankstelle kaufte ich zwei Päckchen Marlboro und eine Zeitung, dann fuhr ich zum Frühstück ins Golden Dawn Diner. Ein Betonwürfel mit braun verspiegelten Scheiben und einer Musikbox an jedem Tisch. Zwei alte Männer, die schweigend Kaffee tranken. Ein Lastwagenfahrer, der

seinen riesigen Truck durch das Fenster im Blick behielt. Die einzige Frau war die kleine, dralle Bedienung, die dunkle Ringe unter den Augen hatte. Sie hieß Olga.
Lass doch die Zeitung, sagte sie, als sie mir Kaffee einschenkte. Da sind doch nur Traueranzeigen drin.
Ich bestellte Pancakes mit Ahornsirup, zündete mir eine Zigarette an und schlug die Zeitung auf.
In der Nacht hatten ein paar Jugendliche aus einem besseren Viertel für Aufregung gesorgt, als sie in die Pinetree Buildings eingedrungen waren, um auf dem Dach eine Party zu feiern. Eine Frau hatte in Panik die Polizei gerufen, weil sie geglaubt hatte, die Jugendlichen wollten sich alle zusammen in den Tod stürzen. Sie waren betrunken gewesen und hatten es laut eigener Aussage für einen besonderen Kick gehalten, an einem so krassen Ort zu feiern.
Olga brachte die Pancakes und schenkte mir Kaffee nach.
Krebs, sagte einer der alten Männer am Nebentisch. Der bricht ihr schon aus der Haut. Nichts mehr zu machen. Der Pfarrer ist gestern bei ihr gewesen.
Tut mir Leid für dich, sagte der andere Mann.
Der Tod ist nicht das Problem, erwiderte der erste. Sondern das Sterben.
Die Männer zündeten sich Zigaretten an. Ich hörte das Knistern des Tabaks und wie sie den Rauch ausbliesen. Ich wollte sterben. Nicht, dass ich konkrete Pläne gehabt hätte, aber ich wusste, dass Terry Unrecht hatte, wenn sie behauptete, mein

Wunsch zu sterben sei nichts weiter als ein tiefes Bedürfnis nach Schlaf. Schlaf bekam ich genug. Was mir fehlte, war eine Aussicht, die Überzeugung, dass ich für etwas gebraucht wurde, das Gefühl, dass noch etwas für mich vorgesehen war, dass es ein Leben gab, in das ich gehörte. Fast beneidete ich die Leute, die sich für ihre Überzeugung und für Gott in die Luft sprengten, sich Panzern entgegenwarfen. Vielleicht hatten sie auch alle einen Teufel auf der Schulter sitzen, der ihnen etwas ins Ohr flüsterte. Bevor sie explodierten, zogen sie alle die linke Schulter ein wenig an. Ich drehte meinen Kopf zur Seite, so dass ich mein Spiegelbild in der Scheibe sehen konnte. Meine Boxernase, dunkle Bartstoppeln, die blauen Augen und das dicke, blonde Haar, das mir in Wellen über die Ohren fiel.

Als ich nachmittags losfuhr, um Terry von der Arbeit abzuholen, schien die Sonne. Hinter einer in militärischer Ordnung gepflanzten Reihe kahler Laubbäume leuchtete das rot gemauerte Schulgebäude, um das steil emporschießende Dach der Aula flirrte die Luft. Bis auf zwei Busse war der Schulparkplatz leer. Die Highschool wirkte verwaist. Über dem Eingang war ein Plakat angebracht: We support our troops. Die Jalousien waren alle heruntergelassen, so dass es aussah, als wären die Fenster horizontal vergittert. Im ersten Moment glaubte ich, mich in der Zeit vertan zu haben, zu spät zu sein, aber dann wurde einer der Schulbusse angelassen. Gleich

würden die Schüler, die nachgesessen hatten, herauskommen. Ich kurbelte das Fenster runter und zündete mir eine Zigarette an. Der zweite Bus war vermutlich für die Sportskanonen vorgesehen, die nach dem Unterricht bis zum Abend in ihren Teams trainierten. Sie mussten den nächsten Wettkampf gewinnen. Für die Schule. Um ein Universitätsstipendium zu ergattern. Go, go, fight, fight.
Die Highschool, auf die ich gegangen war, hatte kaum anders ausgesehen. Auch die Schulbusse hatten sich nicht verändert.
Du musst Opfer bringen, kämpfen. Du willst doch studieren, Tom. Und wer, denkst du, soll das bezahlen? Soll ich das bezahlen? Deine Großeltern? Ich habe kein Geld. Deine Großeltern auch nicht. Reiß dich zusammen. Trainier. Du brauchst ein Stipendium. Ohne Stipendium kannst du die Uni vergessen. Dann wirst du Regale einräumen, im Supermarkt an der Kasse sitzen, fremden Leuten ihre Autos betanken. Willst du das? Hör auf zu heulen. Dann geh doch nach Deutschland zurück, geh zu deinem Vater, diesem Feigling, diesem Versager. Der hat in Deutschland studiert, und jetzt schau dir an, was aus ihm geworden ist. Nichts.
Trotzdem hatte meine Mutter auf Vater gewartet, gehofft, gebetet, dass er nachkommen würde.
Du wirst sehen, Tom, er hält es nicht lange aus ohne uns.
Er hatte es ausgehalten.
Deine Mutter ist wahnsinnig. Was soll ich da drüben? Setz

dich ins Flugzeug, komm wieder zurück, dann ist dieser Spuk bald vorbei.

Das kleine Haus meiner amerikanischen Großeltern. Mit zwei Hypotheken belastet. Mein Zimmer, der Blick aufs Garagendach und den Vorgarten. Den ganzen Tag lief der Fernseher, die Stimmen dröhnten zu mir herauf. Wenn mein Vater anrief, stritt sich meine Mutter mit ihm. Meine Großeltern fühlten sich dadurch belästigt. Sie beteten, dass meine Mutter Vernunft annehmen würde und dass die Aktien, in denen sie ihre Rente angelegt hatten, wieder an Wert gewinnen würden. Ich betete, dass mich jemand aus dieser Schule erlöste.
Gehorsam lernen, der Gemeinschaft dienen, erst mal etwas leisten, bevor man etwas zurückbekommt. Hände flach auf den Tisch, den Blick auf die Flagge richten. Nicht sprechen, nicht schreiben, nicht lesen. Sitz aufrecht. Beweg dich nicht. Dann mach dir halt in die Hose. Aufs Klo kannst du gehen, wenn du frei hast. Wehe, du bleibst nicht sitzen.
Hausaufgaben nicht gemacht, den Unterricht gestört, ein Schimpfwort gebraucht.
Du bist ein Idiot.
Als meine Mutter Arbeit an einer christlichen Privatschule in Philadelphia fand, zogen wir in das Apartmentgebäude in der Pennsylvania Avenue. Für mich änderte sich nichts, nur dass ich nun auch noch meine Großeltern vermisste. Ich besuchte weiterhin eine staatliche Schule, weil meine Mutter das Schul-

geld für die private nicht aufbringen konnte, wiederholte die elfte Klasse, musste immer wieder wegen Kleinigkeiten nachsitzen.
Warum machst du es mir so schwer? Warum quälst du mich, Tom?
Ich wollte meine Mutter nicht quälen. Ich wollte nach Hause. Mein Vater rief nicht mehr an, und ich hörte auf zu beten.
Wenn ich meine Mutter nachmittags manchmal von der Arbeit abholte, stiegen wir auf das Dach der Privatschule und spielten fünfzehn Stockwerke über der Stadt Tennis. Das Dach war von hohen Zäunen umgeben, die oben wie Schaufeln nach innen gebogen und mit Stacheldraht eingefasst waren. Meine Mutter behauptete, die fehlgeschossenen Tennisbälle sollten daran aufgespießt werden. Wenn ein Ball aus dieser Höhe einen Passanten trifft, sagte sie, bringt er ihn um.
Wir traten an den Zaun, pressten unsere Gesichter gegen die Gitterstäbe und sahen hinunter. Mir wurde schwindlig. Meine Mutter blieb am Gitter stehen. Der Wind zerzauste ihr rotes Haar. Ich nahm einen Tennisball und warf ihn nach ihr. Sie drehte sich langsam um. Lächelte.

Ich schnippte meine Zigarette nach draußen und kurbelte das Fenster hoch. Wo blieb Terry nur? Ich hoffte, dass sie niemanden zwang, eine Stunde lang stumm und tatenlos dazusitzen. Ich hasste ihren Beruf. Jeder normale Mensch wollte die Schule schnellstmöglich verlassen. Dass man ein Studium

durchzog, mit Auszeichnung abschloss, um dann als Lehrerin an den Ort des Verbrechens zurückzugehen, war mir unbegreiflich.
Die Schwingtüren der Highschool gingen auf. Das Glas reflektierte die Sonne. An die zwanzig Schüler kamen heraus, einer nach dem anderen stieg in den Schulbus. Aus der sattgrünen Rasenfläche rechts vom Eingang ragte ein grauer Gedenkstein für die Opfer des Vietnamkriegs, um ihn herum Plastikblumen und von der Sonne ausgebleichte kleine Flaggen. Die Tür des Schulbusses schloss sich gerade, als noch eine Nachzüglerin aus der Schule stürzte. Ein großes blondes Mädchen. Glück gehabt, dachte ich. Der Schulbus fuhr an. Ich sah ihm nach. Einen Moment später ging die Schwingtür erneut auf. Terry war nicht allein, sondern in Begleitung einer Krankenschwester. Die beiden unterhielten sich, wobei die Krankenschwester heftig gestikulierte. Terry legte den Kopf in den Nacken, die Krankenschwester strich ihr über den Hals, dann gab sie Terry die Hand und ging zurück in die Schule. Ich stieg aus dem Wagen.
Was ist?, rief ich Terry entgegen. Ist etwas passiert? Bist du krank?
Ohne mich anzusehen, ging sie an mir vorbei, warf ihre Tasche auf die Rückbank und setzte sich ins Auto.
Fahr los. Ich will weg. Hast du etwa hier drinnen geraucht?
Ist alles in Ordnung mit dir?
Ich wäre fast umgebracht worden. Sie wedelte mit der Hand

durch die Luft. Es stinkt. Du stinkst. Ich will nicht, dass du im Auto rauchst. Rauch nie wieder in meinem Auto!
Sie fasste sich an den Hals.
Das tut richtig weh. Ziehe ich so etwas an? Sehe ich schwach aus? Die hatte ganz schön kräftige Hände. Sie hätte mich beinahe erwürgt.
Ich konnte nichts sehen. Was ist denn passiert, Terry?
Hörst du nicht, was ich sage?
Schrei mich nicht an.
Die hat mich angegriffen. Terry schnappte nach Luft, schob den Kiefer vor, hustete. Ich hätte sie gar nicht so nah an mich ranlassen dürfen. Aber ich dachte, hier wäre es anders als in der Stadt. Ein ganz unauffälliges Mädchen. Aber plötzlich rastet sie aus. Hat geschrien. Geweint. Wie irre. Ein Glück, dass wir einen Sicherheitsdienst haben.
Terry holte tief Luft, beruhigte sich etwas. Einmal Nachsitzen ist doch kein Weltuntergang, oder?
Sie drehte das Radio an, verstellte den Sender, drückte nacheinander auf alle Programmknöpfe, schaltete das Radio wieder aus.
Mein Gott, habe ich mich erschreckt.
Drogen?, fragte ich.
Sie zuckte mit den Schultern. Hier? Höchstens Alkohol. Und den hätte ich gerochen.
Informierst du die Polizei?
Worüber? Nein. Du weißt doch, wie ich das sehe.

Sie atmete noch einmal tief durch. Dann sagte sie: Ich hab Hunger. Hast du das Handy dabei?
Ich deutete aufs Handschuhfach. Terry rief bei Bertucci's an und gab eine Bestellung auf. Gleich abholen?, fragte ich.
Terry nickte. Die Eltern werde ich mir mal vornehmen.
Kennst du die?, fragte ich.
Noch nicht.
Wir hielten auf dem Parkplatz vor der Pizzeria. Terry schüttelte sich noch einmal, dann langte sie nach hinten, holte Geld aus ihrer Tasche und stieg aus. Ich sah ihr nach, wie sie steifbeinig in der Pizzeria verschwand. Aus den Lautsprechern, die über den Parkplatz verteilt standen, dröhnte italienische Opernmusik. Bertucci's war das einzige bessere Restaurant hier. Es lag am nördlichen Ortsrand, umgeben von den Läden der Fastfood-Ketten, unendlich vielen Parkplätzen und den rosafarbenen Gebäuden der Einkaufsmeile und der Mall, zu der auch ein Kino gehörte. Leute eilten von einem Laden in den anderen, drängten durch die Schwingtüren der Mall. Ein paar Jugendliche lungerten um einen zylinderförmigen Aschenbecher herum. Keiner von ihnen rauchte. Autos fuhren langsam die Straße vor der Einkaufsmeile hin und her, auf der Suche nach einem Parkplatz, der möglichst nah am gewünschten Laden lag. Die Fahrer suchten oft länger danach, als es gedauert hätte, von einem weiter entfernt liegenden Parkplatz in den Laden zu laufen. In einiger Entfernung drehte sich die Neonreklame des Golden Dawn Diner.

Terry kam mit zwei Pizzakartons und einer Plastiktüte zurück zum Wagen. Sie lachte.
Da drinnen ist Hochbetrieb, als ob die ganze Stadt heute keine Lust gehabt hätte zu kochen. Alle Tische besetzt und vor der Theke eine riesige Menschentraube.
Sie machte das Radio an, klappte einen der Pizzakartons auf und sagte: Sieht gut aus, nicht? Was Besseres hätte ich uns auch nicht kochen können. Wollen wir deine Fotos noch abholen?
Was?, fragte ich. Nein.
Aber du wolltest sie doch unbedingt haben. Ich bin schon ganz neugierig, Tom.
Ich kümmere mich schon drum. Gib mir den Abholschein.
Kein Problem. Später.
Als wir die geschotterte Auffahrt zum Haus hinauffuhren, stand Mrs. Scott im Einweg-Overall und mit Mundschutz in ihrem Vorgarten wie in einem Krisengebiet und besprühte ihre heruntergeschnittenen Rosen mit etwas, das für uns hoffentlich ungefährlich war.
Wozu hat sie ihre Gärtner-Sklaven, wenn sie die Drecksarbeit selber macht?, fragte ich.
An die Rosen lässt sie keinen ran, antwortete Terry und grüßte Mrs. Scott, die uns ignorierte oder uns durch das blondierte Haar, dass sie sich glatt über die Ohren gekämmt und im Nacken zu einem Puschel zusammengebunden hatte, nicht hören konnte.

Im Sommer, sagte Terry zu mir, laden wir alle zu einem großen Barbecue ein.
Klar, sagte ich. Machen wir.

Nach dem Essen stellte Terry die leeren Pizzakartons neben den Mülleimer und machte den Kühlschrank auf.
Kein Wein mehr.
Nichts, sagte ich.
Wolltest du nicht einkaufen gehen?
Ich schwieg.
Brauchst du Geld?
Nein.
Sie zuckte mit den Schultern und setzte sich wieder zu mir an den Tisch. Kein Wein, wiederholte sie.
Soll ich welchen holen?, fragte ich.
Sie schüttelte den Kopf. Meinst du, ich ziehe das an?
Was? Dass man dich angreift? Ich weiß nicht.
Ich hasse sie. Manchmal hasse ich diese Kinder. Ein Glück, dass ich keine bekommen kann.
Sie presste die Lippen fest aufeinander. Die Fensterscheiben beschlugen. Ich stand auf, wischte die Terrassentür mit meinem Ärmel frei.
Einmal hätte ich beinahe ein Baby entführt, sagte Terry.
Ich drehte mich zu ihr um. Sie senkte den Blick.
Ich hatte gerade erfahren, dass ich keine Kinder bekommen kann. Ich kam aus der Klinik und, es ist mir peinlich, das

zuzugeben, ich war am Boden zerstört, das musst du mir glauben …
Du bist erst mal shoppen gegangen.
Ja. Sie lachte hell auf. Woher weißt du das?
Und weiter?
Ich musste aufs Klo. Ich muss immer aufs Klo, wenn ich unter Druck stehe. Und plötzlich sehe ich diesen Kinderwagen, mit dem Baby darin, vor den Damentoiletten, ganz allein, das Baby guckt mich an und ich denke: Dich nehme ich mit. Dich hol ich da raus. Wie kann man dich hier einfach stehen lassen. Ich glaubte, ich müsste es retten. In diesem Moment war ich fest davon überzeugt, dass es ganz allein auf der Welt war. Ich hätte es wirklich fast mitgenommen.
Aber?
Die Mutter kam, lächelte mich an und schob den Buggy weg.
Ich nickte. Ich kenn das.
Was?
Dass es unerträglich ist, etwas, von dem man glaubt, dass es einem zusteht, nicht bekommen zu können.
Was kannst du nicht bekommen?
Ich sah sie an, sie deutete meinen Blick falsch. Aber du liebst doch Maria. Was willst du von mir?
Ich nahm meine Zigaretten vom Küchentisch, schob die Terrassentür auf und trat in den Garten.

18

Unter der Windschutzscheibe zitterte die kleine amerikanische Flagge im Zug der Klimaanlage. Die Scheibenwischer kamen kaum gegen den Regen an, das Wasser stand auf der Straße, klatschte seitlich am Wagen hoch. Windböen brachten die Lastwagen vor mir ins Schlingern. Doch über Philadelphia bekam die dichte Wolkendecke schon Risse, Sonnenstrahlen griffen wie Gottesfinger nach den Wolkenkratzern. Wasserdampf stand über den Straßen. Es würde warm werden, schwül.

Das Gebäude, in dem sich die Redaktionen der Daily News und des Inquirer befanden, sah aus wie ein Mietshaus, auf das man einen strahlend weißen Kirchturm gesetzt hat. Vor dem Eingang standen zwei Frauen in Shorts und T-Shirt und rauchten. Ich ging am Wachmann vorbei, er nickte mir zu, die Stufen knarrten unter meinen Füßen.

Im Newsroom war es noch relativ ruhig. Ich nahm einen Packen Polizeiberichte aus dem Faxgerät und ging zu Mandze Turner hinüber. Ihr Schreibtisch stand in der Mitte des großen Raumes, an einer Pinnwand hingen Auszeichnungen und die Startnummern, die Mandze bei den Marathons, an denen sie regelmäßig teilnahm, bekommen hatte.

Mandze saß am Computer, trug das Headset ihres Telefons auf dem ölig schwarzen Haar und sprach beruhigend auf jemanden ein.
Wir werden der Sache nachgehen. Aber vorher sollten Sie sich an den Sozialdienst wenden. Ja, ich habe die Nummer hier.
Ohne vom Computerbildschirm aufzuschauen, streckte sie mir eine Hand zur Begrüßung entgegen.
Ja, rufen Sie mich wieder an. Mandze Turner, genau. Ich danke für Ihren Anruf. Viel Glück.
Sie nahm das Headset vom Kopf, rollte auf ihrem Drehstuhl zurück und lächelte mich an.
Die Frau glaubt, ihr Vater werde im Altersheim misshandelt, sagte sie mit einer Kopfbewegung zum Telefon. Schön, dich zu sehen, Tom. Alles klar?
Mandze war eine kräftige Frau mit breiten Hüften und einem enorm großen Busen.
Wie geht's deinem Bruder?, fragte ich.
Sie winkte ab. Lass gut sein.
Mandze war in ärmlichen Verhältnissen in Nordphiladelphia aufgewachsen. Sie hatte fünf Schwestern und einen Bruder, einen ausgezeichneten Schwimmer, der in seinem letzten Highschool-Jahr mit Universitätsstipendien überhäuft worden war. Im vergangenen Frühling hatte er sich während eines Wettkampfes die Hand gebrochen. Seitdem konnte er nicht mehr schwimmen. Die Universitäten hatten ihre Angebote zurückgezogen.

Was macht er jetzt?, fragte ich.
Rumhängen. Sieht so aus, als bliebe ich die Einzige in meiner Familie mit Uniabschluss. Und du? Ich habe gehört, dich hat's auf's Land verschlagen? Was ist mit deiner Wohnung?
Ich gebe nachher die Schlüssel ab.
Seid ihr ein schönes Paar, Terry und du?
Ich zuckte mit den Schultern. Paar ist vielleicht übertrieben.
Ich find's ja krank, dass sie den Typen nicht vor Gericht gebracht hat. Wenn mich einer beinahe umbringen würde, könnte ich nicht mit dem Gedanken leben, dass er frei herumläuft.
Was weißt du über diese Geschichte?, fragte ich.
Sie zog ihre zu schmalen Strichen gezupften Augenbrauen hoch. Sicher nicht mehr als du. Wir haben nicht viele Informationen bekommen. Du kennst doch unseren Artikel.
Ihr hattet ein Foto von Terry. Eine große Porträtaufnahme. Erinnerst du dich?
Ja.
Wo kam die her?
Mandze lehnte sich in ihren Drehstuhl zurück, schloss die Augen für einen Moment, dann nickte sie. Von ihrer Mutter. Ja. Die hat es uns geradezu aufgedrängt. Hast du die mal getroffen?
Nein.
Ich hatte den Eindruck, dass sie ein wenig wirr im Kopf war. Und ziemlich religiös. Wollte, dass wir Philadelphia aufrufen,

für ihre Tochter zu beten. Außerdem glaubte sie, der Doktor habe Terry angegriffen.
Ihr Mann?
Dieser Frauenarzt, ja. Er ist Jude. Das hat ihr wohl nicht gepasst.
Mandze sah auf die Uhr. Tut mir Leid. Ich muss los. Das 11-Uhr-30-Treffen. Wenn du wartest, können wir danach etwas essen gehen.
Ich reichte ihr die Polizeiprotokolle aus dem Faxgerät. Willst du die nicht noch durchschauen?
Leg hin. Für heute habe ich schon eine Geschichte. Sagt dir der Name Lesley Price etwas?
Ich nickte. Bürgermeisterin. Irgendein Vorort.
Hat besoffen ein Kind überfahren.
Tot?
Leider nicht. Dann hätte ich die Schlagzeile sicher. So kann ich immer noch von der Sportredaktion überboten werden.
Und der Krieg?, fragte ich.
Sie winkte ab. Nicht unser Geschäft.
Sie bot mir ihren Stuhl an und eilte ins Büro des Chefredakteurs. Ich setzte mich, schob einige Packen Papier zur Seite und blätterte durch die Polizeiprotokolle. Unfälle, Überfälle, vier Schießereien, eine davon mit Todesfolge. In einer Schule war das Dach der Sporthalle eingestürzt. Keine Verletzten.
Der Newsroom begann sich zu füllen. Der Polizeifunk zischelte, Telefone klingelten, Computer summten, die langen

Fingernägel meiner Tischnachbarin klickerten auf der Tastatur.
Über mir schaukelten die Neonröhren sachte hin und her. An den Wänden hingen großformatige Fotografien. Ground Zero, ein Baseballspiel, der neugeborene Tiger im Philadelphia Zoo, ein betender schwarzer Soldat. Er hatte sich die amerikanische Flagge um die Schultern gelegt und saß in sich versunken vor einem blauen Hintergrund. Vielleicht ist er schon tot, dachte ich, vielleicht ist er tot.

Nach einer halben Stunde kam Mandze zurück. Wir nahmen ein Taxi zum Rittenhouse Square, kauften uns Sandwiches und Kaffee und setzten uns in den kleinen Park. Die Sonne schien, die Luft begann schon drückend zu werden. Es war der erste warme Tag im Jahr. Fast alle Bänke waren besetzt, auf dem Brunnenrand saßen Leute und aßen zu Mittag. Zwei Männer in Nadelstreifenanzügen unterhielten sich über einen Arbeitskollegen.
Wenn er wirklich schwul ist, will ich nicht länger mit ihm ein Büro teilen. Die haben doch alle AIDS, diese Arschficker.
Aber wie willst du das beweisen?
Mandze biss in ihr Sandwich, spreizte die Beine, Mayonnaise tropfte auf den Boden.
Aber es war nicht Terrys Mann, oder?, fragte ich.
Was? Nein. Sie kaute mit offenem Mund. Auf gar keinen Fall. Der stand zur Tatzeit im Kreißsaal. Außerdem lebten die bei-

den schon eine ganze Weile getrennt. Es war der Junge. Eindeutig.
Weshalb ist er dann nicht verurteilt worden?
Eine Frau setzte sich auf den Brunnenrand, schlüpfte aus ihren Pumps und tauchte die Füße ins Wasser. Ein Krankenwagen fuhr mit heulender Sirene vorbei. Ich zündete mir eine Zigarette an.
Terry hatte Streit mit dem Jungen, sagte Mandze. Er war ihr Schüler, im Unterricht war es immer wieder zu Reibereien gekommen. Eine Woche bevor er sie mit dem Messer verletzte, hat er ihr vor der ganzen Klasse gedroht.
Sie umzubringen?
Ja. Deswegen wurde er für vier Wochen vom Unterricht suspendiert. Er hat Terry vor der Schule aufgelauert. Es gab eine heftige Auseinandersetzung. Die Polizei kam. Terry erstattete keine Anzeige, und der Junge konnte gehen. Sie lehnte es ab, sich nach Hause bringen zu lassen.
Sie fuhr mit ihrem eigenen Auto?, fragte ich.
Nein. Das ließ sie stehen. Sie ging zu Fuß.
Sie wollte nach Hause laufen?
Mandze zuckte mit den Schultern. Später hat sie behauptet, sie sei zu nervös gewesen, um sich gleich hinters Steuer zu setzen. Sie wollte einmal um den Block gehen, sich ein wenig beruhigen. Da ist es dann passiert. Aber was erzähle ich dir, sitzt du nicht an der Quelle? Frag doch Terry, wenn du mehr wissen willst.

Obwohl sie gerade bedroht worden ist und weiß, dass der Junge sich noch in der Gegend aufhält, geht sie spazieren?, fragte ich.
Sie hat ihn nicht der Polizei übergeben, sagte Mandze. Keine Anzeige erstattet. Vielleicht glaubte sie, er würde ihr das irgendwie anrechnen?
Ist bei dem Jungen etwas gefunden worden?, fragte ich.
Mandze schüttelte den Kopf. Der war erst mal untergetaucht. Drei Tage hat man nach ihm gesucht. Er hatte genügend Zeit, alles verschwinden zu lassen. Und Terry hat die Aussage verweigert, verstehst du, verweigert, sie hat nicht gesagt, sie könne sich nicht erinnern.
Ich schnippte Asche von meiner Zigarette.
Eins ist klar, sagte Mandze. Sie wollte den Jungen schützen. Aber warum?
Sie wischte sich den Mund mit dem Handrücken ab.
Das kannst du mir auch nicht erklären, oder?
Ich schüttelte den Kopf.
Sie stand auf, um die Verpackung ihres Sandwiches in einen Mülleimer zu werfen. Ich sah einer Schwarzen in Hotpants nach. Die blondierten Haare reichten ihr bis zum Po. Mandze setzte sich wieder zu mir.
Übrigens hat sich dieser Leon bei mir gemeldet.
Ich trat meine Zigarette aus. Was wollte er?
Deine neue Adresse.
Hast du sie ihm gegeben?

Klar. Ihr seid doch Freunde. Oder nicht? Willst du dein Sandwich nicht essen?
Ich gab es ihr.
Aber du hast nichts Neues herausgefunden, oder?, fragte Mandze. Redest du mit Terry darüber? Wenn du etwas weißt …
Rein privates Interesse, unterbrach ich sie.
Ihr Handy klingelte. Sie schaute aufs Display und stand auf. Ich nahm einen Schluck von meinem Kaffee. Er schmeckte nach Pappe. Mandze blieb vor dem Brunnen stehen, hielt das Handy zwischen Schulter und Wange gepresst und tauchte beide Hände ins Wasser. Als sie das Gespräch beendet hatte, sah sie zu mir hinüber. Warum arbeitest du nicht fest für uns, Tom. Dann hätte ich jetzt einen Auftrag für dich.
Ich sah sie an. Lächelnd blieb sie vor mir stehen.
Die Gewerkschaft bringt mich um, wenn ich dich schicke.
Jetzt sag schon.
Noch ein Selbstmord in den Pinetree Buildings. Lannisha Winston. Achtzehn Jahre alt. Mach was draus, lass dir was einfallen, bis fünf brauche ich die Geschichte.

19

In den Pinetree Buildings gab es fließendes, sauberes Wasser, Fahrstühle, Klimaanlagen und trockene, relativ geräumige Wohnungen, also alles, was einen Sozialbau luxuriös erscheinen lässt. Die beiden rot verklinkerten Türme waren durch eine Art Lobby miteinander verbunden und standen im Norden Philadelphias, der als gefährlich galt. Als ich zum ersten Mal für die Zeitung dorthin gefahren war, hatte Mandze Witze gemacht und sich von mir verabschiedet, als ob sie mich nicht wiedersehen würde. Das war übertrieben, trotzdem durfte man das Gefühl nicht unterschätzen, das man bekam, wenn man plötzlich der einzige Weiße war.

Anders als an dem Abend des ersten Selbstmordes war die Straße jetzt nicht leer. Mütter mit kleinen Kindern saßen vor den Haustüren, und am Eingang des Hochhauses hingen ein paar Jugendliche herum.

Ich fühlte mich fremd, es kam mir so vor, als trüge ich meine Hautfarbe wie ein auffälliges Kostüm, und mein Instinkt sagte mir: Du hast keine Chance, einfach unterzutauchen, zu verschwinden, du bist in Gefahr.

Ein Summen und Rauschen, eine Mischung aus Stimmen, Musik, Schritten, Türenschlagen, Verkehrslärm umgab mich,

alles deutlich zu hören und gleichzeitig weit entfernt, als ob die Wärme die Geräusche dämpfte.
Ich ging auf die Jugendlichen zu, ein Mädchen und drei Jungen, von denen einer eine Narbe auf der Wange hatte, die wie ein Blutegel aussah. Sie mussten in Lannishas Alter sein, blickten mir misstrauisch entgegen, machten aber keine Anstalten, sich zu verdrücken.
Bist du vom Fernsehen?, fragte der Junge mit der Narbe.
Siehst du hier eine Kamera?, fragte ich.
Das Mädchen kicherte. Der Junge brachte sie mit einer Handbewegung zum Schweigen. Lannisha Winston. Kanntet ihr die?
Wen?, fragte das Mädchen.
Die Tote, Mann, sagte ein anderer Junge.
Was zahlst du?, wollte der mit der Narbe wissen.
Was wisst ihr?
Matsch, sagte das Mädchen und machte mit den Händen eine Bewegung, als wollte sie etwas glätten oder verstreichen. Sie wussten nichts.

Lannishas Mutter konnte mir nicht viel mehr erzählen. In der Wohnung war es heiß, und trotz der hochgeschobenen Fenster flirrte Luft wie in einem Backofen. Lannishas Familie saß auf einer gewaltigen groß geblümten Sitzecke: zwei erwachsene Schwestern, ein Onkel, ein kleines Mädchen und Lannishas Mutter, die von allen »die Mama« genannt wurde.

Sie sah aus, als wäre sie in die Polster hineingegossen, unfähig, auch nur einen Finger zu heben. Sie trug gelbe Leggings und ein T-Shirt mit Brusttasche, das sich über den mächtigen Busen spannte.
Kommen wir jetzt in die Zeitung?, fragte sie.
Ja, sagte ich. Klar. Wissen Sie, warum Ihre Tochter sich umgebracht hat?
Nein, woher.
Sie war schwanger.
Der Onkel: So eine Hure.
Die Mama: Aber sie hatte doch schon ein Kind.
Das kleine Mädchen sah auf, es war vielleicht zwei oder drei, sein Kinn war mit einer weißen Kruste überzogen. Ich hatte Durst und das Gefühl, nicht einmal mehr zu schwitzen, so heiß war es. Meine Haut brannte.
Kann es sein, dass Lannisha kein zweites Kind wollte?, fragte ich.
Aber deswegen springt man doch nicht vom Dach, sagte die Mama. Ich habe selber sechs auf die Welt gebracht und sitze immer noch hier.
Sie erlaubte mir, Lannishas Zimmer anzusehen. Das heißt, eigentlich hatte nur niemand etwas dagegen einzuwenden. Das kleine Mädchen wollte mir nachkommen, fiel auf alle viere und hob den Kopf. Zwischen ihren Lippen quoll eine weiße Flüssigkeit hervor.
Kotzt du schon wieder?, sagte die Mama. Wenn die ver-

dammte Heizung nicht bald repariert wird, kommen wir alle um. Den ganzen Winter über haben wir gefroren, und jetzt geht sie auf einmal nicht aus. Darüber solltest du mal schreiben, mein Junge.

Ich schloss die Zimmertür hinter mir. Es war düster und stickig. Das einzige Fenster war mit einem Tuch verhängt. Aus einem Mülleimer quollen Babywindeln.

Der Raum, den Lannisha sich mit ihren beiden Schwestern geteilt hatte, war klein. Die drei Betten waren hufeisenförmig aufgestellt. Neben der Tür stand eine Kommode. Das Bett unter dem Fenster war nicht gemacht. Die Tagesdecke aus bunter Synthetik lag zusammengeknüllt in einer Ecke, am Kopfende saß ein gutes Dutzend Plüschtiere. Auf drei an der Wand darüber befestigten Regalbrettern standen gerahmte Bilder. Lannisha auf einem Schulfest. Auf ihrem Abschlussball. Zusammen mit ihrer kleinen Tochter. Daneben lagen CDs, Zeitschriften und ein Discman. Ich nahm eines der Bilder vom Regal: Lannisha in einem pinkfarbenen Stretchkleid, mit hochhackigen Schuhen und einer goldenen Kette um den Hals, an der ein kleiner Anhänger hing, der die Form eines Blattes hatte.

Ich blätterte die Zeitschriften durch, zog die Schubladen der Kommode auf und tastete den Bettrahmen ab. Ich fand nichts, kein verstecktes Tagebuch oder Foto und schon gar keinen Abschiedsbrief. Unter Lannishas Bett lagen eine kleine Matratze und Bettzeug, mit Monden und Sternen bedruckt. Vermutlich wurde sie hervorgezogen, wenn das kleine Mädchen schlafen ging, und füllte dann das letzte Stück freien Raums aus. Ich versuchte mir das vorzustellen: drei junge Frauen in diesem Raum. Wenn sie ihn verlassen wollten, mussten sie über das auf dem Boden schlafende Kind hinwegsteigen.

Ich setzte mich auf Lannishas Bett. Schweiß tropfte mir von der Nasenspitze auf die Oberlippe. Ich hob das Tuch vor dem Fenster ein wenig an und sah auf die Fassade des zweiten Wohnturms. In dem Spalt zwischen Fensterscheibe und Moskitonetz blitzte etwas. Ich schob ein paar ausgedrückte Zigarettenkippen zur Seite und zog ein goldenes Kettchen heraus, an dem ein Anhänger hing. Kein Blatt, wie es auf dem Foto ausgesehen hatte, sondern eine Feder. Ich legte die Kette wieder zurück, ließ das Tuch vor das Fenster gleiten und nahm das Bild vom Regal, das Lannisha zusammen mit ihrer Tochter zeigte. Die Mama hatte nichts dagegen, dass ich es mir auslieh.

Dann fuhr ich ins oberste Stockwerk. Von dort aus führte eine Treppe aufs Dach. Wie beim ersten Mal war die Tür weder versiegelt noch verschlossen. Nur ein vermutlich mit Feuerzeugflammen angeschmolzenes Schild warnte vor dem Betreten des Daches. Ein kräftiger Wind wehte und trocknete mir den Schweiß auf der Haut. Am Horizont, als wäre sie unerreichbar weit entfernt, blitzte Philadelphias Skyline, die Fensterscheiben reflektierten die Sonne, so dass es aussah, als würde jemand Lichtzeichen zu mir herübersenden.

Vor mir die dunklen Gebäude der Temple University. Heruntergekommene Mietshäuser, gegen die Sonne silbern angemalte flache Teerdächer. Ein paar Blöcke weiter rosteten große Wassertanks vor sich hin, ragten die Schornsteine verlassener Fabriken in den Himmel. Textilbetriebe. Zuckerraffinerien. Zigarrenfabriken. Alles weg. Brauchte man nicht mehr. Produziert wurde jetzt woanders. Die Menschen waren geblieben.
Wer hatte mir das erzählt? Meine Mutter wahrscheinlich.
Hände, die keiner mehr wollte. Durch die Armut fett und träge gewordene Körper. Hier verhungerte keiner.
Plötzlich konnte ich sie wieder hören: Es ändert sich nichts. Nicht für dich, nicht für mich. Die Frauen springen hier runter. Wo kommen sie an? Löst sich etwas aus ihren Körpern, bevor sie aufprallen, wenn sie aufprallen, sitzt ihre Seele auf einem Schleudersitz, der sie im letzten Moment aus dem Körper herauskatapultiert und in Sicherheit bringt? Will man deswegen sterben? Um etwas zu retten, um etwas aus sich herauszulösen, das sonst umkommt? Spring doch, spring. Wenn du es jetzt nicht tust, tust du es niemals. Ich halte dich nicht davon ab. Was interessiert dich die Mikrowelle, was gehen dich Flugzeuge an. Du wirst niemals schweben, du wirst niemals fliegen. Du traust dich nicht. Du bist nichts. Ich bin nichts. Unsere Seelen sitzen nicht auf Schleudersitzen. Wenn der Körper kaputtgeht, wird auch die Seele zerstört. Die Seele ist kein Täubchen, nichts Zartes, Schwebendes, Leichtes, sie ist

ein starkes Stück Band, das uns zusammenhält, solange wir atmen. Jetzt spring doch endlich. Mach es mir nicht so schwer. Himmel und Hölle sind Tod und Teufel. Du hast auch so einen Teufel, der dir auf der Schulter sitzt und ins Ohr flüstert. Wenn du tot bist, herrscht endlich himmlische Ruhe. Glaubst du das?
Die Sonne schälte mir die Haut von der Nase. Ich sah auf die Stadt hinunter, und ich kannte sie nicht. Was wusste ich von den Häusern, den Fabriken, den Kirchen? Nichts. Ich war hier fremd, in all den Jahren, die ich hier schon lebte, nicht heimisch geworden.

Als ich das Haus verließ, die zehn Stockwerke zu Fuß hinunterging, weil die Fahrstühle immer noch nicht funktionierten, sah ich im Hauseingang gegenüber eine junge Frau mit einem Kleinkind auf dem Schoß sitzen. Ihr Blick war apathisch. An ihren nackten Beinen lief der Urin des Kindes herunter.

20

Was ist das für eine Geschichte? Was passiert da? Wie kommen die immer aufs Dach? Kann man die Tür nicht einfach mal abschließen?

Es ist ein Notausgang, sagte ich und zog mir einen Stuhl in Mandzes Schreibtischbucht.

Notausgang. Das ist gut. Aber wofür brauchen sie den? Warum bringen diese Frauen sich um?

Ich weiß es nicht.

Ich muss ein bisschen an die fliegenden Babys denken, sagte Mandze. Ist da ganz in der Nähe passiert.

Ich erinnere mich an die Geschichte.

Mandzes Telefon klingelte. Sie warf einen Blick aufs Display und nahm nicht ab.

An welche der beiden? An die Protestaktion oder das übrig gebliebene Baby?

Du glaubst an zwei?

Sie blätterte durch einen Stapel Polizeiprotokolle.

Schwer zu sagen. Offiziell nicht. Aber merkwürdig war es schon.

Ging es nicht um dieses Gesetz?, fragte ich.

Mandze warf die Polizeiprotokolle in den Papierkorb und nickte.

Wenn die Mädels schon unverheiratet durch die Gegend vögeln mussten, sollten sie auch die Konsequenzen allein tragen.

Man wollte Teenager-Schwangerschaften nicht noch belohnen. Aber das hieß ja nicht, dass die Mädchen auf der Straße gelandet wären. Man hätte sie auch nicht verhungern lassen. Bloß kein Cash mehr, keine staatliche Kohle, die sie sowieso nur für Drogen und nicht für die Kinder ausgegeben hätten. Aber einige der Mädels sind total durchgedreht.

Wie viele?, fragte ich.

Fünf? Sechs?

Plus die Babys?

Ja. Erst die, dann sind die Frauen hinterhergesprungen. Eine hat noch ein paar Stunden überlebt, von der wissen wir, dass es so was wie eine Protestaktion sein sollte. Ist dann aber auch über den Jordan gegangen. Besser für sie.

Warum?

Was meinst du, was die mit der gemacht hätten, wenn sie vor Gericht gekommen wäre.

Ich nickte. Und das übrig gebliebene Baby?

Ist gefunden worden, als der Spuk eigentlich schon vorbei war.

War es auch aus einem Fenster geworfen worden?

Nein. Vom Dach eines Mietshauses. Einen Block weiter stehen die Pinetree Buildings. Eine Mutter zum Baby gab es nicht. Die haben im ganzen Haus nach einer gesucht, die in letzter Zeit entbunden hatte oder schwanger gewesen war. Ohne Erfolg. Vieles sprach dagegen, dass das tote Kind mit dem Fliegende-Babys-Fall im Zusammenhang stand. Aber

schon nach kurzer Zeit behauptete die Polizei genau das und dass die Mutter es sich plötzlich anders überlegt und sich aus dem Staub gemacht hätte. Vielleicht wollte man keine neue Horrorgeschichte. Mandze schnalzte mit der Zunge. Und jetzt haben wir wieder zwei Frauen, zwei junge Mütter.
Ihr Telefon klingelte. Mandze nahm ab. Ja. Ja doch. Ich kümmere mich darum.
Mein Blick glitt über das Bild des betenden Soldaten. Mandze legte auf, notierte sich etwas und sah auf die Uhr.
Aber sie lassen ihre Kinder am Leben, sagte ich.
Was? Ja. Ich weiß. Aber irgendetwas muss doch dahinter stecken.
Vielleicht, sagte ich.
Sie stand auf. Tut mir Leid. Ich habe jetzt keine Zeit mehr. Tom? Was ist los mit dir? Alles in Ordnung?
Sie beugte sich zu mir hinunter. Sie roch nach etwas Leichtem, Puderigem. Weiß, dachte ich.
Tom?
Ich hob den Blick, sah in ihr Décolleté, die großen, dunklen Brüste. Alles in Ordnung, Mandze, nur ein bisschen erschöpft.

Ich hatte befürchtet, der Verwalter könnte das Schloss ausgetauscht haben, aber die Riegel glitten zurück, die Tür sprang auf. Der kleine Flur. Rechts davon Küche und Wohnzimmer. Sonnenlicht fiel durch die schräg gestellten Jalousien, zeich-

nete ein Gittermuster auf den staubigen Holzboden. Mein Zimmer. Das Bad. Links von mir die geschlossene Tür. Ich drehte den Knauf. Mutters Bett war zerwühlt. Die Kissen zerdrückt. Das Laken und die rote Tagesdecke lagen auf dem Fußboden. Ich schaltete das Licht ein. Der Ventilator begann sich zu drehen, wirbelte Staub auf. Ich durchquerte den Raum, zog den Vorhang zurück, die Jalousien hoch. Die Straße. Das Museum. Der Fluss. Ich konnte das Rauschen hören.
Ich setzte mich aufs Bett, strich über die Matratze. Über der Tür hing ein Kruzifix. Auf dem Nachttisch stand ein Foto meines Vaters. Ein Foto von mir. Ich schüttelte die Kissen auf, nahm das Laken hoch, etwas fiel klirrend zu Boden. Ein Schlüsselbund. Ich hob ihn auf. Der messingfarbene Anhänger. Die Sonnenblumen waren verblasst, die Emaille gesprungen.
Unter meiner Schädeldecke ballte sich etwas zusammen, ein flimmernder Schmerz, der mir von innen gegen die Augäpfel drückte. Zu viel Energie, hätte meine Mutter gesagt. Bete und sammle dich.
Wofür sollte ich beten?

Im Museum war es dämmerig und kühl. Ohne Probleme kam ich am Wachmann vorbei und kaufte mein Ticket. Niemand schien zu wissen, dass mir hier wenige Wochen zuvor Hausverbot erteilt worden war. Mir und Maria.
Sie war zielstrebig auf die Sonnenblumen zugelaufen, hatte

sie einen Moment lang aufmerksam betrachtet und dann die Hand ausgestreckt, um sie zu berühren.

Zwei Wachmänner stießen sie zur Seite. Ich entschuldigte mich für Marias Verhalten, wollte sie in den nächsten Raum ziehen, sie schüttelte mich ab.

Fass mich nicht an. Ich will das Bild sehen.

Dann setz dich hin. Setz dich auf die Bank da. Sonst schmeißen sie uns raus oder holen die Polizei.

Warum darf ich es nicht anfassen?

Die Wachmänner starrten misstrauisch zu uns herüber. Ich versuchte, Marias Aufmerksamkeit auf das kleine Wasserbecken zu lenken, das sich in der Mitte des Raums befand.

Schau mal, schau dir die ganzen Münzen an. Willst du auch eine werfen? Ich gebe dir eine. Das bringt Glück und bedeutet, dass du hierher zurückkommen wirst.

Das will ich nicht. Ich bin den ganzen Weg hierher nur gekommen, um einmal in meinem Leben diesen verdammten Sonnenblumen ganz nah zu sein, und jetzt sitze ich hier und darf sie nicht einmal anfassen.

Sie ließ den Kopf gegen die hochgezogene Schulter fallen und schob die Unterlippe vor.

In keinem Museum der Welt kannst du die Bilder anfassen, sagte ich gereizt.

Ah, machte sie. Ist das so? Weißt du, ich bin noch nie in einem Museum gewesen.

Sie musterte mich kurz von der Seite: Das heißt nicht, dass

ich dumm bin – sie wandte ihren Blick wieder den Sonnenblumen zu – oder nicht interessiert. Ich kenne die Bilder. Alle. Aus Büchern. Der Schnitzer hat mir massenweise Bücher gekauft. Auch Hopper. Zum Beispiel. Monet. Aber van Gogh gefällt mir am besten. Schau sie dir an, Tom. Die Blumen sind hin, kaputt, verblüht. Er hat sie trotzdem gemalt.
Sie drehte sich ein wenig zur Seite und machte eine Kopfbewegung in Richtung eines Monet. Das, zum Beispiel, ist nichts weiter als Kitsch.
Das ist weltberühmt, sagte ich.
Was nichts bedeutet.
Ich zuckte mit den Schultern. Mir gefiel Monets Brücke besser als der lädierte Blumenstrauß, aber ich schwieg. Die Wachleute schienen sich etwas entspannt zu haben, und als habe Maria das gespürt, sprang sie auf und presste beide Hände fest auf die Leinwand.
Wir hatten Glück gehabt, nur Hausverbot bekommen zu haben.
Als ich den kleinen runden Raum nun betrat, waren die Sonnenblumen verschwunden. An ihrer Stelle hing der gerahmte Hinweis, dass das Gemälde an ein europäisches Museum ausgeliehen worden war.

Auf dem Weg zurück nach New Jersey stand ich im Stau. Ich würde es nicht schaffen, Terry von der Arbeit abzuholen. Ich versuchte sie zu erreichen. Ihr Handy war abgeschaltet.

Als ich vor der Schule hielt, war es Viertel vor sechs. Ich stieg aus, rüttelte an der Eingangstür. Sie war verschlossen. Ich ging um die Schule herum. Die Außenbeleuchtung schaltete sich ein. Terry war nicht mehr hier. Jemand musste sie nach Hause gebracht haben. Doch als ich die Auffahrt zu Terrys Haus hinauffuhr, brannte hinter keinem der Fenster Licht. Bei Mrs. Eileen Scott ging die Gardine ein Stück zur Seite. Ihr Hund jaulte einmal laut auf. Dann war es wieder still. Der Kies knirschte unter meinen Füßen. Die Haustür war nicht verschlossen. Die Klimaanlage rauschte. Ich tastete nach dem Lichtschalter, die Glühbirne knackte, nach einem leichten Flackern war der Raum hell erleuchtet. Ich hörte ein leises Wimmern. Das kam von oben.

Terry?

Sie weinte. Ich ging die Treppe hinauf. Die Stufen knackten. Durch den Spalt unter der Kinderzimmertür sickerte Licht. Ich drehte den Knauf. Abgeschlossen.

Was ist los? Mach die Tür auf.

Keine Antwort.

Du sollst die Tür aufmachen. Sofort.

Verschwinde.

Ich atmete einmal tief durch.

Entschuldige. Es ist spät geworden. Wer hat dich nach Hause gebracht?

Hau ab.

Warum weinst du? Hat es wieder Ärger gegeben?

Ich hörte sie durch den Raum kommen, dann stand sie an der Tür. Ihr Atem. Ich hatte das Gefühl, ihr Parfum riechen zu können.
Jetzt mach schon auf.
Du klingst wie meine Mutter, sagte Terry. Genau wie sie. Mach die Tür auf. Was ist los. Hast du Ärger gehabt. Warum heulst du schon wieder. Lasst mich doch alle in Ruhe. Hau ab, Tom, verschwinde.

Ich ging ins Bad. Die Wand neben dem Fenster war feucht. Ich schaute nach oben. Etwas, das wie Harz aussah, war in kleinen Tropfen aus der Decke gequollen. Schnell zog ich mich aus und stellte mich in die Wanne, um zu duschen. Das Wasser roch nach Chlor. Ich dachte an Duschkabinen von öffentlichen Schwimmbädern und den Schwimmunterricht bei Frau Wölk. Maria im roten Bikini und in Badeschlappen, weil sie sich vor den Haaren am Beckenrand ekelte. Mein dicker Bauch über den Badeshorts. Und Maria kniff mir darein und sagte: Fett schwimmt oben, wovor fürchtest du dich? Mann, Tommi, jetzt spring endlich. Oder: Mann, Tommi, nimm ab.
Sport treiben. Fit bleiben. Schwimmen gehen mit meiner Mutter, der ich von Marias Aufforderung erzählt hatte und die sie ernster nahm als ich. Mutters Haar unter einer pinkfarbenen, genoppten Badekappe. Es roch nach Gummi, wenn ich auf dem Weg nach Hause neben ihr im Auto saß. Nie im

Schwimmbad duschen, weil Mutter das für unhygienisch hielt. Mein Vater war da ganz anders. Der schlief in jedem Bett, aß alles, tunkte seine Füße in Wasser, das Fischleichen ans Flussufer schwemmte. Flucht-lingskind, sagte meine Mutter.

Ich hörte Terry aus dem Kinderzimmer kommen. Als sie sich im Flur an die Wand neben die Badtür lehnte, knackte es so laut, dass ich in der Wanne erschrocken einen Schritt zurücktrat.

Auf meiner Seite ist die Wand noch in Ordnung!, rief ich. Wie sieht's bei dir aus?

So ein Scheißtag, sagte sie.

Was ist denn passiert?

Terry kam ins Bad und ließ die Jalousie herunter. Willst du, dass dir die Nachbarn beim Duschen zusehen?

Das war lächerlich. Da hätte schon einer mit dem Fernglas stehen müssen, um mich unter der Dusche zu sehen.

Terry hängte den Duschvorhang in die Wanne.

Sonst läuft doch das ganze Wasser auf den Boden, Tom.

Sie klappte den Korbdeckel der Wäschetruhe auf und warf meine Klamotten hinein.

In der Hose sind noch meine Zigaretten, sagte ich.

Ein Moment lang verschwand Terry. Nur ihr Geruch hing noch in der Luft, war stärker als der Chlorgeruch des Wassers und der meines Duschgels.

Ich drehte das Wasser ab.

Ich habe dir frische Klamotten auf den Waschbeckenrand gelegt, sagte Terry.
Die Wand knackte wieder, als sie sich im Flur dagegen lehnte.
Ich stieg aus der Wanne. Eine der lilienförmigen Glaslampen, die zu beiden Seiten des Spiegels hingen, flackerte.
Scheißtag, sagte Terry. Ein wirklicher Scheißtag.
Meiner auch, sagte ich und begann, mir die Zähne zu putzen.
Sie ist mir zusammengeklappt, sagte Terry. Einfach umgekippt.
Die Würgerin?
Nenn sie nicht so.
Ich dachte, sie hat dich gewürgt.
Heute wollte sie auf die Toilette.
Klingt, als würdet ihr Fortschritte machen.
Mitten im Unterricht. Ich habe ihr verboten zu gehen. Sie hat zu heulen angefangen. Ihr sei schlecht. Ich habe gesagt, dass ich sie zum Direktor schicken würde, wenn sie weiter meinen Unterricht stört. Da hat sie sich einfach fallen lassen.
Ich spuckte den Zahnpastaschaum ins Waschbecken und spülte mir den Mund.
Einen Moment war es still. Dann fragte Terry: Hörst du mir überhaupt zu?
Ich höre, sagte ich und zog mir meine Boxershorts an. Fallen gelassen, und weiter?
Sie hat sich den Kopf an einer Tischkante gestoßen, sagte Terry. Alles war voller Blut. Die Schulkrankenschwester hat

gesagt, es sehe schlimmer aus, als es ist, aber wir haben natürlich trotzdem einen Krankenwagen geholt. Das Mädchen macht mich fertig, verstehst du?
Die Lilienlampe neben dem Spiegel klickte und ging aus.
Scheiße, sagte ich. Verdammte Bruchbude. Und das Mädchen verstehe ich gut. Ich würde auch Ärger machen, wenn man mich nicht aufs Klo gehen ließe.
Sie hat ständig irgendetwas. Immer stört sie den Unterricht. Sie kann froh sein, wenn sie nicht von der Schule fliegt.
Ich griff in die Wäschetruhe, um meine Zigaretten herauszuholen. Die Kleider darin fühlten sich klamm an und rochen nach Schweiß.
Terry stand jetzt in der Tür und sah mich mit zusammengekniffenen Augen an. Wie ein wütender Cheerleader. Im knielangen Blümchenrock und einer weit geschnittenen rosafarbenen Bluse. Auf Terrys Stirn bildete sich eine Falte, die senkrecht über der Nasenwurzel stand.
Ich versteh sie, sagte ich. Ich würde auch alles tun, um da rauszukommen.
Kannst du das mal objektiv sehen? Musst du immer alles mit deinen Schulgeschichten vermischen? Es gibt Kinder, die gehen gern zur Schule und wollen was lernen. Juana Bickley zum Beispiel, aus der Dominikanischen Republik …
Mir ist klar, dass du so etwas glauben musst, unterbrach ich sie. Man kann schlecht damit leben, dass man von keinem gemocht wird.

Ich zündete mir eine Zigarette an und warf das Streichholz ins Waschbecken.
Meinetwegen rauch. Aber nicht in meinem Haus. Und schon gar nicht im Badezimmer.
Rauch soll gut gegen Ungeziefer sein.
Mach sie aus. Sofort.
Ich nahm noch einen Zug, dann drückte ich die Zigarette neben dem Seifenspender aus und ließ sie ins Waschbecken fallen.
Terry nickte. Okay. Du hast schlechte Laune. Hätte ich vielleicht auch, wenn ich wochenlang nur dumm rumhängen und nichts tun würde.
Was willst du, Terry? Streit?
Duschen, sagte sie, öffnete die beiden obersten Knöpfe ihrer Bluse und zog sie sich über den Kopf. Mit einer Hand hakte sie ihren BH auf. Der BH fiel zu Boden. Ich starrte sie an.
Was ist?, fragte sie. Hast du noch nie eine Narbe gesehen?
Sie hatte ein Piercing in der rechten Brustwarze. Die Narbe war kaum zu sehen. Ein heller Strich oberhalb ihrer linken Brust.
Der Ring, sagte ich.
Terry sah an sich herunter. Ach, der. Sie schnippte gegen das Piercing. Das habe ich gleich danach machen lassen. Ich bin aus dem Krankenhaus raus und direkt rüber in so ein Studio. Damit ich nicht nur die Wunde sehe, wenn ich mich im Spiegel anschaue.

Sie zog ihren Rock und den Slip aus. Ihr Schamhaar war abrasiert, ihre Schamlippen sahen aus wie die eines kleinen Mädchens. Nicht einmal Stoppeln. Als habe sie niemals Schamhaar gehabt.
Was ich dich noch fragen wollte, sagte Terry. Da hat sich wieder eine umgebracht. Hast du davon gehört?
Ich war da.
Du warst da? Warum?
Das ist mein Beruf.
Dein Beruf. Na ja. Dann wirst du in nächster Zeit viel zu tun haben.
Sie stieg in die Wanne, stellte das Wasser an.
Wie meinst du das?, fragte ich.
Der Spiegel beschlug. Terrys Duschgel roch süß und künstlich.
Wie ich es sage. Wenn du dich heute von der Betsy-Ross-Brücke stürzt, springen dir in den nächsten Wochen garantiert ein Dutzend Leute hinterher.
Auf einmal kam es mir so vor, als hätte jemand eine schwere dunkle Plane über mich geworfen, mein Kopf fiel nach vorne, ich schloss die Augen, in meinen Ohren knisterte es.
Ich halt das nicht aus. Ich kann da nicht noch mal hin.
Terry stellte das Wasser ab und nahm sich ein Handtuch. Was ist los mit dir, Tom? Was ist mit deiner Schulter? Verspannt? Hast du Schmerzen?
Ich hob den Kopf. Terry rubbelte sich mit dem Handtuch ab.

Ich hatte Angst, dass das Piercing am Frottee hängen bleiben würde. Sie wickelte sich das Handtuch ums Haar und stieg aus der Wanne.

Denkst du an Maria?

Ich denke an nichts.

Doch. Du denkst schon wieder an diese Frau. Egal, was du machst, sie verfolgt dich.

Ich spürte die Wärme, die Terrys Körper ausstrahlte.

Es gibt solche Frauen, sagte sie. Die gehen einem einfach nicht aus dem Kopf, aber glaub mir, das hat nichts mit Liebe zu tun. Das ist krank.

Warum sollte ich an Maria denken?

Manchmal machst du mir Angst, sagte Terry und schlüpfte in einen Bademantel. Das Bad wurde mir zu eng. Ich trat in den Flur.

Wieso Angst?

Du gehst nicht vor die Tür, schreibst keine Zeile, krümmst keinen Finger, aber heute, auf einmal, springst du auf und kannst es gar nicht erwarten, wieder in dieses Todeshaus zu kommen.

Als ich nach Philadelphia gefahren bin, konnte ich nicht wissen …

Glaubst du an Zufälle?

Willst du sagen, ich hätte gespürt, dass wieder eine springt?

Nein.

Dann ist's ja gut.

Trotzdem, sagte Terry. Es kommt mir merkwürdig vor. Krank.
Ich bin nicht krank, sagte ich und kratzte an der abblätternden Farbe des Türrahmens. Ich habe lediglich Lust, eine Zigarette zu rauchen.
Aber nicht hier. Wenn du jemanden ausräuchern willst, geh zu den Ratten. Du könntest ohnehin mal im Keller nachsehen, ob sich da wieder ein paar Viecher totgefressen haben. Die sollen da schließlich nicht vergammeln.
Die Stufen knackten, als ich die Treppe hinunterging.

Der Keller war nur ein einziger, kleiner Raum. Mit seinen schiefen, roh gemauerten Wänden und dem unbefestigten Boden wirkte er eher wie ein nachträglich in die Erde getriebener Schacht, auch wenn ich mir nicht vorstellen konnte, wie man unter so einem Haus baute, ohne zu riskieren, dass es einstürzte. Es gab keinen Strom. Der Lichtkegel meiner Taschenlampe glitt über den Boden. Keine Ratten. Auch die Mäusefallen waren leer. In einer Ecke lag ein alter Schrank, dessen Tür aufgeklappt war. Er war leer und so groß, dass ich mich hätte hineinlegen können wie in einen Sarg. Er erinnerte mich an die Katzenkinder, die ich einmal in einem Haufen Sperrmüll hinter unserem Haus gefunden hatte. Die Katzen waren noch blind gewesen und fast nackt. Maria hatte mit kraus gezogener Stirn auf die Kätzchen herabgesehen und gefragt, ob wir die auch vernichten müssten.

Bist du verrückt?
Mit meinem Vater zusammen hatte ich die Kätzchen in einen Karton gepackt und ins Tierheim gebracht. Dort fragte man uns nach ihrer Mutter.
Ohne die gehen uns die Kleinen ein.
Mein Vater und ich fuhren sofort zurück, aber wir konnten die Katzenmutter nicht finden.

Keine Ratten, keine Mäuse, rief ich, als ich in die Küche zurückkam. Ich stellte die Taschenlampe auf dem Fußboden ab.
Terry?
Auf dem Küchentisch lag ein Stapel großer, dunkel eingeschlagener Hefte. Die Tagebücher von Terrys Schülern. Sie war nicht da. Der Kombi stand nicht in der Auffahrt. Hoffentlich kaufte sie etwas zu essen.

21

Als ich morgens aufwachte, war Terry schon zur Arbeit gefahren. Warum hatte sie mich nicht geweckt? Ich lief die Treppe hinunter. Auf dem Küchentisch stapelten sich Brot, Milch- und Saftpäckchen, Eierkartons, Konserven, Chipstüten und aufgeweichte Tiefkühlpizzen. Die Lebensmittel mussten die ganze Nacht hier gelegen haben. Warum hatte Terry sie nicht weggeräumt? Ich konnte mich nicht erinnern, sie nach Hause kommen gehört zu haben. Wahrscheinlich hatte ich schon geschlafen. Unter einem Glas Marmelade steckte ein Fünfzig-Dollar-Schein. Ich ging in der Küche umher, suchte nach einer Nachricht, hörte die Mailbox ab. Terry hatte mir nichts auf Band gesprochen.

Durch die Terrassentür fiel dunstiges Sonnenlicht herein. Von der Wand daneben löste sich die Farbe in feuchten Blasen. Die Kaffeemaschine war aus. Ich goss mir einen Rest kalten Kaffee ein, schob die Terrassentür auf und das Moskitonetz zur Seite. Die Luft schlug mir wie ein heißes, feuchtes Leinentuch entgegen, meine Haut zog sich zusammen, dann begann ich zu schwitzen. Insektenschwärme standen über dem Garten wie über einem Sumpf.

Terry hatte mehrere Bäume fällen lassen, auf ihren Stämmen

wucherten urtümliche Pilze. Sträucher und Büsche bildeten noch immer ein schier undurchdringliches Dickicht, aus dem hohe, feste Blumenstängel wie Schilf herausragten. Es war nicht zu erkennen, ob es hier jemals Beete gegeben hatte. Ich setzte mich in einen der Gartenstühle, das Drahtgeflecht drückte sich durch den Stoff in die Haut, die Insekten begannen mich sofort zu umschwärmen. Auf dem Nachbargrundstück arbeiteten die Gärtner an einem Beet. Mrs. Scotts Hund, ein großes, schlankes Tier mit glänzend schwarzem Fell, lag im Schatten einer Birke.

Ich nahm einen Schluck Kaffee. Auf meinem Handrücken schwoll ein Moskitostich rot an.

Mrs. Scotts Garten war der einzige, der nicht durch einen Zaun von unserem getrennt war. Die beiden anderen Nachbarn hatten an der Grenze zu unserem Garten hohe Holzzäune errichtet. Das war ungewöhnlich für so eine Wohngegend. Die Leute hier gingen quer durch alle Gärten, wenn sie jemanden besuchen wollten, und die Kinder spielten überall Verstecken, durchquerten jeden Garten, als gehöre er ihnen. Auf Terrys Grundstück hatte ich noch niemanden gesehen. Ich schlug einen Moskito tot, bevor er mich stechen konnte. Ich würde hier Ordnung schaffen, den Dreck beseitigen. Alles in Quadrate aufteilen. Stück für Stück abarbeiten. Mit System. Das kaputte Dach fiel mir ein. Die feuchten Wände. Abreißen. Platt machen. Bombe drauf und neu anfangen.

Mrs. Scott kam aus dem Haus und stellte den Gärtnern einen

Krug Eiswasser und Gläser auf die Veranda. Der Hund hob kurz den Kopf und legte ihn dann wieder auf seine Vorderläufe. Mrs. Scott sah zu mir herüber, hob die Hand und rief mit Terrys Nachnamen nach mir.

Mr. Rubinstein! Mr. Rubinstein, guten Morgen!

Berger, rief ich zurück. Tom Berger.

Kommen Sie mal rüber, Mr. Rubinstein, Rubinstein ist doch richtig?

Vielleicht konnte sie meinen Namen nicht aussprechen.

Tom, sagte ich, zog mir den Hemdärmel über die rechte Hand und drückte das Gestrüpp zur Seite, um näher an Mrs. Scotts Garten heranzukommen. Sie blieb auf ihrer Veranda stehen und winkte. Die Gärtner warfen einen Blick auf den Eiswasserkrug, trauten sich aber offenbar nicht, eine Pause zu machen, solange Mrs. Scott noch nicht wieder im Haus war.

Jetzt kommen Sie doch mal, rief sie.

Der Hund sah in meine Richtung und bellte.

Das ist ein ganz Lieber. Der tut Ihnen nichts.

Ich drückte Zweige zur Seite, Dornen verhakten sich in meinem Hemd.

Nicht ganz einfach, was?, rief Mrs. Scott mir zu. Sie kam die Stufen von der Veranda hinunter in den Garten. Ihr Hund stand auf, trottete mir entgegen.

Müsste mal was getan werden bei Ihnen im Garten! Vorne haben Sie ja schon angefangen. Obwohl ein bisschen Rasen nicht schaden würde. Das kostet ja auch nicht die Welt. Sie sollten sich nicht zu viel Zeit damit lassen, aber das wissen Sie sicher selbst, wenn Sie zu spät säen und es erst richtig heiß ist, kommt der Rasen nicht richtig.

Sie kniff die Augen zusammen. Sie sind viel zu jung.

Wie bitte?

Mr. Rubinstein ist viel älter.

Tom, sagte ich. Der Hund bellte.

Mrs. Scott hob die Hand. Nein, Sie müssen mir nichts erklären. In unserem Ort weiß jeder über jeden Bescheid. Sie sind dieser Journalist, mit dem Terry befreundet ist. Sie waren auf der Beerdigung ihrer Mutter.

Woher wusste sie das?

Und jetzt wohnen Sie hier? Ist Terry denn schon geschieden?

Plötzlich sprintete der Hund los, ich wich zurück, stolperte fast, Mrs. Scott pfiff vergeblich, der Hund sprang und prallte wie an einer unsichtbaren Wand ab. Jaulend fiel er auf die Seite. Ich blieb stehen.

Dummer Hund, rief Mrs. Scott und pfiff wieder. Er rappelte sich auf, lief ihr winselnd entgegen.

Das ist deine eigene Schuld, sagte sie, kraulte ihn kurz zwischen den Ohren und kam dann auf mich zu.

Was war das?, fragte ich.

Nur ein Elektroschock. Kommt aus der Erde. Ein unsichtbarer Zaun. Sehen Sie das kleine Gerät an seinem Hals? Wir wollen doch nicht, dass er sein Geschäft in Ihrem Garten verrichtet. Oder mich anfällt.

Der tut nichts. Jetzt kommen Sie schon.
Lieber nicht.
Sie kriegen keinen Schlag.
Ich nickte, blieb aber stehen. Mrs. Scotts Rasen war dicht und gepflegt. Kein Moos, kein Unkraut. Ich schob den Ärmel meines Hemds wieder zurück. Neben dem Moskitostich hatte ich jetzt auch noch zwei blutige Schrammen auf dem Handrücken.
Müssen Sie denn gar nicht arbeiten?, fragte Mrs. Scott.
Ich arbeite von zu Hause aus.
Sie sind bei den Daily News, richtig? Dann wissen Sie doch sicher auch über die Pinetree-Geschichte Bescheid? Ich habe heute davon gelesen. Grausam. Diese armen Geschöpfe.
Sie schaute mich erwartungsvoll an. Einer der Gärtner drehte sich nach uns um. Ich schwieg.
Nun ja, sagte Mrs. Scott. Gott sei ihren armen Seelen gnädig. Und dann, ohne Übergang: Wissen Sie, dass ich Terry schon als kleines Mädchen gekannt habe? Sie hat meine Bibelstunde besucht. War immer in der Kirche. Wie ihre Mutter. Kannten Sie die alte Mrs. Street?
Wen?
Corie Street. Terrys Mutter.
Nein, sagte ich und überlegte, dass Terrys Mutter nicht viel älter als Mrs. Scott gewesen sein konnte, vielleicht sogar jünger. Ob sie alt ausgesehen hatte? Ich kannte kein Foto von ihr.

Es hätte sie sicher sehr glücklich gemacht, wenn sie gewusst hätte, dass ihre Tochter wieder hierher zurückkommen würde. Ich bin ab und zu drüben gewesen und habe bei ihr nach dem Rechten gesehen.
Das war nett von Ihnen.
Als sie starb, war ich leider im Urlaub. Mein Sohn und seine Frau haben ein Haus am Strand. Die arme Mrs. Street.
Ich nickte. Mrs. Scott schüttelte den Kopf und sagte: Zwei Tage lang hat sie tot in ihrem Bett gelegen. Es hat ja niemand gemerkt. Niemand hat sich um sie gekümmert. Eine einsame Frau. Erst verlässt sie der Mann, und dann haut die Tochter mit diesem jüdischen Arzt ab. Kennen Sie ihn?
Nein.
Es war eine Schande. Wenigstens hat unser Herrgott Kinder verhindert. Ich habe Sie übrigens noch gar nicht in der Kirche gesehen. Sie sind doch kein Jude, oder? Nicht, dass ich etwas dagegen habe. Aber die arme Terry hat etwas anderes verdient.
Ich hörte das Telefon klingeln, aber so leicht ließ Mrs. Scott mich nicht entkommen.
Sie werden uns doch bald einmal beehren?, fragte sie. Wie Sie sicher schon gehört haben, sind wir eine sehr engagierte Gemeinde, und auch unsere Kirche ist schön. Gerade frisch renoviert.
Entschuldigen Sie mich, sagte ich. Ich muss jetzt …
Sie unterbrach mich: Kennen Sie den Witz? Der Pfarrer tritt

vor die Gemeinde und verkündet, er habe eine gute und eine schlechte Nachricht. Welche wollt ihr zuerst hören? Die gute ist, dass wir genug Geld haben, unsere Kirche von Grund auf in Ordnung zu bringen. Die schlechte: Es steckt noch in euren Taschen.

Mrs. Scott lachte. Den hat uns der Pfarrer erzählt. Wie Sie sehen, geht es bei uns auch recht heiter zu. Kommen Sie doch einfach vorbei, Gottes Segen kann schließlich jeder gebrauchen. Und Terry ja wohl ganz besonders.

Ich beugte mich ein wenig zu ihr vor und fragte: Glauben Sie, dass durch eine Explosion, einen Knall, etwas Neues entstehen kann?

Im Haus klingelte wieder das Telefon.

Wie bitte?, fragte Mrs. Scott.

Halten Sie den Urknall für Unsinn?

Mrs. Scott lächelte irritiert. Sie machen sich über mich lustig.

Nein.

Auf jeden Fall sind Sie beide herzlich in den Gottesdienst eingeladen. Kommen Sie einfach vorbei. Dann wird sich schon alles klären.

Sie schob den Ärmel ihrer Bluse zurück und sah auf die Uhr. Oh, schon so spät, ich muss an die Arbeit. Es war nett, ein bisschen mit Ihnen geplaudert zu haben.

Federnden Schrittes ging sie über den Rasen zurück ins Haus. Als sie die Terrassentür hinter sich zuschob, kamen die Gärtner zur Veranda und schenkten sich Eiswasser ein.

Auf der Mailbox war noch immer keine Nachricht. Ich räumte die Lebensmittel weg, steckte das Geld ein und ging hoch, um zu duschen. Die Tür, die in Terrys ehemaliges Kinderzimmer führte, war nur angelehnt. Es roch nach frischer Farbe und Bienenwachs. An der Decke hing noch der mit Blumen beklebte Ventilator. Sonst war alles verändert. Oder in seinen alten Zustand zurückgebracht. Die Wände waren rosa gestrichen, vor den Fenstern hingen neue Gardinen, über das schmale Bett war eine mit weißer Spitze besetzte Tagesdecke geworfen. Auf einem kleinen Schreibtisch stand Terrys Foto, das ich aus der Zeitung kannte. In der Ecke ein dunkler Schaukelstuhl, auf dem neue Plüschtiere und eine Babypuppe saßen. Nein, keine Babypuppe. Ein Torso, der Rumpf eines Kindes, der in einem Strampelanzug steckte. Ich verließ das Zimmer, zog die Tür hinter mir zu, lehnte mich mit dem Rücken dagegen. Dann öffnete ich sie wieder. Ging langsam zum Schaukelstuhl. Zwischen den Stofftieren steckte kein Torso, sondern ein Päckchen Mehl. Als ich es hochhob, staubte es. Der Strampelanzug fiel zu Boden. Ich drehte das Mehlpäckchen um. Quer über den Firmenaufdruck hatte jemand etwas geschrieben. Es sah wie eine Unterschrift aus. Teresas war es nicht. Ich konnte die Buchstaben nicht entziffern, schob das Mehlpäckchen wieder in den Strampelanzug und setzte es zwischen die Plüschtiere. Ich sah mich um. Es gab keinen Schrank. Die Schreibtischschubladen waren leer. Ich schlug die Tagesdecke zurück und sah unters Bett. Da lag das Kruzifix. Den gebrochenen Arm hatte Terry sorgfältig geklebt.

In der Highschool weihte Mrs. Aubert ihre Schüler in die Kunst des Porträtzeichnens ein.
Der Herr hat die Welt in zwei Hälften geteilt, sagte sie. Den Tag in Morgen und Abend. Den Erdball in Land und Wasser. Und das Bild in Licht und Schatten.
Mrs. Aubert hatte kurzes, blondes Haar und eine schmal hervorspringende Nase, auf deren Rücken eine riesige, lilafarbene Brille saß. Mrs. Aubert war Kunstlehrerin. Es gelang ihr mit wenigen Strichen, ein Gesicht zu porträtieren. Die Schüler saßen immer zu viert an großen, quadratischen Tischen. In hellen Holzregalen stapelten sich Zeichenpapier, Öl- und Acrylfarben, Kästen mit Pastellkreiden, Blei-, Wachs- und Kohlestiften. An einer Wand standen Staffeleien, auf den breiten Fensterbänken lagen Bilder zum Trocknen, dazwischen Pinsel in Gläsern und allerhand Modelle zum Abzeichnen. Holzpuppen, Blumenvasen, Flaschen und eine Schale mit Obst. Die Jalousien waren heruntergelassen, aber Mrs. Aubert hatte die Lamellen so gedreht, dass Licht hereinfiel, auch wenn man nicht hinaussehen konnte.
Es gibt niemanden, der nicht zeichnen kann, sagte sie und machte dabei eine Handbewegung, als wolle sie jeden Zweifel wegwischen.
Sie teilte Blöcke aus, festes, strahlend weißes Papier, das an

beiden Schmalseiten an einem Pappboden befestigt war, und Bleistifte mit verschieden weichen und harten Minen. Jeder sollte seinen Tischnachbarn zeichnen.
Christiane war von Mrs. Aubert neben Juana gesetzt worden. Juana ist auch neu, hatte sie gesagt. Vielleicht könnt ihr einander helfen.
Aber Juana war keine große Hilfe. Sie antwortete nur, wenn ein Lehrer sie etwas fragte, ansonsten schwieg sie mit leicht ineinander gefalteten Händen und starrte mit weit aufgerissenen Augen vor sich hin.
Mrs. Aubert ging wieder nach vorn an ihr Zeichenbrett und begann zu erklären, wie sie vorgehen sollten. Im Raum war es warm. Es roch nach Holz und Ölfarbe. Christiane wäre lieber zu Hause gewesen, hätte mit ihrer Mutter die letzten Umzugskartons ausgepackt, aber als sie Mrs. Auberts schnellen, präzisen Handbewegungen folgte, dem Rascheln des Papiers und dem leichten Kratzen des Bleistifts lauschte, breitete sich eine angenehme Ruhe in ihr aus. Alles schien einfach. So leicht zu machen. So schnell konnte man ein Gesicht zu Papier bringen. Christiane wollte ihren Freund Christoph zeichnen und versuchte, sich sein Gesicht ins Gedächtnis zu rufen. Juana hob ihren Bleistift plötzlich wie einen Speer in die Luft, kniff die Augen zusammen und zeichnete Christianes Gesicht nach, berührte mit der kühlen Mine leicht ihre Wange.
Ein Gefühl für die Form bekommen, nannte Mrs. Aubert das.

Christiane bekam eine Gänsehaut, ließ sich von Juana mit dem Bleistift umreißen, einfangen, abtasten.
Konzentriert euch. Zeichnen ist nur der geringste Teil dieser Arbeit. Der größte ist die Beobachtung. Betrachtet das Gesicht eures Gegenübers, was macht es aus, was ist prägnant, wie hoch ist die Stirn, welche Form haben die Lippen, das Kinn. Wirft die Nase Schatten? Schließt die Augen einen Moment lang, stellt euch das Gesicht eures Gegenübers vor, umreißt es einmal schnell auf dem Papier und schaut erst dann noch einmal hin.
Christiane sah Juana an. Das Haar, das sie glatt nach hinten gekämmt hatte, die großen, glänzenden Augen. Wie zeichnete man schwarze Haut?
Du bist nicht so leicht wie der Apfel gestern, sagte Christiane und Juanas Lippen verzogen sich zu einem leichten Lächeln.

22

Was hat das zu bedeuten? Warum hast du das Essen nicht weggeräumt? Das Tiefkühlzeug war schon völlig zermatscht. Terry, hörst du mich? Ich rede mit dir.

Sie saß am Küchentisch und las in den Tagebüchern ihrer Schüler.

Du wirst es nicht glauben, sagte sie. Aber es funktioniert. Sie scheinen froh und dankbar zu sein, wenigstens einmal am Tag fünf Minuten lang etwas Persönliches loswerden zu können. Sie schreiben und schreiben. Obwohl sie wissen, dass ich es lese. Vielleicht gerade deshalb.

Sie klappte das Tagebuch zu, nahm ein neues vom Stapel, blätterte es durch.

Wieder nichts. Nur die schreibt keine Zeile. Als Einzige. Das ist ein Problem.

Terry, ich habe das Zimmer gesehen. Dein Kinderzimmer. Komplett eingerichtet.

Sie sah nicht auf. Wenn du willst, kannst du dir einen Schreibtisch da rein stellen.

Da steht schon einer.

Gut.

Guck dir das an, sagte ich und hielt ihr das Mehlpäckchen

hin. Der Strampelanzug rutschte hinunter. Was soll das sein, Terry? Guck hin!

Sie sah nur kurz auf. Das ist Lily. Sei vorsichtig. Ihr Vater hat sie in der Schule vergessen. Bis der Fall geklärt ist, bin ich Pflegemutter.

Bist du verrückt?

Terry klappte das Tagebuch zu und stieß sich vom Tisch ab. Der Stuhl rutschte quietschend zurück. Und du? Was ist mit dir?

Mit mir? Ich will wissen, was das zu bedeuten hat. Ein Kinderzimmer. Deins. Hat es so ausgesehen? War es genauso eingerichtet? Was war mit den alten Möbeln? Wo sind die hin? Hat deine Mutter sie weggeschmissen? So wie du ihre Sachen entsorgt hast?

Terry legte den Kopf in den Nacken und sah zu mir hoch. Du stellst immer die falschen Fragen.

Unter dem dünnen Stoff ihrer Bluse zeichnete sich das Brustpiercing ab. Sie trug keinen BH. Was, fragte ich und packte sie an den Schultern, ist die richtige Frage?

Lass mich los.

Warum haben sich deine Eltern getrennt? Warum hattest du mit deiner Mutter Streit? Warum bist du in dieses Haus eingezogen? Warum hat dich dein Schüler verletzt? Warum hat dein Mann dich verlassen? Weil du unfruchtbar bist?

Wie ein Stein, sagte sie, und nur Gott kann Steine zum Leben erwecken.

Sie rutschte zurück an den Tisch und wandte sich wieder den Tagebüchern zu. Ihre Schultern zitterten.

Terry, warum redest du nicht mit mir?

Und du?

Was ist mit mir?

Sie strich mit den Händen über den dunklen Deckel eines Tagebuchs. Vielleicht solltest du einmal mit ihr sprechen.

Mit wem?

Sie ist in meine Klasse gekommen, weil ihr Vater gesagt hat, sie spreche fließend Englisch. Das stimmt nicht. Sie scheint überhaupt nicht zu begreifen, was wir von ihr wollen, steht mitten im Unterricht auf, will das Klassenzimmer verlassen. Und morgens weigert sie sich, auf die Fahne zu schwören. Ihre Eltern sind nicht ansprechbar. Sie behaupten, ihre Tochter bräuchte nur eine gewisse Eingewöhnungszeit, und sie wollen auf keinen Fall, dass sie abgestuft wird und mit jüngeren Schülern zusammenkommt.

Ich zog das Tagebuch unter Terrys Händen hervor und blätterte es durch.

Es war leer. Nur auf der Innenseite des vorderen Buchdeckels stand etwas mit Bleistift geschrieben, wahrscheinlich der Name, ich konnte ihn nicht entziffern.

Christiane Haarmann, sagte Terry.

Die Würgerin?, fragte ich.

Sie ist Deutsche.

Warum soll sie dann auf die Fahne schwören? Ich legte das

Buch auf den Tisch. Und mit ihr soll ich reden? So unter Deutschen, meinst du? Wozu?

Ich finde keinen Zugang zu ihr. Manchmal bin ich sicher, dass sie jedes Wort versteht, aber dann pralle ich wieder an ihr ab wie an einer Mauer. Wenn sie tatsächlich nur etwas Zeit braucht, möchte ich ihr diese Zeit geben. Aber du weißt doch, wie das ist.

Keine Zeit für Christiane, sagte ich. Das Wohl der Gruppe ist dem des Einzelnen immer vorzuziehen.

Vielleicht kannst du ihr das erklären. Du bist auch Deutscher, du sprichst ihre Sprache, vielleicht hilft ihr das.

Ich bin Amerikaner. Meine Mutter war Amerikanerin. Und in diesem Fall halte ich es wie ein Jude: das Amerikanische wird von der Mutter aufs Kind übertragen.

Terry schüttelte den Kopf. Lass die Juden da raus. Du bist in Deutschland geboren, aufgewachsen, zur Schule gegangen, dein Vater ist Deutscher.

Ich habe einen amerikanischen Pass.

Und einen deutschen. Den hast du nie abgegeben.

Der ist bestimmt längst abgelaufen.

Du gehst nicht wählen, aus Sorge, deine deutsche Staatsangehörigkeit zu verlieren. Das hast du mir selbst mal erzählt.

Ich gehe nicht wählen, weil ich es für sinnlos halte. Das hat nichts mit meinen beiden Pässen zu tun.

Deine beiden Pässe. Siehst du. Du hast deutsches Blut in den Adern. Warum verleugnest du das?

Weshalb reitest du so darauf herum?
Blitzkrieg, sagte Terry.
Ja, Blitzkrieg ist das einzige deutsche Wort, das ihr Amis kennt.
Na, siehst du, sagte Terry. Wir Amis, du Deutscher.
Du begreifst es nicht. Du begreifst überhaupt nichts.
Terry schaute mich an, die Lippen leicht geöffnet, fast sah es so aus, als wollte sie lächeln.
Das fürchte ich auch, sagte sie.
Ich beugte mich zu ihr hinunter.
Ich hatte mal eine ganz tolle Lehrerin. Die wollte, dass ich mir einen Galgen zu Weihnachten wünsche. Und wenn du am Strick baumelst, hat sie zu mir gesagt, und dir die Zunge herausquillt, häng ich dir ein Schild um den Hals: Mathe sechs. Ich wollte sie unbedingt ficken.
Terry schob mich mit beiden Händen von sich weg. Fass mich nicht an.
Warum nicht? Gefall ich dir nicht? Stell ich wieder die falsche Frage?
Sie stand auf, durchquerte die Küche mit kleinen trippelnden Schritten, ging ins Fernsehzimmer. Ich hörte, wie sie eine Schublade aufzog, im nächsten Moment flog mir ein Umschlag entgegen, rutschte über die Dielen, ging auf, die Fotos breiteten sich auf dem Fußboden aus. Gespreizte Beine, Schamlippen, dichtes, schwarzes Schamhaar, der Arsch, die Brüste, die Narben darunter, Oberarme, Rücken, Schnitte

wie Leitersprossen, rot angelaufen, dunkel verschorft, punktförmige Verbrennungen auf den Schenkeln, den Waden. Marias Gesicht. Lächelnd.
Du hättest den Film nicht abholen sollen, sagte ich. Er gehört mir.
Hat dich das angemacht?, fragte Terry. Ihr Zigaretten auf der Haut auszudrücken?
Das war ich nicht.
Ist das Marias Abschiedsgeschenk an dich? Diese Bilder? Damit du dir einen runterholst? Macht dich das an?
Ich habe Maria nie angerührt.
Ich schob die Fotos zusammen und steckte sie in den Umschlag.
Ist das der Schnitzer gewesen?, fragte Terry. Von wann sind die Fotos? Die Schnitte sind doch ganz frisch.
Ich habe ihr nichts getan. Das musst du mir glauben. Ich wollte, dass sie bei mir bleibt, nicht zum Schnitzer zurückgeht. Warum hätte ich ihr da wehtun sollen?
Vielleicht brauchtest du das. Sie ist doch mit diesem Leon gegangen. Vielleicht gibt es den Schnitzer gar nicht. Vielleicht bist du das.
Ihr ausgestreckter Finger, die Hand, das schmale Handgelenk, ich wollte es packen, den blassen Unterarm, Terry schütteln. Ich sah ihr Gesicht. Die weit aufgerissenen grünen Augen.
Du bist ja verrückt, sagte ich und stand auf. Sie war beinahe einen Kopf kleiner als ich.

Ich gehe jetzt besser.
Wohin willst du denn? Terry sah zu mir hoch. Nein. Bitte bleib. Entschuldige. Es ist nur – es ist so ekelhaft.

Tick, tick, tick. Der Ventilator über mir drehte sich zweimal im Uhrzeigersinn, blieb hängen – tick – drehte eine Lamelle weit zurück – tick – wieder nach vorne – tick – dann ging es mit einem Ruck weiter. Wie konnte Terry nur schlafen? Ich wälzte mich im Bett hin und her. Sie bewegte sich nicht. Lag wie erstarrt. Schlief sie wirklich? Ich lauschte. Ihr Atem ging ruhig und gleichmäßig. Ich beugte mich über sie. Hatten ihre Augenlider gezuckt? Hielt sie den Atem an? Nein. Ihr Pyjamaoberteil war bis an den Hals zugeknöpft. Die Narbe. Das Piercing. Die Fotos. Ich stand auf. Der Boden knackte. Terry hörte es nicht. Ich ging in die Hocke, holte den Laptop aus meiner Tasche und schlich aus dem Zimmer. Die Treppe hinunter, tastete mich durch die Dunkelheit in die Küche. Ich schaltete die Neonröhre über dem Herd an. Die Klimaanlage rauschte, trieb Staubflocken über den Dielenboden. Im Keller raschelte etwas. Ich stopfte zwei Geschirrtücher in den Spalt unter der Tür und setzte mich an den Tisch. Ich fuhr den Computer hoch, wählte mich ins Internet ein.
Leon, wo bist du?
Senden. Ich starrte auf den bläulich schimmernden Bildschirm. Wartete. Der Kühlschrank klickte, begann zu surren. Die Neonröhre über dem Herd flackerte. Draußen klirrte ein

Windspiel. Ich stand auf. Öffnete die Terrassentür. Schwere, warme Luft, die aus dem Boden zu quellen schien, nach Gras, Laub und Holz duftete. Ich zündete mir eine Zigarette an. Bei jedem Zug leuchtete die Glut hell auf. Meine Hand, meine Finger. Auf einmal hatte ich das Gefühl, eine Erschütterung spüren zu können. Wie einen tiefen Ton. Wie die Schwingungen, die von den Windrädern ausgehen sollten. Wer in der Nähe der Windräder wohnte, konnte nachts nicht mehr schlafen. Ich ließ meine Zigarette fallen, winzige Funken, ich trat sie aus. Nichts regte sich. Alles schien unverändert. Auf der Straße fuhr ein Auto vorbei. Vögel begannen zu zwitschern.

Ich schaltete den Computer aus, stellte ihn in den Schrank über dem Wäschetrockner, löschte das Licht und legte mich auf die Couch ins Fernsehzimmer.

Ich träumte von Seibolds Schäferhund. Er lag winselnd vor der Tür meines Elternhauses. Als ich sie öffnete, um nach ihm zu sehen, sprang er auf und jagte mich durchs Haus in den Garten, ich sprang über den Zaun, rannte den Feldweg hinauf, lief im Zickzack um die voll gelaufenen Keller. Wusste, dass ich es irgendwie schaffen musste, ein paar Äpfel aufzusammeln, um den Hund damit zu bewerfen. Es gelang mir nicht. Der Hund war mir zu dicht auf den Fersen. Maria riss die Gartenpforte auf, winkte mich herein, einen Moment lang zögerte ich, das Haus zu betreten, dann stürzte ich in den Flur. Der

Hund sprang gegen die geschlossene Tür. Maria legte den Finger auf die Lippen, bedeutete mir, mich leise an der Küche vorbeizuschleichen, in der ihre Schwester Angelika saß und Kartoffeln schälte. Ich folgte Maria in den ersten Stock. Ihr Zimmer roch nach Urin. Maria lächelte mich verschwörerisch an und schloss die Tür hinter uns. Jetzt ekelte ich mich vor Maria. In meinen Schuhen zog ich die Zehen an, als stünde ich auf schmutzigem Boden, ich spreizte die Finger, als wären sie klebrig, und atmete durch den Mund. Im Zimmer standen nur ein Bett, ein Stuhl und ein Kleiderschrank. Maria hob den Stuhl hoch, trug ihn vor den Schrank, setzte ihn vorsichtig wieder ab und stieg hinauf. Ich beobachtete sie mit angehaltenem Atem. Als sie sich streckte, um eine lange, graue Schachtel vom Schrank zu holen, rutschte ihr Sweatshirt hoch und ich sah ihre weiße Haut, das hervorstehende Rückgrat und das schmutzige Gummiband ihrer Unterhose. Maria reichte mir die Schachtel, die überraschend schwer war. Ich stellte sie vorsichtig auf den Boden. Vor dem Haus bellte der Hund. Maria schien ihn nicht zu hören. Mit kleinen knochigen Händen hob sie den Deckel ab. Ich atmete stoßweise durch den Mund. In der Schachtel lag ein Puppe, von einem roten Samttuch bedeckt, nur eine blasse Hand konnte ich sehen und das Porzellangesicht, eingerahmt von dichten, schwarzen Locken. Der Hund winselte wieder. Angelika würde ihn einlassen. Ich rannte zum Fenster, stieß es auf und wollte hinausklettern. Maria hielt mich zurück. Es war zu hoch, um zu springen. Der

Hund kam die Treppen hoch, seine Krallen klackerten über die Stufen. Die Tür flog auf. Angelika kam herein. Sie hatte ein Geschirrtuch im Hosenbund stecken.
Spring, schrie Maria. Angelika packte sie an den Haaren, schüttelte sie hin und her.
Hab ich es mir doch gedacht, schrie sie, weißt du nicht, dass du die Puppe nur angucken darfst. Bettpisserin, Drecksstück.
Spring, schrie Maria. Ich kletterte auf die Fensterbank. Unten stand der Hund. Riss sein Maul auf.
Spring.

Als ich aufwachte, war mein Mund so trocken wie Sandpapier. Terry stand in der Tür.
Stehst du nun auf oder nicht? Wenn du das Auto heute haben willst, musst du mich jetzt fahren.
Durst, sagte ich und war überrascht, dass sie sofort in die Küche ging, mir ein Glas Wasser einschenkte und es mir brachte. Ich trank es in einem Zug aus.
Können wir jetzt endlich?, fragte Terry.
Ich nickte.

23

Sie würde einfach zu sprechen aufhören. So wie Juana. Wenn man schwieg, machten sich alle Leute auf einmal Sorgen. Sonst konnte man sich den Mund fusselig reden, ohne dass es jemand bemerkte, doch wenn man nichts mehr sagte, wurde man plötzlich beachtet und gefragt, was mit einem los sei. Sie kannte das aus ihrer Kindheit, erinnerte sich genau, wie sie ihre Eltern zur Verzweiflung gebracht hatte, nur weil sie eine Stunde lang keinen Ton mehr von sich gegeben und stumm vor sich hin gestarrt hatte. Das Schlimme war nur, dass sie das auf einmal nicht mehr richtig durchhalten konnte. Nach einem halben Tag fing sie an zu weinen. So war das. Wenn sie nichts sagte, heulte sie. Dabei ging es Juana viel schlechter als ihr. Zumindest stellte sie sich das so vor. Juana sagte ja nichts, antwortete nur, wenn ein Lehrer oder der Pfarrer sie etwas fragte, was nicht oft vorkam.
Der Schulbus fuhr los. Christiane hielt sich an der Sitzkante fest und bohrte ihre Finger in die mit grauweißem Kunstleder bespannten Polster. Im Schulbus roch es nach saurer Milch, Zimt und Aftershave. Auf einem Sitz war für zwei Leute Platz, aber an ihrem ersten Schultag hatte sich niemand neben Christiane gesetzt, und sie war zu nervös gewesen, von

sich aus neben jemandem Platz zu nehmen, deswegen saß sie allein. Sie hatte nicht gewusst, dass es nur einmal im Schuljahr die Möglichkeit gab, einen Sitzplatz zu wählen, und alle Versuche, ihn später noch einmal zu tauschen, vom Busfahrer vereitelt wurden, der sich nicht die Gesichter oder Anzahl der von ihm zu befördernden Schüler merkte, sondern ihre Anordnung.

Es gab nur drei Leute, die allein saßen: Christiane, der dicke Dean und Juana Bickley. Juana war die einzige Schwarze im Bus. Auch in der Schule gab es nur ein Dutzend schwarzer Schüler, die sich beim Lunch immer gemeinsam an einen Tisch setzten. Juana war nie mit ihnen zusammen. Sie saß bei den weißen Mädchen aus ihrer Kirchengemeinde.

Das Sitzpolster war glatt, die Lehne hoch und so gerade, dass man sich nicht richtig anlehnen konnte. In jeder Kurve rutschte Christiane ein wenig zur Seite, obwohl sie sich festhielt und die Füße fest auf den geriffelten Boden presste.

Vor ihr saß der dicke Dean. Der dicke Dean hatte keinen Hals mehr, seine Schenkel rieben beim Gehen aneinander, füllten im Sitzen die gesamte Bank aus, und selbst auf seinem kahl geschorenen Hinterkopf schlug das Fett Falten. Der dicke Dean war schwerfällig wie ein Flusspferd, schnaufte bei jedem Atemzug und stolperte jeden Tag mindestens einmal entweder beim Betreten oder beim Verlassen des Busses. Die anderen Schüler machten sich über ihn lustig. Dean verschlief oft, kam erst in letzter Minute an die Bushaltestelle gelaufen,

der Fahrer schimpfte, die Schüler klappten die Fenster auf und riefen: Renn, Fettsack, renn.
Am Anfang hatte er Christiane Leid getan, einmal war sie sogar aufgestanden und hatte ihm wieder auf die Beine geholfen, nachdem er sich im Gang langgelegt und schnaufend zwischen Sitzreihen gewunden hatte, als wäre er darin eingeklemmt. Mittlerweile hasste sie ihn beinahe, sein schnaufender Atem machte sie aggressiv und die Schamlosigkeit, mit der er aus einer Tupperdose den Haferschleim löffelte, den seine Mutter ihm fürs Frühstück gekocht und den zu Hause zu essen er nicht mehr geschafft hatte. Dean löffelte, kratzte, schabte am Plastik herum, und wenn die Dose leer war, stülpte er sie sich über den Mund wie eine Sauerstoffmaske und leckte sie aus. Christiane krallte eine Hand in das Sitzpolster, mit der anderen hielt sie ihren Rucksack fest. Nur wenn der Bus hielt, konnte sie sich für einen Moment entspannen und lehnte ihre Wange an die heftig vibrierende Fensterscheibe. Christiane hatte Angst zu fallen. Von Sitzbänken, Stühlen, Treppen und Balkonen. Sie hatte Angst auszurutschen, auf Fußböden und Gehwegen, in der Dusche, der Turnhalle, am Beckenrand im Schwimmbad. Es war lächerlich, doch mittlerweile hatte sie beinahe ständig das Gefühl, dass sie im nächsten Moment den Halt verlieren, ausrutschen, stolpern, hinfallen würde. So wie im Englischunterricht, als man sie nicht zur Toilette gehen lassen wollte. Ihr waren einfach die Beine eingeknickt. Sie hatte sich den Kopf an einer Tischkante gestoßen. Die

Wunde hatte nicht genäht werden müssen, aber sie tat immer noch weh. Es war, als wäre der Boden auf einmal unsicherer geworden, ständig schwankend oder vibrierend, so wie die Fensterscheibe des Schulbusses, wenn er mit brummendem Motor dastand, sich die Türen zischend öffneten, Leute einstiegen, so sehr vibrierend, dass Christiane, wenn sie den Kopf an die Scheibe lehnte, die Zähne klapperten, der Körper zitterte und die Jeansnaht ihr wie ein kleiner Finger im Schritt hin und her zuckte.
Hinter Christiane kicherten das Tennis-Ass Marcy Rossmann und Megan, die Bohnenstange, die neben ihr saß.
Wie krank, sagte Marcy. Das ist nicht normal.
Megan schien sich dadurch ermutigt zu fühlen, eine weitere Anekdote aus dem Leben ihres Riesen-Köters zu erzählen.
Weißt du, was er gestern gemacht hat?, fragte sie.
Was?, fragte Marcy in einem Ton, der zugleich angewidert und neugierig klang.
Er hat den Postboten – Megan senkte die Stimme – in den Arm gefickt.
Das ist nicht normal!
Die Bustüren gingen zu. Christiane hob ihren Kopf von der Scheibe und krallte sich wieder am Sitzpolster fest. Der dicke Dean leckte seine Tupperdose aus. Einmal war sie ihm aus den Händen gerutscht, der Haferschleim war unter den Sitzen hindurch bis an die hinterste Bank geflossen. Der Busfahrer hatte darüber einen Wutanfall bekommen, für den er sich

am nächsten Tag, von Marcy Rossmanns Eltern gezwungen, vor den Schülern entschuldigt hatte.

Der Bus bog in eine schmale, von kleinen, dicht beieinander stehenden Holz- und Blechhäusern gesäumte Straße. Die Gärten waren ungepflegt, manchmal nicht mehr als ein Sand- oder Schotterplatz, auf dem Autos standen und Kinderspielzeug herumlag.

An einem Eckhaus, dem einzigen, das eine Veranda und einen einigermaßen gepflegten Vorgarten hatte, stand Juana Bickley.

Die Bickleys waren knallharte Protestanten. Knallhart – das hatte sie Megan sagen hören und Marcy Rossmann hatte ›Krank, echt krank‹ erwidert. Knallhart protestantisch, das bedeutete etwas, das Christiane sich nur ansatzweise vorstellen konnte. Sie besuchte die gleiche Kirche wie die Bickleys. Juana Bickley war der Grund, warum Christiane überhaupt in die Kirche ging. In Deutschland hatte sie manchmal mit ihrem Freund Christoph zusammen Gottesdienste besucht und sich meistens zu Tode gelangweilt. Dass man eine Kirche betrunken vor Glück verlassen konnte, hatte sie nicht gewusst. Ihr Vater hielt nichts von Kirche, und seit ihm der Pfarrer auf den Pelz gerückt war und ihn zu einer Mitgliedschaft in der Gemeinde hatte überreden wollen, versuchte er sogar, Christiane davon abzubringen. Aber Christiane fühlte sich in der Kirche geborgen, zu Hause, sie wurde von den anderen wie eine Freundin begrüßt, wie eine Tochter behandelt, umarmt

und auf die Wangen geküsst. Zu Beginn des Gottesdienstes standen alle auf, nahmen sich an den Händen und sangen eine Hymne. Ein junger Mann spielte Geige, ein anderer Schlagzeug, eine Frau, in einem weißen Gewand mit glitzernder Goldborte, stand vor dem Altar und dirigierte. Christiane wollte sich berauschen, einmal die Woche, an der Musik, dem Gemeinschaftsgefühl und an Juana. Juana ließ sich auch berauschen, sie geriet in Trance, rief Amen und Halleluja, ganz anders als der Rest der blassen und steifen Bickley-Sippe, die aus zwölf Kindern, einer Großmutter, Mr. und Mrs. Bickley und deren unverheirateter Schwester bestand. Juana war keine echte Bickley. Keines der Bickley-Kinder war echt, aber Juana sah man es als Einziger an, weil sie schwarz war, nicht so schwarz wie Jackson aus dem Geschichtsunterricht oder Mr. Bell, der Christiane Fahrstunden gab. Juana Bickley hatte milchkaffeefarbene Haut, pechschwarzes Haar und, wie konnte das sein: blaue Augen. Juana Bickley war der schönste Mensch, den Christiane je gesehen hatte, und obwohl es ihr ein wenig unheimlich war, träumte sie davon, Juana anzufassen, ihr Haar zu bürsten, ja, sogar sie zu küssen.
Christiane lehnte den Kopf an die Fensterscheibe, ihre Zähne schlugen leicht aufeinander. Die Türen des Busses öffneten sich. Juana stieg ein und setzte sich schräg vor Christiane auf ihren Platz. Ihr Haar war geplättet, auf die Kopfhaut gepresst und im Nacken in einem Knoten zusammengenommen. Was Christiane von ihr wusste, hatte sie im Gottesdienst erfahren,

in jenem demütigenden Ritual, mit dem jeder, der die Wohltaten der Gemeinde genoss, an einem Sonntag vorgeführt wurde. So sorgte die Gemeinde für eine tschetschenische Familie, einen Mann aus Mexiko und eine junge Polin, von denen sich jeder einmal an einem Sonntag auf einen der Stühle vor dem Altar setzen musste, während der Pfarrer ihn vorstellte, eindringlich sein Leid schilderte und für Spenden und Unterstützung warb. Für die Kinder der tschetschenischen Familie war am meisten gespendet worden, nachdem der Pfarrer eines nach dem anderen, es waren drei insgesamt, dem wahren Glauben zugeführt und getauft hatte. Die Bickleys taten sich durch besonderes Engagement hervor. Nachdem der Herr sie nicht mit eigenen Kindern gesegnet hatte, ebenso wenig wie die Schwester von Mrs. Bickley, deren Kinderlosigkeit aber daran lag, dass sie nicht verheiratet war, hatte die Familie es sich zur Aufgabe gemacht, Kinder aus den armen Regionen der Welt zu adoptieren und christlich zu erziehen. Da Mrs. Bickley die Kinder versorgte und Mr. Bickley als Automechaniker nicht viel verdiente, brauchten sie hierfür die Unterstützung der Gemeinde. Ein wohlhabendes Mitglied hatte ihnen das Haus zur Verfügung gestellt, man spendete Kleider, Spielzeug, Lebensmittel und hatte der Familie sogar einmal einen Ausflug in einen Vergnügungspark ermöglicht. Dafür lebten die Bickleys eine Art öffentliches Leben. Die Gemeinde wählte mit ihnen aus, welches Kind als nächstes adoptiert werden würde, die glücklichen Kinder wurden im

Gottesdienst vorgestellt, regelmäßig veranstaltete der Gemeinderat Führungen durch das Bickley-Haus, hielt sich über die Schulleistungen der Kinder und deren beruflichen Werdegang auf dem Laufenden, damit die Leute sich versichern konnten, dass ihre Spenden gut angelegt waren. Juana war fünfzehn Jahre alt, gerade erst adoptiert worden und ebenso lang in den USA wie Christiane. Christiane hätte sie am liebsten über alles ausgefragt, aber Juana redete nicht, und Christiane wartete gespannt auf die nächste Hausbesichtigung, an der sie unbedingt teilnehmen wollte.

Der Schulbus bog in die halbkreisförmige Auffahrt der Highschool. Christiane wartete, bis die anderen aus dem Bus gestiegen waren und der dicke Dean sich die Stufen hinuntergequält hatte, dann ging sie vorsichtig, den Blick auf die Füße gesenkt, hinterher.

24

Ich bin ganz in deiner Nähe.

Sonst nichts. Kein Gruß, kein weiteres Wort. Ich zündete mir eine Zigarette an, schaute auf den Computerbildschirm. In meiner Nähe. Hier? Im Ort? In Philadelphia? War er allein oder mit Maria zusammen? Ich schrieb: Richte Maria aus, ich habe ihr Abschiedsgeschenk bekommen.

Senden.

Wenige Minuten später erhielt ich Antwort: Busbahnhof. Samstag, 16:00 Uhr. Komme aus New York.

Vor dem Haus hielt das Auto des Postboten. Er kam nicht an unsere Tür. Mrs. Scotts Hund bellte. Das Auto fuhr weiter. Vor den Fenstern ein farbloser Himmel, von dem sich hauchdünne, flimmernde Schichten ablösten und hinuntersanken. Ich hielt mein Gesicht in den Zug der Klimaanlage, bis mir die Augen tränten. Das Telefon klingelte. Ich sprang auf.

Ich weiß nicht mehr weiter.

Nein, sagte ich. Vergiss es. Meinetwegen kannst du sie von der Schule schmeißen, aber lass mich in Ruhe.

Ich hab sie auf die Krankenstation bringen lassen, fuhr Terry fort, als hätte ich gar nichts gesagt. Ihre Eltern kann ich nicht erreichen. Ich hab keine Ahnung, was los ist.

Nein, sagte ich.
Fahr hin und sprich mit ihr. Ich habe dich angemeldet, du müsstest ohne Probleme reinkommen.

Im ersten Moment hatte ich das Gefühl, das Mädchen zu kennen. Wahrscheinlich war mir nur die Situation vertraut, der Geruch des Krankenzimmers, die unheimliche Stille, das weiße Neonlicht.
Sie lag hinter einem schweren Kunststoffvorhang auf einer Krankenliege, Arme und Hände auf der straff gezogenen Decke. Ihre Haut war mit roten Flecken übersät. Obwohl es eiskalt war im Zimmer, schien das Mädchen zu schwitzen.
Die hat kein Fieber, die ist gesund, sagte die Schulkrankenschwester und machte sich im hinteren Teil des Raums an einer der Karteikartenschubladen zu schaffen. Sie hatte türkis geschminkte Augenlider, trug eine blaue Schleife im auftoupierten Haar und eine Plastikperlenkette um den faltigen Hals.
Ihrer Frau geht es hoffentlich wieder besser?, rief sie mir zu. Hat auch nicht die besten Nerven, wenn ich das mal so sagen darf.
Sie knallte eine Schublade zu. Das Mädchen zuckte kaum merklich zusammen, die Augenlider flatterten, der Kopf ging ein wenig zu Seite. Die Hände lagen breit und unbewegt auf der Decke. Die Fingernägel waren abgekaut, die Nagelbetten gerötet.

I want to go, sagte sie. Als ich nicht antwortete, fügte sie »home« hinzu. Sie sprach mit einem harten, deutschen Akzent. Ich wollte sie wegbringen, hinaustragen, aus dieser Schule erlösen, gleichzeitig wünschte ich mir nichts sehnlicher, als den Kunststoffvorhang wieder zu schließen und zu verschwinden.

Das Mädchen streckte die Hand nach mir aus und ließ sie fallen, als die Krankenschwester plötzlich hinter mir stand. Ich hatte sie auf ihren Gummisohlen nicht kommen gehört.

So, Christiane, jetzt wollen wir mal sehen, ob du in den letzten fünf Minuten Fieber bekommen hast.

Sie drängte mich zur Seite und steckte dem Mädchen eine Plastikpistole ins rechte Ohr. Abdrücken und tot, dachte ich.

Das Mädchen schloss die Augen.

Immer noch kein Fieber. Mit dir bin ich fertig. Die nächste Stunde beginnt in fünfzehn Minuten.

Sie ging an ihren Schreibtisch zurück. Christiane setzte sich auf und schrie: Home! I want to go! Right now.

Down!, schrie die Krankenschwester, und ich machte eine hektische Handbewegung, dass Christiane sich wieder hinlegen sollte.

I'm not a dog, sagte sie.

Ich musste lächeln. Nein, du bist Deutsche, sagte ich, und als ob ihre eigene Sprache sie erschreckte, ließ sie sich zurückfallen und zog sich die Decke bis unters Kinn.

Wer sind Sie?

Die Krankenschwester kam wieder dazu und zog ihr die Decke weg.
Los jetzt, aufstehen. Und an mich gewandt: Ihre Frau ist viel zu nachsichtig. Hat keine Autorität. Wann immer ihr einer Ärger macht, schickt sie ihn zu mir. Wenn ich das mal so sagen darf.
Ich fühl mich nicht gut, sagte Christiane.
Wenn du glaubst, dass du mich auf den Arm nehmen kannst, hast du dich getäuscht. Du bist kerngesund, und wenn du nicht gleich deine Beine aus dem Bett schwingst, schick ich dich zum Direktor.
Soll der doch herkommen, sagte Christiane und verschränkte die Arme vor der Brust. Dessen Großeltern sind auch aus Deutschland, und wer noch Krautsalat und Würstchen versteht, kapiert auch, dass ich zu krank bin, um weiter in diesem Gefängnis zu bleiben.
Ich dachte, du sprichst kaum Englisch, sagte ich.
Wer hat das behauptet?
Deine Englischlehrerin.
Die alte Schlampe.
Jetzt ist es aber genug, schrie die Krankenschwester. Ich legte ihr beschwichtigend die Hand auf die Schulter.
Die alte Schlampe ist meine Freundin, sagte ich.
Ich dachte, Sie sind verheiratet, sagte die Krankenschwester. Sonst hätte ich Sie hier gar nicht reingelassen.
Terry ist noch nicht mal geschieden.

Und ich dachte immer, die sei so bescheuert, weil sie allein ist, sagte Christiane. Dieser Weltuntergangsblick. Und dann schaut sie in die Klasse, als tue es ihr Leid, uns nicht retten zu können.
Raum B-206, sagte die Krankenschwester und tippte auf einen Stundenplan. Da hast du Geschichtsunterricht, und da gehst du jetzt hin.
Da müssen Sie mich schon zwingen.
Ich zwing dich jetzt, sagte ich. Komm, steh auf. B-206, weißt du, wo das ist?
Nein.
Christiane machte keine Anstalten, sich zu bewegen. Die Krankenschwester wedelte mit der Hand durch die Luft: Den Gang runter, dann rechts, gleich wieder links, dritter Raum auf der rechten Seite.
Gut, sagte ich. Dann bring ich sie hin.
Wenn sie noch einmal herkommt, lass ich sie nicht rein.
Das müssen Sie aber, sagte Christiane.
Sie kommt heut nicht noch mal. Los, steh jetzt auf.
Wer sind Sie eigentlich?, zischte Christiane.
Dein Landsmann.
Deutscher, sagte sie, als ob sie mir nicht glaubte. So siehst du aber nicht aus.
Wie denn?
Wie ein Amerikaner.
Daran ist meine Mutter schuld.

Sie soll jetzt aufstehen. Sonst werde ich das dem Direktor melden.
Wir Deutschen sind ohne Furcht, sagte ich.
Christiane setzte sich auf. Was willst du von mir?
Dass du dich jetzt in Bewegung setzt.
Die Krankenschwester schob ihr ein Paar klobiger schwarzer Schuhe zu, die unter der Liege gestanden hatten. Los jetzt. Du hast nur noch zwei Minuten, bis es klingelt.
Mach schon, sagte ich.
Christiane zog sich die Schuhe an.
Zubinden, sagte die Krankenschwester. Sonst stolperst du noch über die Bänder und hast wirklich einen Grund, zu mir auf die Station zu kommen.
Christiane sah mich an.
Zubinden, sagte ich.
Sie rutschte von der Liege, ging in die Hocke und schnürte sich die Schuhe zu.
Sie kommt zu spät, sagte die Krankenschwester nervös, als es klingelte. Jetzt muss ich ihr einen Korridorpass schreiben.
Ich lass mich nicht hetzen, sagte Christiane zu mir.
Nein, sagte ich.

Als wir die Krankenstation verließen, war niemand mehr auf den Gängen. Es sah aus wie in meiner alten Highschool. Neonröhren, glänzender Steinboden. Gelbe ›Caution – wet floor‹-Schilder standen überall herum. Eine Putzfrau schob ihren

Wagen an uns vorbei. Es war still. Nur Christianes Schritte klangen, als wären ihre Schuhsohlen mit Nägeln beschlagen. In einer Vitrine standen Pokale. Die Türen zu den Klassenzimmern hatten kleine, quadratische Fenster. An den Wänden standen Spinde, hohe schmale Metallschränke mit Zahlenschlössern.
Und wie kommen wir jetzt hier raus?, fragte Christiane und blieb plötzlich stehen.
Wir kommen hier überhaupt nicht raus. Ich nicht, bis du nicht in deiner Klasse bist, und du nicht, bis du alle Stunden abgehakt hast.
Ich ging weiter, aus Angst, sie würde sich sonst nicht wieder in Bewegung setzen. Ich hatte keine Lust, eine Sechzehnjährige wie einen störrischen Esel hinter mir herziehen zu müssen.
Gehörst du hier zum System?, fragte Christiane. Sie kam mir nach. Die Frage irritiere mich.
Ich weiß zwar nicht, was du meinst, aber mit Systemen hab ich nichts zu tun.
Die machen mich hier fertig.
Das glaub ich dir gern.
Niemand glaubt mir. Auch meine Eltern glauben mir nicht.
Was ist mit deinen Eltern?, fragte ich.
Die sind völlig konfus.
Terry hat versucht, sie zu erreichen.
Wenn du was von meinem Vater willst, musst du auf seine

Mailbox sprechen, manchmal ruft er zurück, und meine Mutter geht nicht ans Telefon. Diese Schule ist ein Gefängnis.
Sie gehört zu den zehn besten Highschools der Ostküste, sagte ich.
Sie lassen mich kein Wort Deutsch sprechen. Ich darf nicht anziehen, was mir gefällt, und wenn ich ein deutsches Buch mitbringe, nehmen sie's mir weg.
Du sollst dich gut integrieren, sagte ich.
Du gehörst zum System.
Ich weiß nur, wie es läuft. B-206. Hier musst du rein.
Wir blieben schräg neben der Tür stehen, so dass uns der Lehrer nicht durch das Fenster sehen konnte.
Soll ich da etwa allein rein?
Glaubst du, ich komm mit?
Sie ließ sich so schnell an einem Spind hinunter auf den Boden gleiten, dass ich keine Chance hatte, sie an der Schulter zu packen und festzuhalten.
Steh auf. Du bringst mich in Teufels Küche.
Ich hab Kopfweh.
Hast du nicht, sagte ich und sah auf sie hinunter. Ihr Haar war blond gefärbt, am Ansatz dunkel nachgewachsen.
Du musst mich zurück auf die Krankenstation bringen. So steht es in der Schulordnung. Bei Verdacht auf Krankheit hat der Schüler das Recht, bei der Schwester vorzusprechen.
Von diesem Recht hast du schon ausführlich Gebrauch gemacht.

Scheiß drauf. Ich will hier raus. Ich will nach Hause. Ich will nach Deutschland zurück.

Immerhin schrie sie nicht.

Wie lang bist du schon hier?

Eine Ewigkeit.

Mit der Zeit erträgt man es besser.

Ich will nichts ertragen. Raffst du das nicht. – Jetzt wurde sie laut. Ich legte den Finger auf die Lippen und machte eine Kopfbewegung zur Tür hin.

Ich will hier raus.

Sie begann zu weinen.

Verbrenn die amerikanische Flagge oder trink Alkohol im Unterricht.

Sie legte den Kopf in den Nacken. Du willst mich loswerden.

Es zerreißt mir das Herz, sagte ich. Aber so ist es. In meinem Leben geht im Moment auch alles schief, und wenn ich es jetzt nicht einmal mehr schaffe, eine bockige Sechzehnjährige von der Krankenstation in ihr Klassenzimmer zu bringen, kriege ich eine Depression, steig aufs Dach und spring runter. Willst du mich auf dem Gewissen haben?

Sie stand auf.

Jeder will mich nur loswerden, sagte sie und ging, ohne mich noch einmal anzuschauen, ins Klassenzimmer.

Wieder zu spät, hörte ich den Lehrer noch sagen, bevor die Tür zufiel. Immer zu spät.

Der Wachmann gab mir das Zigarettenpäckchen wieder, das er mir beim Betreten der Schule aus meiner Tasche genommen und in einer Metallbox verschlossen hatte.
Ich habe keine geklaut, sagte er. Das bringt einen um.
Ich steckte das Päckchen ein.
Und?, fragte er. Hast du die Deutsche zur Vernunft gebracht? Die hat doch tatsächlich versucht, an mir vorbei aus der Schule zu flüchten. Aber an mir kommt keiner vorbei.
Das glaubte ich ihm.
Es gibt Leute, die leben in Wohnwagen am Ortsrand, nur damit ihre Kinder hier zur Schule gehen können, aber dieser Deutschen ist wohl alles nicht gut genug. Vielleicht sind ihre Eltern so reich, dass es ihr egal sein kann, ob sie aufs College kommt oder nicht. Der Vater fährt einen Mercedes.
Ich zuckte nur mit den Schultern. Draußen standen in einer langen Reihe die Schulbusse.
Na ja, sagte der Wachmann. Schönen Tag noch.
Schönen Tag noch, erwiderte ich.
Als ich die Glastür aufdrückte, piepte es.
Selbst wenn ich mit dem Rücken zur Tür stehe, höre ich, wenn sie geöffnet wird, rief der Wachmann mir nach. Manche muss man zu ihrem Glück zwingen.
Ich setzte mich ins Auto und zündete mir eine Zigarette an. Aus den Belüftungsgittern kam feuchte, warme Luft. Ich ließ die Fenster herunter, bis die Klimaanlage ansprang und mir Eisluft ins Gesicht blies. Seltsamerweise dachte ich auf einmal

an deutsche Marmelade. Es ist die beste Marmelade der Welt. Wir haben das beste Brot, die beste Butter, das beste Bier.
Von den Sportplätzen her ertönte ein schriller Pfiff. Dann kam eine Gruppe von Schülern auf den Parkplatz gejoggt. Eine kleine Frau im türkisfarbenen Jogginganzug ging hinter ihnen her. Sie hatte eine Trillerpfeife zwischen den Lippen. Wenn sie pfiff, blieben die Schüler stehen, machten fünf Kniebeugen und joggten beim nächsten Pfiff weiter.
Ich hörte mein Herz so laut schlagen, als säße es direkt hinterm Trommelfell.

25

Terry kippte die Nudeln, die wir bei Bertucci's geholt hatten, aus der Aluminiumschale in eine Schüssel, dekorierte sie mit einem Basilikumblatt und holte das Knoblauchbrot aus dem Backofen. Bevor sie uns Besteck auf den Tisch legte, polierte sie es mit einem Handtuch nach.

Gibt es etwas zu feiern?, fragte ich.

Terry lachte, brach sich ein Stück Brot ab und schob es sich in den Mund. Knoblauchbutter lief ihr das Kinn hinunter und tropfte auf die Tischplatte.

Du hast Wunder bewirkt, sagte Terry kauend.

Ich füllte uns Spaghetti auf. Terry wischte sich die Fettfinger an der Serviette ab, lehnte sich seitlich über die Stuhllehne und zog die Stofftasche, in der sie die Tagebücher ihrer Schüler verwahrte, zu sich heran. Ich rieb meine Serviette zwischen den Fingern, sie war aus dünnem, durchscheinenden weißen Papier.

Terry zog ein Tagebuch nach dem anderen aus der Tasche, schlug es auf und warf es auf den Boden, bis sie das richtige gefunden hatte. Ich schob meinen Teller zur Seite und nahm es.

Sorry. Die blauen Druckbuchstaben waren winzig und wirk-

ten geduckt. Sorry, sorry, sorry. Über die ganze Seite, von Rand zu Rand, von oben nach unten. Sorry.
Spät, aber besser als gar nicht, sagte Terry und begann zu essen.
Wann hat sie das geschrieben?
Heute, beim Nachsitzen.
Warum musste sie nachsitzen?
Warum wohl? Weil sie ständig stört.
Ich strich mit dem Finger über die Druckbuchstaben. Sie waren tief ins Papier gedrückt.
Kennst du ihre Eltern?, fragte ich.
Ja. Den Vater habe ich schon zweimal getroffen. Die Mutter hat einen totalen Knall. Weißt du, wie sie mich genannt hat? Nazi. Ich würde meine Schüler wie Soldaten abrichten, Dreck fressen lassen. Und was kommt dabei raus? Krieg und Vernichtungslager. Da würde sie sich als Deutsche auskennen. Wer Kinder so behandelt wie ich, beschwört das Unglück herauf. Hast du so eine Unverschämtheit schon mal gehört? Warum isst du nichts? Keinen Hunger?
Sie verteidigt ihr Kind, sagte ich.
Du spinnst wohl. Die Frau hat nicht mal einen Führerschein. Kannst du dir das vorstellen? Angeblich hat sie nie einen gehabt. Braucht man in Deutschland nicht, meinte sie. Ich glaube eher, man hat ihn ihr abgenommen. Weil sie besoffen war. Und rauchen tut sie auch.
Deswegen ist sie noch lange keine schlechte Mutter.

Warum verteidigst du sie?
Ich schlug das Tagebuch zu und warf es zu den anderen Heften auf den Boden. Wir bekommen Besuch.
Terry griff nach ihrer Serviette, faltete sie in der Mitte zusammen. Von wem?
Leon.
Mit Maria?
Ich schüttelte den Kopf.
Was will er hier? Ich dachte, er hat dir die Freundin ausgespannt. Warum lädst du ihn ein?
Hast du etwas dagegen?
Wo soll er denn schlafen? Im Kinderzimmer?
Auf der Couch.
Sie zerknüllte die Serviette zu einem Ball, rollte ihn unter der Handfläche auf der Tischplatte hin und her.
Wie du meinst.

Nach dem Essen ging Terry hoch, um zu baden. Als ich hörte, wie sie Wasser in die Wanne einließ, riss ich die Entschuldigungsseite aus Christianes Tagebuch.
In der Mitte falten. Die Ecken der geschlossenen Seite einschlagen, die überstehenden Papierstreifen hochklappen. Ich wusste nicht weiter, hatte ihr so oft beim Schiffchenfalten zugeschaut und konnte mich nicht mehr erinnern, wie man es machte.

26

Es gab nur einen Ausweg. Und für den brauchte sie einen Korridorpass. Christiane hatte alles genau geplant. Den ersten Teil der Stunde hatte sie sich ganz ruhig verhalten, ins Tagebuch geschrieben, in dem eine Seite fehlte, wahrscheinlich war sie in ihre Akte gelegt worden. Auch gut. Dann hatte sie schweigend, die Hände flach auf dem Tisch, dem Vortrag eines Schülers gelauscht. Auf die Flagge gestarrt. Das verriegelte Fenster, die heruntergelassene Jalousie, das Pult, die Tafel, die Tür. Darüber die Uhr. Der Schüler setzte sich wieder. Terry Rubinstein dankte ihm. Christiane hob ihre Hand.

Was willst du?

Ich glaube, ich habe gerade meine Tage bekommen.

Ein leichtes Zucken im Gesicht der Lehrerin. Dann griff sie nach dem kleinen gelben Block.

Also wieder Krankenstation.

Wenn ich zur Toilette gehen dürfte, würde das reichen.

Bitte. Du hast drei – fünf Minuten.

Christiane stand auf, nahm den gelben Korridorpass, ging zur Tür. Jetzt musste alles ganz schnell gehen. Ihr Spind befand sich am Ende des Flurs. Sporttasche, Tennisschläger, die gelbschwarze Schulflagge. Auf der Schülertoilette zog Christiane sich um, streifte sich das Trikot über, stieg in den Tennisrock, stopfte die Tasche mit ihren Jeans und dem Sweatshirt unter den Wasserkasten der Toilette. Dann legte sie sich die Schulflagge um die Schultern, griff nach dem Tennisschläger und lief los.

Der Wachmann lehnte mit verschränkten Armen an der Pokal-Vitrine im Foyer und sah ihr misstrauisch entgegen.

Sind die anderen etwa schon weg?, rief Christiane und wedelte mit ihrem Korridorpass.

Der Wachmann richtete sich auf.

Training!, rief Christiane. Üben fürs Auswärtsspiel, und ich bin zu spät. Meinem Schläger ist wieder die Seite gerissen, hoffentlich passiert das nicht, wenn wir spielen. Diesmal müssen wir siegen. Drücken Sie uns die Daumen, ja? Sind die anderen schon auf den Tennisplätzen?

Ich habe keinen gesehen.

Verdammt, sind sie hinten raus?

Sie ließ die Fahne auf den Boden gleiten, ging in die Hocke, um sie aufzuheben, sah auf die Uhr. Oh, nein, schon so spät, die Trainerin bringt mich um.

Der Wachmann zögerte einen Moment. Christiane legte sich die Fahne wieder um die Schultern. Der Wachmann gab die Tür frei. Beeil dich! Los, lauf schon.

Es war heiß. Die Luft stand flimmernd über dem Parkplatz. Renn! Um die Schule herum. An den Tennisplätzen vorbei in das Waldstück. Die Bäume hatten hohe, dünne Stämme, boten keinen Schutz. In der Schule wurde Alarm ausgelöst. Über den Türen drehten sich orangefarbene Lichter. Der Waldboden staubte. Zweige knackten. An das Waldstück grenzte der Golfplatz. Christiane ließ sich auf alle viere fallen, schob den Tennisschläger und die Schulflagge unter einen Busch, robbte die Hecke entlang, die den Golfplatz einfasste. Zweige schlugen ihr ins Gesicht, Schweiß lief ihr den Rücken hinunter, die Knie taten weh. Der Wall lag im gleißenden Sonnenlicht. Christiane nahm Anlauf, sprintete die steile Steigung hinauf, der geteerte Weg erstreckte sich zu beiden Seiten wie ein langes, schwarz schimmerndes Band. Ein Blick zurück. Die Schule, der Golfplatz. Am Horizont drehten sich Windräder. Polizeisirenen. Man suchte sie schon. Christiane rutschte den Wall auf der anderen Seite hinunter, klopfte sich Schmutz und kleine Blätter vom Rock, zog ein paar dornige Zweige ab, band sich den Pferdeschwanz neu. Jetzt nur nicht auffallen, keiner Polizeistreife in die Arme laufen. Ein Päckchen Zigaretten, im Schulspind gefunden, konnte einen hier in den Knast bringen. Für ein Glas Schnaps landete man vor dem Jugendrichter. Was würde man mit ihr machen, wenn man sie erwischte? Wartete zu Hause schon die Polizei auf sie?

Das Haus ihrer Eltern lag am Ende einer breiten Straße. Sackgasse. In der Auffahrt kein Wagen, keine Polizei. Christiane durchquerte den Garten, riss die Tür auf, stürzte ins Haus.

Ihre Mutter saß im Wohnzimmer auf dem Sofa und blätterte in ihrem Reisepass. Als Christiane hereinkam, schob sie ihn zwischen die Kissen.
Essen ist noch nicht fertig, mein Schatz.
Mama. Christiane ging vor ihr in die Hocke. Wir müssen hier weg.
Ja, sagte die Mutter und tätschelte ihr den Kopf. Sie roch nach Rotwein.
Mama, hör mir zu. Ich bin abgehauen. Wenn die Schule das merkt, kommt die Polizei.
Nicht schon wieder, Christiane.
Wieder? Was meinst du? Du musst mir helfen. Gib mir Geld. Ich fahre nach Philadelphia. Ich fliege zurück. Bitte hilf mir.
Wohin willst du denn?, fragte die Mutter.
Nach Hause. Nach Deutschland.
Das erlaubt dir dein Vater doch nicht. Der fühlt sich doch wohl hier.
Du darfst ihm nichts sagen.
Alle fühlen sich wohl, fuhr die Mutter fort. Nur du nicht. Nur ich nicht. Ich habe Arbeit gehabt, ich konnte mich frei bewegen, hier sitze ich fest.
Mama.
Mein Leben lang habe ich mein eigenes Geld verdient, aber hier darf ich nicht arbeiten. Sie lassen mich nicht, ich kann nichts machen. Wie soll ich dir helfen, mein Schatz.
Mama.

Versteck dich. Meinetwegen versteck dich. Aber es hat keinen Sinn. Sie werden dich finden. Sie sind überall.
Wer ist überall? Mama, wen meinst du?
Die Polizei war schon da. Zu zweit sind sie in mein Haus eingedrungen.
Wann?
Gestern. Du hast sie doch auch gesehen. Sind einfach in meine Küche gekommen.
Gestern? Mama, die wollten doch nichts. Die haben nur einen Kuchen gebracht.
Die Polizei war schon da. Versteck dich.
Christiane stand auf, fasste ihre Mutter am Arm, zog sie in die Küche. Hier steht der Kuchen. Siehst du? Willkommen. Den haben sie uns gebracht.
Die Mutter starrte auf den Kuchen, auf die blau-weiß-rote Zuckergussschrift, schüttelte lächelnd den Kopf, ging ins Wohnzimmer und setzte sich wieder aufs Sofa. Sie zog ihren Pass zwischen den Kissen hervor, blätterte darin herum.
Wo ist mein Pass?, fragte Christiane.
Ich weiß nicht. In Papas Tresor.
Ein Auto hielt vor dem Haus. Christiane hörte zwei Männer durch den Vorgarten kommen.
Gib mir sofort meinen Pass. Hol ihn raus. Ich muss weg hier. Verstehst du das nicht?
Ich würde dir so gerne helfen.
Sag mir den Code.

Ihre Mutter schob den Pass wieder zwischen die Kissen. Sie kannte den Code nicht.

Sie wird vier Wochen vom Unterricht ausgeschlossen, hörte ich Terry sagen. Sie kann froh sein, dass sie nicht von der Schule fliegt.
Weil sie nach Hause wollte?, fragte Christianes Mutter.
Halt den Mund, sagte der Vater auf Deutsch.
Ich saß an die Wohnzimmerwand gelehnt auf dem Fußboden und lauschte. Christiane hatte bisher kein Wort gesagt.
Ich weiß, dass es nicht leicht für Sie ist, sagte Terry, aber Sie müssen sich darüber klar werden, dass Ihre Tochter schwer erziehbar ist.
Ja, sagte der Vater. Ich verstehe.
Hört sofort auf. Christiane ist nicht schwer erziehbar.
Der Vater, wieder auf Deutsch: Halt dich da raus.
Und die Mutter, leise: Wir haben niemals Probleme mit Christiane gehabt. Dir muss doch klar sein, dass es an der Schule liegt und nicht an Christianes Charakter oder unserer Erziehung.
Wir haben jetzt verschiedene Möglichkeiten, ging Terry mit freundlicher Stimme dazwischen. Wir können die vier Wochen Suspendierung einfach durchstehen, danach kommt Christiane wieder in die Schule und wir geben ihr eine letzte Chance. Oder wir unternehmen etwas und nutzen die Zeit.
Was können wir tun?, fragte der Vater.

Im Wohnzimmer war es dunkel. Die Klimaanlage blies mir Eisluft in den Rücken. Mein Kreuz tat weh.
Entschuldigung, sagte Terry. Wenn Sie rauchen möchten, muss ich Sie bitten, in den Garten zu gehen.
Kannst du das nicht einmal lassen?, sagte der Vater auf Deutsch.
Ich soll euch Christiane wohl ganz und gar ausliefern, was?, schrie die Mutter. Sie schob den Stuhl zurück und stand auf. Ich hörte, wie sie durch die Küche ging und die Terrassentür aufzog.
Was stellen Sie sich vor?, fragte der Vater.
Wir können Christiane zu einer Psychologin schicken oder in ein Erziehungscamp. Dort werden schwierige Jugendliche gezielt trainiert.
Ich bring mich um, sagte Christiane. Wenn ihr mich wegschickt, bring ich mich um.
Kleines, sagte Terry.
Ich bin nicht Ihr Kleines.
Du darfst uns nicht drohen. Niemand schickt dich weg. Wir wollen nur, dass es dir gutgeht. Verstehst du das?
Der Vater schwieg. Terry sagte: Vielleicht können wir uns einen Augenblick unter vier Augen unterhalten.
Geh ins Auto, Christiane. Los, mach schon.
Kein Protest. Christiane stand auf. Ich löste mich von der Wand, schlich durchs Wohnzimmer, sah Christiane an der Haustür stehen. Groß, blond, kräftig. Die Haare im Nacken

zusammengefasst. Sie trug ihre schweren Schnürstiefel, Bluejeans und einen hellen Kapuzenpulli. Einen Moment lang schien sie zu zögern. In der Küche war es still. Man wartete, dass Christiane das Haus verließ. Sie zog sich die Kapuze über den Kopf und ging zum Auto. Ein großer, dunkelblauer Mercedes. Christiane streckte die Hand aus, entriegelte ihn mit der Fernbedienung, die Scheinwerfer leuchteten auf. Sie drehte sich um. Unsere Blicke trafen sich. Ich machte einen Schritt auf sie zu. Sie setzte sich auf die Rückbank des Autos und schloss die Tür. Einen Augenblick lang sah ich sie im Schein der Innenbeleuchtung, dann wurde es dunkel. Ich ging ins Haus zurück.

Vielleicht ist es gar keine schlechte Idee, sie für zwei, drei Wochen von meiner Frau zu trennen, sagte der Vater.

27

Stille. Mächtige, alte Bäume in den Gärten. Hell leuch-tende junge Blätter. Nur hin und wieder rollte ein Auto die Straße entlang. Später Vormittag. Die Luft lag auf allem wie ein schweres feuchtes Federbett. Ich wischte mir den Schweiß von der Stirn und stellte mir vor, dass dies hier das Paradies war.
Das Hemd klebte mir feucht am Rücken. Hier brauchte man keine Alarmanlagen, musste die Türen nicht abschließen und konnte ein Auto mit laufendem Motor vor dem Supermarkt stehen lassen, ohne dass es geklaut wurde. Keine Einbrüche, keine Überfälle, kaum Scheidungen. Die Polizei konnte sich darauf beschränken, die Einhaltung des Tempolimits zu kontrollieren und Partys zu sprengen, auf denen Minderjährige Alkohol tranken.
Was hatte meine Mutter nicht ausgehalten?
Die Vorgärten lagen ungeschützt in der Sonne. Durch den Rasen zogen sich die dünnen, grünen Schläuche der Sprinkleranlagen. An der Seitenwand eines Hauses hing ein Transparent mit dem Foto eines jungen, uniformierten Mannes. Darunter stand: Du hast deinem Vaterland tapfer gedient. Du fehlst uns.

Zwischen den großen, schwarzen Buchstaben leuchteten die bunten Abdrücke von Kinderhänden.
Meine Großeltern hatten Aufkleber an unsere Fenster geklebt, an Mutters und meines, kreisförmige, weiße Aufkleber, darauf zwei lachende Kinder und der Satz: Wir schlafen hier.
Falls es einmal brannte, sollte die Feuerwehr uns zuerst retten, meine Mutter und mich.
Was hatte das Paradies unerträglich gemacht? Und Philadelphia. Die Wohnung in der Pennsylvania Avenue. Das Rauschen des Schuylkill River. Das Museum. Was hatte meine Mutter nicht ausgehalten?
Die Mainstreet führte den Wall hinauf, dort standen sich eine Kirche und ein flaches, graues Bankgebäude gegenüber. Auf der anderen Seite des Walls gab es ein Café, eine Videothek, die Feuerwache und eine Tankstelle, wo ich eine Flasche Wasser und Zigaretten kaufte. Als ich wieder auf die Straße trat, sah ich Christiane auf der anderen Seite stehen. Sie trug Jeans, ein Trägerhemdchen und über der Schulter einen kleinen Rucksack. Als ein Auto vorbeifuhr, streckte sie den Daumen hoch. Ich überquerte die Straße.
So landest du ganz schnell auf dem Revier.
Christiane zuckte zusammen. Ich muss weg hier. Kannst du mich nach Philadelphia fahren?
Geh nach Hause. Das hat keinen Sinn.
Sie starrte mich an.

Rede mit deinen Eltern. Reiß dich zusammen. Dann schicken sie dich nicht weg.
Ich muss zum Flughafen. Unbedingt.
Sie streckte wieder den Daumen hoch.
Es wird dich niemand mitnehmen. Glaub mir. Sie bringen dich höchstens zur Polizei. Vielleicht hat sie schon jemand gerufen.
Ich versuchte Christiane festzuhalten, aber sie riss sich los.
Warte! Christiane!
Ich kam ihr nicht nach. Auf dem Wall blieb ich stehen, rang nach Atem, sah die Windräder hinter den Hausdächern. Christiane war verschwunden. Sie würde nicht weit kommen, es niemals nach Philadelphia schaffen. Mein Handy piepte.
Die dritte, sagte Mandze. Vor zehn Minuten. Machst du das?

Es war wieder eine junge Frau. Einundzwanzig Jahre alt. Mutter von zwei Kindern. Sie hatte eine Anderthalb-Zimmer-Wohnung im siebten Stock der Pinetree Buildings bewohnt. Die Polizei war gerade dabei, das Zimmer zu durchsuchen. Eine ältere, schwarze Polizistin mit kurz geschorenem grauen Haar hockte mit den zwei kleinen Kindern im Flur und sprach aufgeregt in ihr Handy.
Das Dach war noch abgesperrt. Im Treppenhaus drängten sich Schaulustige. Wieder schien die Frau allein gewesen zu sein, es gab keine Anzeichen von Gewalteinwirkung, bis jetzt war kein Abschiedsbrief gefunden worden.

Nachdem ich die Pinetree Buildings wieder verlassen hatte, fuhr ich zu der Privatschule, an der meine Mutter Lehrerin gewesen war. Das hell verklinkerte Gebäude war fünfzehn Stockwerke hoch und lag an einer großen Kreuzung. Auf dem gepflasterten Vorplatz standen kleine Gruppen von Schülern, die braun-rote Uniformen trugen. Ich machte den Motor aus, stieß die Tür auf, Hitze schlug mir entgegen, feucht, als wäre der Fluss über die Ufer getreten, als befände ich mich unter Wasser. Für einen Augenblick verschwamm mir der Blick. Ich schnappte nach Luft. Dann setzte ich mich in Bewegung, Schritt für Schritt, wie gegen einen großen Widerstand. Über der mit Schnitzereien verzierten Flügeltür war »In god we trust« auf eine Steinplatte gemeißelt. In der Lobby war es dämmerig und angenehm kühl. Von der hohen, stuckverzierten Decke hingen zwei Kronleuchter, an den Wänden Schwarz-Weiß-Fotografien von brachliegenden Industrieanlagen, heruntergekommenen Mietshäusern und Obdachlosen. Auf einem der Fotos saß ein alter Mann auf einer Bank. Er hatte sich eine Zeitung um die Hüften gewickelt. Über einem mit Leergut und Tüten voll gestopften Einkaufswagen hing eine nasse Hose zum Trocknen. Die Fotos waren von Schülern gemacht und mit Preisen ausgezeichnet worden. Der alte Mann und seine nasse Hose hatten den ersten Preis gewonnen. Ich ging an die Anmeldung, drückte die goldene Klingel auf der Granittheke. Augenblicklich trat ein Wachmann aus einer Seitentür und kam auf mich zu.

Was kann ich für Sie tun? Tom!
Er lachte mich an. Ich erkannte ihn nicht, nickte trotzdem.
Wie geht es dir?, fragte er und legte seine schwere, warme Hand auf meinen Arm.
Gut.
Warum bist du hier?
Ich möchte das Dach sehen.
Der Wachmann zögerte einen Augenblick. Dann griff er über den Tresen hinweg nach einem Telefon. Sarah? Ich bin's. Muss mich kurz vom Eingang entfernen. Kannst du hier übernehmen? Ja, die Kameras sind alle an. Danke.
Er legte auf.
Dann komm. Aber nur ganz kurz. Eigentlich darf ich das gar nicht machen.
Wir nahmen einen der beiden großen, goldfarben ausgekleideten Fahrstühle und fuhren ins Obergeschoss. Von dort aus führte eine breite Treppe aufs Dach. Zwei Tennisplätze, um die herum eine Aschenbahn führte, ein Sandkasten für den Weitsprung. Der Blick auf die Stadt wurde durch eine mindestens zwei Meter hohe Blechwand verstellt. Darüber die schaufelförmig nach innen gebogene Stacheldrahteinfassung.
Die Wand ist neu, sagte ich und klopfte gegen das Blech.
Wir wollen niemanden in Versuchung führen, sagte der Wachmann und blickte sich um, als aus dem Treppenhaus Stimmen zu hören waren. Hast du genug gesehen? Der Sportunterricht geht gleich los. Ich muss wieder runter.

Im Lift stand eine kleine Gruppe aufgeregt lachender Mädchen und Jungen. Sie rochen nach Zigarettenrauch. Als sie den Wachmann sahen, verstummten sie, aber er lächelte und zwinkerte ihnen zu. Wir fuhren in die Lobby hinunter.

Ich ließ das Auto an der Schule stehen. Ging zu Fuß in Richtung Queen Village weiter. Kopfsteinpflaster, zur Mitte hin gewölbt, schwarze Teerflicken. Die alten Häuser mit bunten Fensterläden, türkis, rot, blau, beige, orangefarben. Flaggen über den Haustüren, die Briefschlitze einen Fuß hoch über dem Boden. Marmorstufen, glänzend schwarze Geländer. Die Kellertüren wie Falltüren auf dem Gehweg. An einem Strommast die Schwarz-Weiß-Kopie eines Fotos. 14-Jährige vermisst. Darunter handgeschrieben: Komm nach Hause, Baby, du fehlst uns.

Das Summen der Klimaanlagen. An der Ecke ein kleines Café. Bistrotische auf dem Gehweg.

Die St. Peters Church, der Friedhof dahinter. Ahornbäume. Verkehrsrauschen. Verwitterte Grabsteine. Den Weg entlang Holzbänke. Im Schatten der Kirche.

Wenn ich sterbe, möchte ich hier beerdigt werden, hatte meine Mutter zu mir gesagt.

Mein Vater hatte sie nach Deutschland zurückgeholt und neben seiner Mutter begraben. Ich war nicht auf ihrer Beerdigung gewesen.

Maria hatte ich davon nichts erzählt, als ich mit ihr hier über

den kleinen Friedhof gegangen war. Im vergangenen Herbst. Ein Gärtner harkte das Laub zusammen. Schwarze Plastiksäcke glänzten prall in der Sonne, und ich erzählte Maria von einem Selbstmord, der sich ein Jahr zuvor auf einer Baustelle hier in der Nähe ereignet hatte.
Du liebst Selbstmorde, was?, fragte Maria.
Ich ging nicht darauf ein. Der Mann war gerade aus der Psychiatrie entlassen worden, sagte ich. Er hat sich aus dem zehnten Stock eines Rohbaus gestürzt. Wollte sich erhängen. Hatte das Seil an einem Stahlträger befestigt und sprang. Es hat ihm den Kopf abgerissen. Kannst du dir das vorstellen. Der Kopf hing noch am Seil, der Körper …
Maria wandte sich weg, trat vor einen Grabstein, beugte sich hinunter und fuhr die Inschrift mit dem Finger nach.
Der Gärtner hörte auf zu harken. Ich sah zu ihm hinüber. Maria schrie auf.
Der Gärtner hob eine Hand. Nicht bewegen. Rührt euch nicht von der Stelle.
Was ist los?, fragte ich. Dann sah ich die Hornisse, eine, drei, vier, immer mehr, überall. Eine vibrierende, kupfern schimmernde Decke, unter der unsere Füße verschwanden.
Ganz ruhig!, rief der Gärtner. Ganz ruhig!
Wir bewegten uns nicht, sahen zu ihm hinüber, der nur wenige Meter entfernt stand und doch in unerreichbar scheinender Sicherheit war.
Wo kommen die her?, flüsterte Maria.

Pscht, machte ich.
Aus der Erde?
Meine Haut kribbelte. Ich wartete auf Schmerz, auf den ersten Stich. Nichts passierte. Die Hornissen sanken hinab, bedeckten den Boden, verschwanden darin wie Wasser.
Der Gärtner kam auf uns zu. Habt ihr die Warnschilder nicht gesehen? Seid ihr lebensmüde?, rief er und winkte uns zu sich heran. Jetzt, ganz langsam. Kommt ganz langsam zurück auf den Weg.

Was hatten diese Selbstmorde zu bedeuten? Bete und sammle dich, dachte ich. Bete. Ich ging weiter. Antiquitäten- und Ramschläden an der South Street. Spanische Volksmusik. Bunte afrikanische Gewänder. Getrocknete Blumen, Patchouliwind, Knoblauch. Kaugummis an den Baumstämmen. Studenten mit Zeichenmappen, Bücherbündeln unter dem Arm. Ich zündete mir eine Zigarette an. Eine junge Frau fasste mich an der Schulter, zeigte mir ein Zigarettenpäckchen. Darauf das Bild eines Mannes, der sich die Krawatte lockert und nach Luft schnappt. Brasilien, sagte die Frau, tippte auf ihre Schachtel und auf meine. Brasilien. Amerika.
Wir tauschten. Ich steckte den röchelnden Mann ein, betrat ein Café, an der Tür der Zettel: Komm zurück, Baby, du fehlst uns. Ich ging auf die Toilette, wusch mir die Hände, hielt meinen Kopf unter Wasser und sah mich im Spiegel.

28

Es wurde früh dunkel hier, viel früher als in Deutschland, und es regnete, erst ganz leicht, dann immer stärker, bis es schließlich wie aus Kübeln goss. Christiane zog sich ihr Sweatshirt über, streifte sich die Kapuze über den Kopf. Das nützte nicht viel. Von den Hausdächern und Veranden fiel das Wasser in Schleiern herunter. Die kleinen hell erleuchteten Fenster erinnerten Christiane an Weihnachten. Für Weihnachten war es zu warm. Sie stellte sich unter das Vordach einer Garage, wrang den Saum ihres Sweatshirts aus. Ihr Rucksack war durch die Nässe schwer geworden. Ihre Hände dampften, die Haut rötete sich. Eine Haustür wurde geöffnet, zwei Kinder kamen in Badeanzügen herausgelaufen, liefen kreischend auf die breite Straße, sprangen durch die Pfützen, klatschten lachend die Hände über dem Kopf zusammen. Ihre Mutter erschien in der Haustür, trug zwei Badelaken über dem Arm. Kommt rein, kommt, jetzt ist es genug!
Der Wind zischte durch die Zweige der alten Bäume. Die Luft roch nach Erde und gegrilltem Fleisch. Christiane hatte Hunger. Ihr Magen knurrte. Sie hatte sich nicht getraut, in einen der Läden an der Mainstreet zu gehen und etwas zu essen zu kaufen, hatte befürchtet, dass man schon nach ihr suchte, nur

darauf wartete, dass sie sich irgendwo zeigte. Jetzt tat es ihr Leid. Die Kinder rannten ihrer Mutter entgegen, wurden in die Badelaken gewickelt. Die Tür ging zu. Einen Moment lang überlegte Christiane, ihr Handy einzuschalten, in Deutschland bei ihrem Freund anzurufen. Aber was sollte er tun? Christoph konnte ihr auch nicht helfen. Im Winter war es in seiner Wohnung oft sehr kalt gewesen, dann hatten sie es sich im Bett gemütlich gemacht, Tee getrunken und sich vorgestellt, ganz allein auf der Welt zu sein, zu zweit in einer Höhle Zuflucht gefunden zu haben. Hier können wir vielleicht überleben, hatte sie zu Christoph gesagt und sich die Decke über den Kopf gezogen.

Wenn nur dieser Regen aufhören würde. Christiane trat unter dem Dach hervor, legte kurz den Kopf in den Nacken. Dann ging sie weiter.

Die Fenster der Pizzeria waren beschlagen. Die Menschen dahinter sahen wie Schatten aus. Ich schaltete die Scheibenwischer ab. Der Regen trommelte auf das Wagendach. Bald würden wir nach einem anderen Restaurant suchen müssen, ich konnte Pasta und Pizza nicht mehr ertragen. Terry trug zwei Pizzakartons und eine Flasche Cola im Arm. Sie duckte sich gegen den Regen. Ich stieß die Wagentür auf.

Mit dem Sommer wird's wohl nichts werden, sagte Terry. Ich kann mich nicht erinnern, schon einmal so viel Regen zu dieser Jahreszeit erlebt zu haben. Du etwa?

Aber sie kann doch nicht einfach verschwunden sein, sagte ich.
Wie vom Erdboden verschluckt. Wenn der Kleinen was passiert, mach ich die Mutter dafür verantwortlich.
Du hast Christiane vom Unterricht ausgeschlossen.
Deswegen ist sie mit Sicherheit nicht abgehauen, antwortete Terry spitz. Außerdem war ich dazu gezwungen.
Das letzte Mal hat man dich dafür fast umgebracht.
Instinktiv fasste sie sich an die Narbe. Ich dachte an das Piercing in ihrer Brust.
Du hättest ja auch merken können, dass etwas nicht stimmt, sagte Terry. Nach Philadelphia. Zum Flughafen. Die hat doch einen Knall. Verdammt, warum hast du sie nicht nach Hause gebracht?
In Philadelphia kann sie nicht sein, sagte ich. Am Flughafen auch nicht. Da hätte man sie schon längst gefunden.
Auf jeden Fall wird sie jetzt von der Polizei gesucht, sagte Terry. Während ihre Mutter im Flieger nach Deutschland sitzt. Wahrscheinlich ist sie schon sicher gelandet. Wie kann man das tun? Wie kann man sein Kind so im Stich lassen? Christiane war doch zu Hause. Und während sie schläft, macht die Mutter sich aus dem Staub. Warum hat sie Christiane nicht wenigstens mitgenommen? Ich begreife das nicht.
Vielleicht hat sie es doch geschafft, sagte ich. Vielleicht ist sie schon längst auf dem Weg nach Hause.
Ohne Pass?

Kann sie zu jemandem gegangen sein? Zu einer Freundin?
Sie hat keine Freunde.

Terry deckte den Tisch nicht. Wir aßen die Pizza aus dem Karton. Es hörte nicht auf zu regnen. Wasser lief am Rahmen der Terrassentür hinunter. Terry wischte mit einem Geschirrhandtuch über den Boden, wrang es über der Spüle aus und ging wieder zur Tür.
Das ist meine Mutter, sagte sie.
Wie bitte?
Terry tippte mit einem Finger in die Wasserpfütze. Meine Mutter macht alles kaputt. Die gönnt mir nichts.
Ich lachte. Ist sie jetzt gerade hier? Oh, ich habe Sie gar nicht gesehen, guten Tag, Mrs. Street. Wir haben uns nie kennen gelernt, aber ...
Terry starrte mich an. Lass das.
Aber auf Ihrer Beerdigung bin ich gewesen. Was? Dort sind wir uns schon begegnet, aber ich habe Sie nicht bemerkt? Das tut mir Leid.
Hör sofort auf, Tom. Man spricht nicht mit Geistern. Was, wenn deine Mutter dir plötzlich antwortet?
Meine Mutter macht mir keine Angst.
Doch, sagte Terry. Das tut sie.

29

Irgendetwas hatte mich geweckt. Ich lauschte. Aber da war nichts. Nur Regen, der aufs Dach prasselte und aus den verstopften Regenrinnen am Haus herunterklatschte. Es war kurz nach drei Uhr morgens. Die Luft stand im Zimmer wie ein dünnflüssiger, lauwarmer Brei. Die Jalousie schlug gegen das Fenster. Ich war erleichtert, dass es etwas gab, das mich geweckt haben konnte, und schloss die Augen wieder. In Philadelphia, dachte ich, klingt der Regen anders, irgendwie schärfer, zischender, aber vielleicht waren das nur die Autos gewesen, deren Reifen auf regennassem Asphalt klangen, als zerreiße jemand ein Blatt Papier.

Neben mir bewegte sich Terry im Schlaf, strampelte mit langsamen, gleichmäßigen Bewegungen Laken und Wolldecke auf den Boden. Ihre Bewegungen erinnerten mich an die eines kleinen Tiers, das an den Zitzen seiner Mutter hängt. Wurde das nicht Milchtritt genannt?

Ich versuchte, ruhig zu atmen und wieder einzuschlafen. Entspann dich. Hör dem Regen zu. Ich spürte, wie ich nervös wurde. Wenn ich nachts aufwachte, schlief ich nie gleich wieder ein. Terrys Hand taste sich durch die Laken zu mir herüber und berührte mich im Nacken. Ich hatte Durst. Schweiß lief mir übers Gesicht. Ich setzte mich auf. Terry seufzte im Schlaf, streckte sich, ihre Hand begann wieder nach mir zu tasten. Ich ging ans Fenster und zog die Jalousie hoch. Im Moskitonetz schimmerten Regenperlen. Ein Windspiel klirrte. Wenn man hier aus dem Fenster springt, dachte ich, verstaucht man sich wahrscheinlich nicht mal den Knöchel.

Tom?

Terry war wach und rappelte sich im Bett hoch. Was ist los?

Nichts, sagte ich. Schlaf weiter.

Kommst du nicht ins Bett? Regnet es immer noch? Wo ist meine Decke?

Ich starrte in die Dunkelheit hinaus.

Tot, sagte ich. Tot. Tot. Eine nach der anderen. Alle leben in einem Haus. Vielleicht sind sie sich einmal begegnet, im Hausflur, im Supermarkt. Aber sie waren nicht miteinander befreundet, sind nie zusammen gesehen worden. Trotzdem begehen sie innerhalb weniger Wochen alle auf dieselbe Art Selbstmord.

Das Windspiel klirrte wieder. Ich schnippte Regentropfen vom Moskitonetz.

Erinnerst du dich nicht an die fliegenden Babys?, fragte Terry. Die haben sich auch alle nicht gekannt.

Sie knipste das Licht an, zog ihre Decke vom Fußboden aufs Bett und legte sie sich in den Schoß.

Die Frauen damals hatten ein Motiv, sagte ich, und sie waren verzweifelt.

So verzweifelt, dass sie ihre Babys aus dem Fenster werfen mussten? Terry legte den Kopf in den Nacken. Meinst du, das Dach hält dicht?

Vielleicht ist es wirklich so einfach, sagte ich. Eine bringt sich um, die anderen hören davon und denken, das mach ich jetzt auch.

Mein Mann hat seine Arbeit auch immer mit nach Hause gebracht. Stell dir vor, Terry, heute holen wir ein Baby per Kaiserschnitt und stellen fest, dass der Unterleib der Mutter völlig verkrebst ist. Die wird den ersten Geburtstag ihres Kindes nicht mehr erleben.

Terry gähnte. Kommst du damit jetzt wenigstens mal auf die Titelseite?

Plötzlich blitzte es, und der Regen schlug wie eine Welle durchs Fenster hinein.

Terry schrie auf, der Nachbarhund bellte. Ich lachte.

Mach zu, rief sie. Mach das Fenster zu und komm ins Bett.

Ich wischte mit dem Handrücken über die nasse Fensterbank.

Hör mal, sagte Terry nach einer Weile. Die Pinetree Buildings sind nicht die beste Adresse. Wer da wohnt, hat einen Sack voll Probleme.

Keine von ihnen hat einen Abschiedsbrief hinterlassen, sagte ich. Keine hat ihren Selbstmord auf irgendeine Weise angekündigt. Alle scheinen einfach mir nichts, dir nichts einen Entschluss gefasst, aufs Dach gestiegen und hinuntergesprungen zu sein. Das ist doch verrückt. Wenn ich mich umbringen wollte, würde ich bestimmt einen Brief schreiben.

Aber du würdest auch nicht vom Dach springen, sagte Terry. Oder?

Wie würdest du dich umbringen?, fragte ich. Tabletten sind Scheiße, sie vergiften zu langsam. Darauf kann ich verzichten. Erschießen. Ich glaube, erschießen ist gut, wenn man weiß, wie es geht. Wasser in den Mund, Pistolenlauf rein und zack.

Terry zuckte mit den Schultern. Vielleicht sollte man eher fragen, warum die meisten Menschen sich nicht umbringen, anstatt sich mit den wenigen Ausnahmen zu befassen.

Sie streckte die Hand nach mir aus. Komm her.

Auf der Rückseite des Nachbarhauses reagierten die Bewegungsmelder und das Licht ging an. Mrs. Scotts Hund bellte wie verrückt. Im Haus wurde Licht gemacht, erst in einem Zimmer im ersten Stock, dann im Erdgeschoss. Es blitzte wieder. Das Windspiel schlug scheppernd gegen einen Verandapfosten. Eine Tür wurde quietschend aufgeschoben, das Moskitonetz krachte gegen die Hauswand. Der Hund schoss in den Garten hinaus, drehte eine Runde, hielt plötzlich inne, kam auf unser Grundstück zu und lief dann bellend zum Haus zurück.

Ich bin auf dem Dach gewesen, sagte ich.

Komm, sagte sie und winkte mit der Hand wie nach einem Taxi. Komm jetzt. Schlaf.

Sie knipste das Licht aus. Der Hund bellte, kam wieder in den Garten. Mrs. Scott trat unter dem Verandadach hervor. Sie trug einen pinkfarbenen Bademantel und hatte sich die Arme gegen den Regen über den Kopf gelegt. Der Hund lief an unserer Grundstücksgrenze auf und ab.
Was ist denn los?, rief Mrs. Scott. Wenn du nicht aufpasst, kriegst du wieder einen Schlag. Bei Fuß. Komm jetzt her. Los, komm rein.
Ich schlüpfte in meine Jeans, ging die Treppe hinunter. Draußen donnerte es. In der Küche roch es nach Knoblauch. Ich machte Licht. Die leeren Pizzakartons lagen auf dem Küchentisch.
Ich schob die Terrassentür auf, hörte den Hund winseln.
Du hast es nicht besser verdient, rief Mrs. Scott. Ich hab dich gewarnt. Los, rein jetzt.
Das Moskitonetz klappte zu. Das Licht erlosch. Barfuß trat ich in den Garten hinaus.

Christiane saß an die Hauswand gelehnt auf dem Boden. Ihren kleinen Rucksack hielt sie mit beiden Armen umschlungen. Sie war völlig durchnässt. Als ich neben ihr in die Hocke ging, reagierte sie nicht. Ich strich ihr eine Haarsträhne aus den Augen. Sie sah mich an, öffnete die Lippen, schloss sie wieder.
Regen tropfte mir in den Nacken, durchweichte mein T-Shirt, lief mir den Rücken hinunter. Ihre Hände waren eiskalt. Ich

rieb sie zwischen meinen Händen, umschlang Christiane mit den Armen, spürte ihre Wange an meiner Brust, zog sie hoch. Dicht aneinander geschmiegt blieben wir stehen. Ich roch ihre Haut, ihr Haar, hörte sie atmen.

Alles wird gut, flüsterte ich. Glaub mir, alles wird gut.

Ihre Finger bohrten sich in meinen Rücken, ihre Stirn drückte an meine Brust.

Schscht, machte ich. Schscht. Hab keine Angst.

Sie begann zu zittern. Ich führte sie durch den dunklen Garten ins Haus. Als wir in die Küche traten, sah ich, dass sie die Augen geschlossen hatte. Ich zog ihr den Pullover über den Kopf, darunter trug sie ein schwarzes Hemdchen. Die Schnürsenkel hatten sich mit Wasser vollgesogen, ließen sich nur schwer öffnen. Die Jeans klebten an ihrer Haut. Sie war vollkommen unversehrt. Keine Wunden, keine Narben. Helle, makellose, kalte Haut, harte Brustwarzen, ein blonder Flaum um den Bauchnabel herum. Schwarzes Schamhaar.

Du musst mir helfen, sagte Christiane.

Ich nickte. Das verspreche ich dir.

30

Terry schenkte uns Kaffee nach. Ich sah in den Garten hinaus. Wir warteten auf Christianes Vater. Er kam nicht. Die Sonne schien. Moskitoschwärme standen über dem Rasen.
Ruf ihn noch mal an, sagte ich, als ich hörte, dass oben die Kinderzimmertür geöffnet wurde.
Terry griff nach dem Telefon, drückte Wahlwiederholung, lauschte.
Nur die Mailbox. Das gibt es doch nicht. Vor einer Stunde wollte er hier sein.
Christiane kam die Treppe herunter. Sie hatte sich Terrys Bademantel übergezogen. Ich holte ihre Sachen aus dem Wäschetrockner. Die Schnürstiefel standen auf der Terrasse.
Willst du etwas essen?, fragte Terry. Komm, setz dich doch hin. Ich kann dir auch etwas bestellen. Wir können zum Frühstück ins Diner fahren, wenn du Lust hast.
Danke, sagte Christiane.
Aber du musst etwas essen.
Danke. Ich bin nicht hungrig.
Sie nahm ihre Kleider und ging wieder nach oben. Ich stand auf.
Wohin willst du?, fragte Terry.

Raus. Eine rauchen.
Bleib hier. Das ist jetzt egal.
Sie hatte Christianes Schuhe mit Zeitungspapier ausgestopft.
Ich setzte mich wieder.
Der kann doch nicht weg sein, sagte Terry. Meinst du, der ist auch nach Hause geflogen? Und Christiane lässt er uns hier?
Ich blies ihr Zigarettenrauch ins Gesicht.
Was macht sie da oben? Will sie nicht duschen? Soll ich mal nach ihr sehen?
Sie hat Lily gefunden, sagte ich. Sie wollte wissen, warum Lily nichts mehr zum Anziehen hat.
Was?
Gestern. Im Bett. Du hattest Lily zwischen den Kissen versteckt. Christiane hat sie gefunden.
Ein Tüte Mehl braucht nichts zum Anziehen, sagte Terry.
Christiane musste mit einem rohen Ei durch die Schule laufen, sagte ich. Wie viele Schwangerschaften habt ihr denn so schon verhindert?
Du verstehst das nicht.
Erklär's mir.
Was soll dieser Unsinn, Tom? Was willst du von mir?
Ich schwieg.
Hat sie sich über das Kinderzimmer gewundert?, fragte Terry nach einer Weile.
Sie wollte wissen, wo unser Kind ist.
Was hast du gesagt?

Dass es hier außer dir nie Kinder gegeben hat.
Terry stand auf.
Hast du ihre Kleider gewaschen oder nur in den Trockner getan? Dann kann sie die doch nicht mehr anziehen. Vielleicht passt Christiane etwas von mir?
Das Telefon klingelte. Terry nahm ab.
Aber Christiane wartet auf Sie. Ich bin mir ganz sicher. Nein. Natürlich. Das ist kein Problem.
Ich sah sie an. Sie legte das Telefon zurück auf den Tisch.
Und?
Er hat keine Zeit. Sein Termin lässt sich nicht verschieben.
Was bedeutet das?
Was wohl? Dass sie erst einmal hier bleibt.
Ich drückte meine Zigarette aus. Terry setzte sich wieder.
Mir gefällt das ja auch nicht.
Was?, fragte ich.
Das Mehl. Die Eier. Dieser ganze Quatsch.
Warum machst du es mit?, fragte ich.
Was soll ich tun? Gar nichts? Wie du?

Nachmittags nahm ich Christiane mit auf den Busbahnhof. Es war ein großer, von hohen Maschendrahtzäunen umgebener Parkplatz, in dessen Mitte eine Blechhütte stand. Ich war überrascht, wie laut es hier war.
Sein Bus müsste bald hier sein, sagte ich. Kommst du mit oder willst du im Auto warten?

Christiane zögerte einen Moment. Dann zog sie sich die Kapuze ihres Pullovers über den Kopf und stieg aus.
Ist dir das nicht zu warm?, fragte ich.
Sie schwieg.
Die Busse standen mit laufenden Motoren kreuz und quer auf dem Platz. Die Fahrer lehnten in den offenen Türen, unterhielten sich über die Köpfe der Leute hinweg, die auf den Bussteigen herumliefen oder große Taschen, zu Bündeln geschnürte Decken und Plastiktüten in die Gepäckfächer stopften. Bevor ein Bus losfuhr, begann der Fahrer zu schreien: Atlantic City! Atlantic City! Steigen Sie bitte ein! Oder: Philadelphia International Airport! Bitte einsteigen! Es geht los.
Ich sah mich nach Christiane um. Kommst du?
In einem Bus saß ein Mann und warf einer Frau Kusshände zu.
Wohin wollen die alle?, fragte Christiane. Fahren die in den Urlaub?
Eher nicht. Vielleicht zur Arbeit.
Wo ist Atlantic City?
Am Strand.
Aus einem Lautsprecher kam eine blechern klingende Ansage, die ich nicht verstehen konnte. Motoren dröhnten.
Philadelphia International Airport, schrie einer der Fahrer und sah mich an, als wollte er mich auffordern, endlich einzusteigen. Christiane schaute zu ihm hinauf.
Komm, sagte ich und nahm ihre Hand.

Der Fahrer schwang sich hinters Lenkrad, die Türen schlossen sich zischend. Der Bus fuhr davon.
Kannst du erkennen, welcher Bus aus New York kommt?, fragte ich.
Nein.
Wir gingen die Bussteige entlang. Die Fahrer riefen ihre Fahrtziele aus.
Atlantic City. Washington D. C., Philadelphia.
Lass uns einsteigen, sagte Christiane. Abhauen.
Und wohin?
An den Strand.
Willst du schon nicht mehr nach Hause?
Sie schob sich die Kapuze vom Kopf und wischte sich den Schweiß von der Stirn.
Wir betraten die Blechhütte. Menschen saßen dicht gedrängt auf Holzbänken oder ihren Taschen. Eine Frau hatte sich in eine Ecke zurückgezogen und stillte ihr Baby. Ein Mann starrte zu ihr hinüber, ein anderer hatte den Kopf auf die angezogenen Knie gelegt und schien zu schlafen. Hinter einer dicken Glasscheibe saß eine Fahrkartenverkäuferin. Sie wusste nicht, ob der Bus aus New York schon da war. Der Mann, von dem ich geglaubt hatte, er schlafe, hob den Kopf und sagte: Ist noch nicht hier. Verspätung. Dann ließ er seinen Kopf wieder auf die Knie sinken. Am Getränkeautomaten zog ich Christiane und mir zwei Flaschen Cola. Wir gingen wieder nach draußen. Ich zündete mir eine Zigarette an.

Wo soll ich denn hin? Zu meiner Mutter? Dieser Verräterin?

Und wenn du hier bleibst?, fragte ich.

Nein. Nie im Leben.

Christiane streckte die Hand nach meiner Zigarette aus. Ich gab sie ihr.

Als ich aufgewacht bin, war meine Mutter verschwunden. Einfach weg.

Ich nickte.

Ich werde nie wieder schlafen können, ohne Angst zu haben, dass mich jemand verlässt.

Du hast gut geschlafen heut Nacht.

Lass uns abhauen, sagte Christiane. Nur für einen Tag. An den Strand fahren. Ich habe das Meer hier noch nicht gesehen.

Terry würde mich rausschmeißen.

Na, und?

Ich fürchte, sie mag dich, Christiane.

Und du? Lass uns fahren.

Ich zog mein Handy aus der Tasche und schaltete es aus. Okay. Ich kaufe uns Karten.

In diesem Moment fuhr der Bus aus New York ein. Ich sah ihm entgegen, sah den leuchtenden Schriftzug über der Windschutzscheibe. Die Türen öffneten sich. Der Fahrer sprang heraus und klappte die Gepäckfächer auf. Christiane ließ die Zigarette fallen und zerrieb sie mit dem Absatz ihres Stiefels. Ich nahm ihre Hand.

Morgen. Versprochen. Dann fahren wir an den Strand.

Morgen ist Sonntag, sagte Christiane. Gottesdienst. Ich gehe da immer hin.
Ich lachte. Kein Problem. Dann fahren wir etwas später.

Leon stieg als einer der Letzten aus. Geduldig und ohne sich umzusehen, wartete er, bis der Busfahrer ihm seinen Koffer aus dem Gepäckfach geholt hatte. Dann erst wandte er sich um, entdeckte mich und Christiane sofort. Lächelnd kam er auf uns zu.
Ganz schön jung, deine Freundin.
Er klopfte mir auf die Schulter. Na, wie sieht's aus. Ist der Krieg jetzt gewonnen?
Der Präsident hat ihn für beendet erklärt, sagte ich.
Er gab Christiane die Hand.
Seid ihr schon mal mit so einem Bus gefahren? Wisst ihr, wie da die Toiletten aussehen? In den Riesencontainern schwappt alles hin und her. Scheiße, Pisse, Desinfektionsmittel. Dein Mädchen könnte da locker reinfallen, Tom. Ein elender Tod.
Im Auto zündete er sich gleich eine Zigarette an. Der Geruch des schwarzen Tabaks brannte mir in der Nase.
Habt ihr euch Ground Zero schon angeguckt?
Nein, sagte ich.
Habt ihr nichts verpasst.
Er schien ganz der alte zu sein, rauchte eine Zigarette nach der anderen und redete ohne Unterbrechung, bis wir die Auffahrt zum Haus hinauffuhren.

Alles in Ordnung?, fragte ich, als er plötzlich still war.
Er lehnte sich in seinen Sitz zurück. Das ist nicht dein Ernst, Tom. Hast du dich niedergelassen?
Terry kam aus dem Haus und lief uns entgegen.
Und wer ist die jetzt?
Seine Freundin, sagte Christiane. Sie stieg aus dem Auto. Als die Tür zufiel, sah Leon mich an. Können wir uns irgendwo in Ruhe unterhalten? Ich muss mit dir reden.

31

Maria war unruhig gewesen. Nervös. Ich erinnerte mich genau. Es war einer der wenigen Abende gewesen, die der Schnitzer nicht mit uns zusammen verbracht hatte. Nur Leon, Maria und ich. Wir saßen in dem Bistro am Marktplatz. Ständig fiel Maria etwas hinunter, stieß sie gegen den Tisch oder ein Glas. Sie faltete ein Schiffchen nach dem anderen, holte dafür sogar einen Kassenzettel aus dem Aschenbecher des Nachbartischs.

Hast du zu viel getrunken?, fragte ich.

Sie schüttelte den Kopf.

Als sie aufstand, um auf die Toilette zu gehen, fragte ich Leon, ob sie vielleicht auf den Schnitzer wartete.

Der kommt heute nicht, sagte Leon. Und das weiß sie auch. Ich glaube, es hat was mit ihrem Rucksack zu tun.

Sie hatte ihn mit auf die Toilette genommen. Als sie zurückkam, stellte sie ihn zwischen ihre Füße unter den Tisch.

Hast du noch Zigaretten?, fragte Leon sie.

Da hinten ist ein Automat, sagte Maria.

Aber du hast doch immer welche dabei. Jetzt komm schon, sei nicht so knickerig.

Sie nahm den Rucksack auf den Schoß und wandte sich weg.

Was hast du da drin?, fragte ich. Leon trat mir gegen das Schienbein, aber es war schon zu spät. Sie fuhr herum.
Was soll ich da drin haben? Zigaretten natürlich.
Sieht aber schwer beladen aus, sagte Leon.
Sie sah erst ihn an, dann mich. Einen Moment lang glaubte ich, sie würde einfach aufstehen und gehen. Dann sagte sie: Okay. Warum nicht. Aber wehe, ihr macht mir Ärger deswegen.
Sie hielt den Rucksack so, dass wir hineinschauen konnten. Ein Revolver. Schwarz, schwer, mit einem Kunststoffgriff, der wie Holz aussah. Maria zog den Reißverschluss wieder zu.
Die ist aber nicht echt, oder?, fragte Leon.
Was glaubst du denn?, sagte Maria.
Geladen?
Ja.
Und was willst du damit?
Das ist Schnitzers Revolver, sagte ich und griff nach dem Rucksack. Maria hielt ihn fest. Ich schlug ihr aufs Handgelenk. Sie schrie auf, drehte sich zur Seite. Der Rucksack schlitterte über den Boden, stieß mit einem klickenden Geräusch gegen ein Stuhlbein und blieb unter einem Tisch am Fenster liegen. Auf einmal war es ganz still in der Kneipe. Einen Moment lang starrte Maria wie gebannt auf den Rucksack, als erwartete sie, dass sich ein Schuss lösen würde. Dann sprang sie auf und zog den Rucksack unter dem Tisch hervor.
Bist du bescheuert, Tom?

Reg dich nicht auf, sagte Leon. Er macht sich nur Sorgen um dich.
Sorgen? Maria lachte. So, wie sich der Schnitzer sorgt? Tom ist doch genauso krank wie er.
Hat der Schnitzer dir die Pistole gegeben?, fragte Leon.
Das ist ein Revolver, sagte ich.
Maria sah Leon an. Ja. Ist der sicherste Weg, sich umzubringen.
Leon nickte. Vergiss nicht, Wasser in den Mund zu nehmen. Sonst klappt es womöglich nicht und ich muss dich bis an den Rest unserer Tage im Rollstuhl rumschieben.
Maria schüttelte den Kopf. Ich will ihn nicht benutzen. Nicht mehr. Ich gebe ihn dem Schnitzer zurück.
Gib ihn mir, sagte Leon.
Das geht nicht. Der Schnitzer würde mich umbringen, wenn er wüsste, dass ich den Revolver hier so herumgezeigt habe.
Gib ihn mir, sagte Leon wieder. Mach dir keine Sorgen. Ich kümmere mich darum.
Sie gab ihm den Rucksack und ging. Ich sah ihr nach.
Wie kann der Schnitzer das tun?, fragte Leon. Und warum macht Maria das mit? Manchmal möchte man sie einfach nur retten.
Das würde ich gern.
Aber Tom, sagte Leon und lachte. Wer sich selbst rettet, rettet die ganze Welt.

32

Leon spielte an den Knöpfen der Musikbox herum. Sie war kaum größer als ein Schuhkarton und hing über unserem Tisch an der Wand. Als die Bedienung kam, bestellten wir Kaffee. Leon zündete sich eine Zigarette an und schob mir das Päckchen rüber. Ich nahm mir eine.

Geht das schon lange?, fragte er. Ist ganz niedlich, die Kleine.

Da ist nichts. Das gäbe nur Stress, sagte ich.

Warum? Du magst sie. Dass sie dich mag, ist nicht zu übersehen, und deiner Freundin müsst ihr's ja nicht auf die Nase binden.

Ich sah ihn an, schaute in seine kalten, blauen Augen, und seine Abgebrühtheit ärgerte mich.

Sie ist Terrys Schülerin. Und minderjährig.

Das ist keine Schande. Das waren wir alle mal.

Die Bedienung brachte den Kaffee. Leon schaufelte Zucker in seine Tasse.

Also ich mach mit meinen Freundinnen immer ein Abkommen, sagte er. Jeder macht, was ihm gefällt, solange der andere nicht darunter leidet.

Auch mit Maria?

Er inhalierte den Rauch seiner Zigarette und fuhr fort: Selbst wenn ich verliebt bin, läuft mir eben hin und wieder eine andere Frau über den Weg, die ich vögeln möchte. Nur vögeln. Und wenn sie Lust hat zu vögeln – ich sag ihr gleich, dass ich an etwas anderem nicht interessiert bin –, wenn sie dann trotzdem will, und ich sag dir, Frauen sind da nicht viel anders als Männer, dann tun wir's eben.

Hast du mit Maria auch nur gevögelt? Ohne Liebe?

Maria kann gar nicht anders. Das wirst du doch wissen.

Geht es ihr gut?

Seit wann interessiert dich das denn?

Was meinst du?

Sie hatte Verbrennungen. Frisch. Nicht vom Schnitzer. Und du hast sie geschlagen.

Einmal, sagte ich. Nur einmal.

Warum?

Ich konnte sie nicht ertragen. Worüber wolltest du mit mir reden, Leon?

Er drückte seine Zigarette im Aschenbecher aus, dann sah er mich an. Das ist nicht dein Ernst, oder?

Ich lächelte. Nein. Ist Maria wieder zum Schnitzer zurück?

Leon schüttelte den Kopf. Sie lebt mit ihrer Schwester zusammen.

Angelika? Aber nicht in dem Haus?

Das steht nicht mehr. Abgerissen. Der dicke Seibold hat Apartments gebaut. Mit phantastischem Blick auf die Stadt.

Er sah mich wieder an. Weißt du, was du bist, Tom? Ein Para-

sit. Du frisst dich durch fremdes Leben und beschwerst dich, dass es nicht schmeckt.
Ich lachte und nahm mir noch eine von seinen Zigaretten.

Als wir nach Hause zurückkamen, lief der Fernseher. Terry saß auf der Couch, Christiane hockte zu ihren Füßen auf dem Boden und ließ sich das Haar flechten. Wir hatten Essen bei Bertucci's geholt. Ich deckte den Tisch. Leon stand in der offenen Terrassentür. Auf einem der Nachbargrundstücke wurde gegrillt. Die Luft roch nach Sommer, Fisch und Fleisch.
Terry kam zu mir in die Küche.
Ihre Mutter hat angerufen.
Und?, fragte ich.
Christiane spricht nicht mit ihr.
Und der Vater?
Er holt sie am Montag ab.

Bevor ich zu Bett ging, schaute ich noch einmal ins Kinderzimmer. Christiane saß mit dem Rücken zu mir im Schaukelstuhl und betrachtete Terrys Foto. Als ich hereinkam, legte sie es mit dem Gesicht nach unten auf den Schreibtisch.
Was willst du?, fragte sie.
Nichts. Ich zog die Tür hinter mir zu.

33

Wir wollten an den Strand fahren. Die Küstenstraße hinunter nach Avalon oder sogar bis Cape May. Ich konnte mich nicht erinnern, wann ich zuletzt am Meer gewesen war.
Terry stopfte Handtücher in eine Tasche. Leon stand auf der Terrasse und rauchte.
Ich sah auf meine Armbanduhr. Der Gottesdienst würde gleich vorbei sein. Ich musste Christiane abholen.
Ich kann immer noch nicht glauben, dass sie in die Kirche geht, sagte Terry.
Angeblich tut sie das jeden Sonntag, sagte ich. Und als ich sie heute hingebracht habe, sah es so aus, als würde sie dort jeden kennen. Händeschütteln, Küsschen, Umarmungen.
Das ist gut, sagte Terry. Kirchliches Engagement. Da kann man doch was draus machen. Wegen der Schulsuspendierung, meine ich.
Ich trank meinen Kaffee aus und stand auf.
Fährst du schon los?, fragte Terry.
Der Gottesdienst ist vorbei.
Aber wollte Christiane nicht noch ins Bickley-Haus?
Wohin?
Da ist heute Besichtigung. Wegen Juana. Die Bickleys haben

sie aus der Dominikanischen Republik geholt. Die Gemeinde hat die Adoption bezahlt.
Und jetzt gucken sie sich an, ob ihr Geld gut angelegt ist?
Ja. Ich glaube, Christiane wollte da hin.
Sie will an den Strand, sagte ich.
Terry zuckte mit den Schultern. Durch die Terrassentür sah ich Leon durch den verwilderten Garten gehen. Er kam nur langsam voran. Büsche und Sträucher reichten ihm bis an die Knie, manchmal bis an die Hüfte. Leon fuchtelte mit den Händen, schlug Zweige zur Seite, versuchte, das Gestrüpp niederzutreten. Plötzlich blieb er stehen, mit dem Rücken zu mir, ganz ruhig. Dann sah er sich um. Unsere Blicke trafen sich.
Jetzt schieß schon, rief Leon. Du zielst immer zu lange.
Ich lachte.

Als ich die Kirche erreichte, fuhr gerade ein mit Transparenten und Fahnen behängter Reisebus vom Parkplatz. Ihm folgte eine Autokolonne. Die Glocken läuteten. Ich parkte am Straßenrand, stieg aus und schob mich zwischen den Leuten hindurch, die in einer großen Gruppe vor dem Eingang der Kirche standen. Christiane konnte ich nicht entdecken. Die Kirche hatte schießschartenähnliche, blau verglaste Fenster und eine neue, massive Eichenholztür. Davor war ein großer Tisch aufgebaut. Es gab Kaffee und Kuchen. Immer noch fuhr ein Auto nach dem anderen vom Parkplatz.

Wir können nicht alle auf einmal fahren, rief eine Frau. Dann hörte ich ein kratzendes Geräusch.
Wie ich eben gehört habe, platzt das Haus schon aus allen Nähten! Die Stimme der Frau wurde jetzt durch ein Megaphon verstärkt. Aber keine Sorge, jeder kommt dran, jeder kommt rein. Nur immer schön mit der Ruhe! Wir haben den ganzen Tag Zeit!
Ich ging zu meinem Wagen zurück, ließ den Motor an und reihte mich in die Autokolonne ein.
Es ging quer durch den Ort. Eine lange Prozession. Vorbei an Villen mit dunklen Schiefer- oder strahlenden Kalksteinfassaden, prächtig geschnitzten Veranden, hohen Fenstern, marineblauen und weißen Fensterläden. Riesige Vorgärten, manche durch Buchsbaumhecken vor Blicken geschützt, andere von gusseisernen Zäunen umgeben. Wir kamen in die Mainstreet, fuhren über den Wall. Überall läuteten Kirchenglocken. Vielleicht würden wir auch an Terrys Haus vorbeikommen, dachte ich, aber dann bogen wir wieder ab, in eine Straße, die von Birken gesäumt war. Hier standen kleine, gepflegte Holzhäuser. Auf einer Veranda weiß lackierte Korbmöbel. Kinderspielzeug im Garten. Vor einer pastellgrünen Haustür saß eine Katze. Hinter der nächsten Kreuzung wurde die Straße schmaler. Die Autos fuhren nun nur noch im Schritttempo, einige scherten aus, um zu parken. Die Häuser waren klein, heruntergekommen und standen eng beieinander. Die meisten von ihnen hatten keine Gärten, nur

einen geschotterten Vorplatz. Es gab keinen einzigen Baum, nur einige Büsche, und keine Bürgersteige, manche Haustüren führten direkt auf die Straße. Das war die falsche Seite der Schienen, unsere Seite, aber hier war ich noch nie gewesen. An einer Kreuzung stand ein etwas größeres Haus, von hohen Maschendrahtzäunen umgeben. Es war das einzige mit einer Veranda. Davor der mit Transparenten geschmückte Reisebus. In dem winzigen Vorgarten drängten sich Menschen. Ich stellte meinen Wagen in zweiter Reihe ab und stieg aus. Durch die Windschutzscheibe eines geparkten Minivans bellte mich ein Hund an. Ein Betonplattenweg führte zur Veranda, an deren Pfosten Luftballons und eine bunte Buchstabenkette hingen: Willkommen.

Die Menschen schoben sich ums Haus herum in den Garten. Ich ging die Stufen zur Veranda hinauf. Die Tür stand offen, nur das Moskitonetz war geschlossen. Es quietschte.

Ein schmaler Flur. An seinem Ende ein Wohnzimmer. Links von mir die Küche. Auf dem Herd, dem Tisch und allen Arbeitsflächen standen Kuchen und Schnittchenplatten. Zwei Mädchen räumten Limonadenflaschen in einen riesigen Kühlschrank. Sie beachteten mich nicht.

Rechts von mir war eine Treppe, so schmal wie die in Terrys Haus, aber mit einem dicken, grellen Teppich ausgelegt. Ich lief sie hinauf.

Fünf Zimmer, und am Ende des Flurs eine ausgeklappte Stiege, die auf den Dachboden führte.

Die Türen standen offen. Das erste Zimmer war ein Schlafzimmer. Das zweite ein Kinderzimmer, in dem drei Stockbetten standen. Ich ging weiter ins nächste. Dort saß ein Mädchen an einem Schreibtisch, drehte sich nach mir um und lächelte. Bevor ich etwas sagen konnte, hatte es sich schon wieder über ein Blatt Papier gebeugt und kritzelte mit einem Stift darauf herum.

Ich male, sagte das Mädchen. Es sprach mit einem Akzent, der mir osteuropäisch vorkam.

Ich male ein Haus. Vor dem Haus steht ein Baum.

Ich wich zurück.

Die nächste Tür führte in ein Badezimmer, in dem die bunten Kinderzahnbürsten gleich dutzendfach in roten Plastikbechern standen. An den Kacheln klebten herzförmige Aufkleber. Ich male ein Haus, hörte ich die Stimme des Mädchens.

Im nächsten Zimmer saßen zwei kleine Jungen auf einem Teppich, der mit Straßen und Häusern bedruckt war. Sie schoben Spielzeugautos darauf herum und beachteten mich nicht.

Ich kletterte die Stiege zum Dachboden hinauf, auf dem noch mehr Betten standen und der offensichtlich von Mädchen bewohnt wurde. Auf einem der Betten saß ein schwarzes Mädchen und wiegte eine Puppe im Arm. Bis auf die rosafarbene Bettwäsche und die rosafarbenen Gardinen war der Raum schmucklos. Ich konnte nur in der Mitte aufrecht stehen.

Das Mädchen trug ein weißes Spitzenkleid und Schleifen im

schwarzen Haar. Eine Gruppe von Leuten drängte geräuschvoll die Treppe in den ersten Stock hinauf. Ich ging neben der Stiege in die Hocke, sah hinunter. Es waren vor allem Frauen und Kinder, die sich auf dem schmalen Flur verteilten und in alle Zimmer hineinsahen.

Sie malt ein Haus, rief eine Frau. Wie niedlich. Sie malt lauter Häuser.

Ich schaute mich nach dem schwarzen Mädchen um. Es wiegte immer noch seine Puppe.

Ein Hund schoss die Stiege herauf, ein großes, dürres Vieh. Ich wich zurück. Der Hund ignorierte mich, sprang gleich auf das Mädchen zu, das sich aus seiner Erstarrung löste und über das Bett bis an die Wand zurückrutschte. Ein blondes und ein dunkelhaariges Mädchen kamen dem Hund hinterhergeklettert. Die Dunkelhaarige stieß sich den Kopf am Dachbalken, als sie sich aufrichtete. Es waren die beiden vom Wall.

Ich glaube, Juana hat Angst vor deinem Hund, sagte die Blonde.

Juana umklammerte ihre Puppe. Der Hund hatte sich, die Vorderläufe auf der Matratze, vor ihr aufgebaut.

Du darfst nicht schreien, sagte die Dunkelhaarige. Wenn du schreist, beißt er dich tot.

Die Blonde lachte. Das versteht sie doch gar nicht. Sie kann doch kaum Englisch.

Und solchen Leuten gibt dein Vater ein Haus?, sagte die Große. Müssen sie gar keine Miete zahlen?

Was spricht sie wohl für eine Sprache?, fragte die Blonde. Wo kommt sie noch her? Aus dem Kongo?
Sie drehte sich zu mir um. Wer bist du? Sprichst du ihre Sprache?
Pfeif den Hund zurück, sagte ich.
Was?
Du sollst den Hund zurückpfeifen.
Der tut nichts, sagte das dunkelhaarige Mädchen. Der sieht nur so aus.

Ich kletterte die Stiege hinunter, drängte mich durch die Menschen im Flur, sah mich nach Christiane um.
Ich male ein Haus, sagte das Mädchen.
Da schreit ein Baby, sagte jemand anders. Wie viele Kinder haben die denn noch in diese Bude hier reingequetscht?
Ich ging nach unten. Der Strom der Leute, die hinaufwollten, schien nicht abzureißen. Zwei weiß gekleidete Mädchen verteilten Kuchen und Schnittchen. Obwohl ich nicht wollte, bekam ich eine Serviette mit einem fettglänzenden Brownie in die Hand gedrückt. Ich ließ ihn fallen, wurde den Flur entlang in das Wohnzimmer geschoben, in dem es keine Couch, keinen Fernseher, keine Bilder und keine Bücher gab. Es gab nur einen gigantischen Tisch mit unzähligen Stühlen daran und einen einzigen Sessel, neben dem eine Stehlampe stand.
Im Garten wurde gegrillt. Ein Mädchen schenkte alkoholfreien Fruchtpunsch in Plastikbecher. Ein Junge reichte mir

einen Hotdog. Ich ließ ihn fallen. Überall schienen weiß gekleidete Kinder zu sein, die Kuchen verteilten, Würstchen auf dem Grill wendeten, die Kelle in die Bowle tauchten, die Bowle in Plastikbecher gossen, den Becher einer ausgestreckten Hand reichten, die Kelle wieder eintauchten.

Ich wollte hier weg. Ich konnte mich nicht bewegen. Plötzlich hörte ich einen Schrei. Über mir wurde ein Fenster aufgeschoben. Christiane lehnte sich hinaus.

Der Hund, schrie sie. Der Hund. Er hat Juana gebissen.

Dann war es auf einmal so still, als hätte jemand den Ton ausgeschaltet. Alle sahen zum Fenster hinauf.

Der Hund, schrie Christiane. Sie beugte sich weiter zum Fenster heraus. War denn niemand bei ihr? Warum pfiffen die Mädchen den Hund nicht zurück?

Der Hund, schrie Christiane.

Niemand reagierte. Alle schauten nur stumm zu ihr hinauf.

Ich holte tief Luft.

Spring. Spring runter. Hab keine Angst. Ich fange dich auf.

Ich verspreche es dir.

Danksagung

Ich danke Eddie Goldstein für mein Zimmer in ihrem Haus, Gene und Molly Castellano für unsere Streifzüge durch Philadelphia, Leon und Bernice Soffer für lange Unterhaltungen und gutes Essen, und Jonathan Scott für die Nacht im Moorestown Pub.

Mein besonderer Dank gilt Yvonne Dennis und Robert J. Fleming von den Philadelphia Daily News, die mich an ihrer Arbeit haben teilhaben lassen und für alle Fragen zur Verfügung standen.

Ich danke Mehdi Rowshandel, Werner Söllner, Günther Opitz, Werner Löcher-Lawrence und Dr. Margot Klee.

Für ihre Liebe und ihre Unterstützung danke ich Heide, Thomas, Tilman, Gero, Rose und Hans.

Ricarda Junge
Silberfaden
Erzählungen
Band 15476

Da, wo diese Erzählungen spielen, wohnen keine Touristen. Auch wenn es in New York, Leipzig, Berlin, Krakau oder auch in Travemünde viel Sehenswertes gibt, Ricarda Junge richtet den Blick dahin, wo das Leben nicht nur zu besichtigen ist. Ihre Heldinnen und Helden suchen noch den Ort, der ihnen einen Alltag bietet. Oft sind sie nur auf Durchreise von einem Leben in ein anderes. Sie sehnen sich nach einem Stück Himmel und müssen immer wieder lernen, sich zu erfinden, zu lieben, zu begehren. Feinfühlig und genau erzählt Ricarda Junge von Menschen, die sich in der Widersprüchlichkeit der Welt nur ebenso widersprüchlich einzurichten verstehen.

Collection S. Fischer

fi 15476 / 1

Clemens Meyer

Als wir träumten

Band 17305

Sie träumen vom Aufstieg ihrer Fußballmannschaft, von einer richtigen Liebe und davon, dass irgendwo ein besseres Leben wartet. Rico, Mark, Paul und Daniel wachsen auf im Leipzig der Nachwendejahre, in einem Viertel, dessen Mittelpunkt die Brauerei ist. Jede Nacht ziehen sie durch die Straßen. Sie feiern, sie randalieren, sie fliehen vor den Glatzen, ihren Eltern und der Zukunft. Sie kämpfen mit Fäusten um Anerkennung und schlagen die Zeit tot. Sie saufen, sie klauen, sind cool und fertig und träumen vom eigenen Leben. Alle ihre Fluchtversuche enden auf den Fluren des Polizeireviers Südost. Leidenschaftlich, wild und mutig verspielen sie ihr Leben in einer aussichtslosen Rebellion. Darum lassen einen die Bilder des nächtlichen Leipzig, die Boxkämpfe, die Hoffnungslosigkeit und die Hoffnung dieses Romans nicht mehr los.

»Selbstverständlich ist Meyer viel zu jung.
Aber so ist das mit guten Schriftstellern. Sie tauchen plötzlich auf und die ergrauten Kollegen kratzen sich am Kopf: Wieso kann der eigentlich schon so viel?«
Sten Nadolny

»Ein Buch wie eine Faust.
[...] ein solches kraftvolles, unbeirrtes Debüt hat die deutsche Literatur lange nicht mehr erlebt.«
Felicitas von Lovenberg, Frankfurter Allgemeine Zeitung

Fischer Taschenbuch Verlag

fi 17305 / 1

Michael Lentz
Liebeserklärung
Band 16056

»Wie deine Lippen schmecken.
Und was du mir zu sagen hast. ›Du fehlst mir. Immer.
Und daß du das nicht immer sagst‹.«

Michael Lentz erzählt die Geschichte einer Trennung, einer neuen Liebe und einer winterlichen Reise durch Deutschland, das ein Land im Abschwung ist – oder gilt das nur für den mit der Liebe verzweifelt Kämpfenden?

»Einer der erstaunlichsten,
ergreifendsten und wichtigesten Romane eines
jungen deutschen Autors seit langem.«
Felicitas von Lovenberg, Frankfurter Allgemeine Zeitung

Fischer Taschenbuch Verlag

fi 16056 / 1

Felicitas Hoppe
Johanna
176 Seiten. Gebunden

Im Jahr 1412 wird im lothringischen Domrémy ein Bauernmädchen geboren. Keine zwanzig Jahre später wird sie als Ketzerin verbrannt. Aber Felicitas Hoppes »Johanna« ist kein Buch über Johanna von Orleans. Dieses Buch ist Johanna selbst, die Geschichte unseres Aufbegehrens und der eigenen unersättlichen Sehnsucht.

»Die schönste und intelligenteste Prosa Deutschlands
schreibt Felicitas Hoppe.«
Denis Scheck, ARD Druckfrisch

S. Fischer

fi 1-032450 / 1